HEYNE
BÜCHER

S. D. PERRY

VIRUS

Der Roman zum Film
nach dem Drehbuch
von Chuck Pfarrer und Dennis Feldman,
basierend auf der
gleichnamigen Comic Serie von Chuck Pfarrer,
veröffentlicht von Dark Horse

Aus dem Amerikanischen
von Bernhard Liesen

Deutsche Erstausgabe

WILHELM HEYNE VERLAG
MÜNCHEN

HEYNE ALLGEMEINE REIHE
Nr. 01/20019

Vorwort übersetzt
von Jan Mohr

Titel der Originalausgabe
VIRUS

Umwelthinweis:
Das Buch wurde auf chlor- und säurefreiem
Papier gedruckt.

Redaktion: Redaktionsbüro Dr. Andreas Gößling

Printed in Germany 1999
Umschlag- und Innenillustrationen: © 1999 Universal Studios
Publishing Rights, a Division of Universal Studios Licensing, Inc.
Umschlaggestaltung: Nele Schütz Design, München
Satz: Buch-Werkstatt GmbH, Bad Aibling
Druck und Bindung: Ebner Ulm

ISBN 3-453-14805-3

http://www.heyne.de

»Man darf nie die Segel streichen,
weil man Angst hat, mein Freund!
Entweder läuft man mit gehißten Segeln
in einen Hafen ein,
oder man vertraut auf Gott,
während man die Weltmeere bereist.«

RALPH WALDO EMERSON

Vorwort

VIRUS ist eine Science-fiction-Story. Und Science-fiction-Stories sind dann am besten, wenn sie sich möglichst eng an Tatsachen halten oder an plausible Möglichkeiten, die auf Tatsachen basieren. Wie gut solche Geschichten funktionieren, hängt aber auch davon ab, wie gut sie die Grenze zwischen Tatsache und Fiktion, Fiktion und Tatsache verwischen können.

Mein erstes »Leseerlebnis« im Science-fiction-Bereich waar das Buch *2001*. Ich wuchs in den späten 50er Jahren auf, in einer Zeit, als billige Science-fiction- und Horrorstreifen florierten. Ich liebte diese Filme. Aliens, die außerhalb einer kleinen Stadt auf die Erde kommen und die Einwohner terrorisieren, Besitz von ihnen ergreifen, sie quälen. Zugegeben, ich war damals ein großer Leser; die Bücher, die mir am meisten Spaß machten, waren Comics, und ich mußte sie von meinen Eltern verstecken, die entschieden dagegen waren.

Im Roman *2001 – Odyssee im Weltall* wurde ein Lehrmeister in Form eines Monolithen von fürsorglichen Außerirdischen gesandt; er war verantwortlich für das Wachstum des Lebens in unserem Sonnensystem. Unser Vorfahren sollten zu Beginn der Story überleben, um sich dann weiterzuentwickeln und schließlich einen anderen Monolithen auf dem Mond zu entdecken. Eine nette Idee. Im Film *2001* wurde nichts davon erklärt. Aber weil ich das Buch gelesen hatte, verstand ich alles. Das Zusammenspiel von Roman und Film ließ mich in die ganze Geschichte eintauchen. Solche Bücher waren wertvoll für mich. Der Spruch »Du hast das Buch gelesen, jetzt sieh dir den Film an«, machte auf einmal Sinn. Die einzige Gefahr lag darin, daß der Film vielleicht nicht halten würde, was ich mir nach dem Buch erwartet hatte.

Am 20. September 1995 tauchte ich 3775 Meter tief, zur letzten Ruhestätte der RMS Titanic. Ich war einer der 35 Leute, die es jemals geschafft haben, vier Kilometer unter der Oberfläche des Nordatlantik vorzudringen.

Unser sieben Meter langes weiß-oranges Tauchboot hieß MIR2. James Cameron war in der MIR1. Es war *sein* Tauchgang und seine Expedition, und es war sein Wunsch, daß ich dabei war. Ich war Mitglied einer Mannschaft, die das filmte, was später die Eröffnungssequenz des Films TITANIC werden sollte.

Die Expedition von 1995 verbrachte 31 Tage im Nordatlantik, etwas mehr als tausend Kilometer Süd-südost von St. Johns in Neufundland. Wir lagen zwei Wochen lang über der Titanic vor Anker.

Unser Heim fern der Heimat war in diesen Wochen das russische Forschungsboot *Akademik Matislaw Keldysh* aus Kaliningrad. Das Boot war strahlend weiß, wie bei Forschungsschiffen üblich, und nur die oberen Decks und die zwei 70-Personen-Rettungsboote glänzten dunkelgrün und orange. Die *Keldysh* ist 137 Meter lang, das größte Schiff seiner Art auf der Welt und der Stolz des Ozeanographischen Institus in Shirshov. Sie trägt eine Mannschaft von 130 Mann, hat 18 Forschungslabors, komplette Maschinenläden und gleicht einem schwimmenden Gebäudekomplex; ein riesiger Selbstversorger. Eine Stadt von Russen, mit ein paar Kanadiern und Amerikanern darunter.

Während dieser vier langen Wochen ließ die Besatzung der *Keldysh* die U-Boote MIR1 und MIR2 12mal zu Wasser und nahm sie wieder auf; sie betrieb ozeanographische Studien (sowie atmosphärische Tests, die auch die MIR-Raumstation einbezogen, als sie über uns vorüberzog), half einem Schiff in Schwierigkeiten und erlebte zwei Hurrikans. Die Hurrikans *Louis* und *Marylyn. Louis* war ein Sturm, den man so schnell nicht vergißt, mit zwölf Meter hohen Wellen und Windgeschwindigkeiten von bis zu 160 km/h! Es war ein beinharter Hurrikan, der aussah, als wollter er nie zu Ende gehen und eine Erfahrung, die ich nie vergessen werde.

Und was hat das mit VIRUS zu tun? Alles!

Einen Monat zuvor hatten die Universal Studios mir ein Drehbuch gegeben mit der Frage, ob ich Regie führen wolle. Es basierte auf Chuck Pfarrers gleichnamiger Comic-Serie, die bei *Darkhorse* erschienen war. Mike Richardson von *Darkhorse,* ein alter Bekannnter. Produzieren sollte Gale Anne Hurd, auch eine gute Freundin. Gale hate The Abyss produziert, dessen Spezialeffekte ich betreut hatte. Die Idee faszinierte mich, aber ich war zu der Zeit bereits darauf eingestellt, die Spezialeffekte von TITANIC zu betreuen und wartete nur auf ein Startzeichen. Also stand ich nun vor der Wahl, entweder die Spezialeffekte für einen großen Film zu machen, oder selbst bei einem großen Film Regie zu führen!

Anfangs war ich nicht zufrieden mit der Story von VIRUS. Es war eine sehr dichte und komplizierte Geschichte mit einem ultramodernen chinessichen Spionageschiff und jeder Menge grotesk veränderter Menschen. Das Konzept riß mich zuerst nicht vom Hocker. Die Chinesen hatten kein solches Schiff oder gar mehrere. Nur die Russen und Amerikaner hatten so etwas. Aber das Studio wollte bald eine Antwort.

Am nächsten Tag erhielt ich Nachricht von *Lightstorm.* Ich sollte am kommenden Wochenende nach Halifax zu fliegen und würde an der 1995er Expedition zur Titanic teilnehmen, aber unter einer Bedingung – ich durfte keiner Seele etwas verraten. Nicht dem Studio, nicht Gale Hurd – niemandem.

Wir waren bereits zwei Wochen auf See, als Jim anfing, hin und wieder VIRUS ins Gespräch zu bringen. Er hatte mit Gale gesprochen, bevor wir Halifax verließen und wollte wissen, ob ich mich schon dafür oder dagegen entschieden hatte. Ich hatte nicht und sagte ihm, daß ich nicht glücklich sei mit der Story.

Jims Rat an mich war, VIRUS nach meinen eigenen Vorstellungen zu machen, meine eigenen Lebenserfahrungen einzubringen, mich als Regisseur zu beweisen. Die Regie bei einem großen Film zu übernehmen, war ein Geschenk und sollte ernst genommen werden. Er wollte die Entscheidung aus mir rauskitzeln.

Die folgenden Wochen dachte ich ernsthaft darüber nach. Schließlich war die Hälfte meiner Verwandten Fischer. Die Crew in VIRUS konnte eine Hommage an die zahlreichen Leute sein, deren Weg ich im Lauf der Jahre gekreuzt hatte. Die Lotsenmannschaft, mit der ich im Nordpazifik an *Abyss* gearbeitet hatte, konnte zusammen mit den Russen aus der Mannschaft der *Keldysh* in die Story integriert werden. Und da war die *Keldysh* selbst. *Sea Star* war der Name des Fischerbootes meines Großvaters.

Und die ganze Geschichte könnte doch auch in einem Hurrikan spielen …

Zwischen den Tauchgängen machte ich mir zahlreiche Notzizen. Nach unserer Rückkehr wurde Dennis Feldmann *(Species)* angeheuert, um mir zu helfen, die Geschichte so auszuarbeiten, wie ich sie erzählen wollte. Das war der angenehme Teil. Regie zu führen würde der schwierigere Part sein. Wirklichkeit und Konzept prallten aufeianander, das Budget, die Drehplätze, Zeit und Leute beeinflußten den Entwurf im großen, und zu guter letzt kam noch die rauhe Wirklichkeit des Filmgeschäfts hinzu – Tempo!

Beim Schneiden ist das Tempo der Schlüssel zu einem erfolgreichen Film. Manchmal enden deine Lieblingsszenen auf dem Boden des Schnittraumes, damit der Erzählfluß verbessert wird. Es ist ein Teil des kreativen Kampfes zwischen Kunst und Kommerz. Zeit ist Geld.

Bei Geschriebenem ist das anders. Es wir immer so da sein, wie du es dir vorgestellt hattest.

Der Film wurde fertig, als ich die fertige Romanfassung von VIRUS las. Ich war begeistert. Hier war die Story, wie ich sie mir immer erträumt hatte, all die verschiedenen Drehbuchentwürfe hindurch: Eine Seefahrts-Geschichte mit all den Ideen, fertiggestellt als zusammenhängende Story, hier auf dem Papier. Ich konnte mir die Zeit nehmen, die Momente zu genießen. Sie auszukosten. Ich konnte mir Kelly Foster, Steve oder dem Kaptain nach meinem Tempo die Zeit verbringen. Noch eine Tasse Kaffee trinken, wenn ich wollte. Darum bin ich so glücklich mit der Art, wie S. D. Perry den Roman zu meinem Film schrieb. Sie führte die ursprünglichen Ideen weiter aus, füllte die Lükken. Und so hat sie ihr eigenes Buch geschrieben – und es ist so geworden, wie ich es mir gewünscht habe.

John Bruno, Regisseur von VIRUS,
im März 1998

PROLOG

Die Morgendämmerung war gerade angebrochen, das Meer ruhig und glatt. Das Wasser des Südpazifischen Ozeans plätscherte sanft gegen den stählernen Rumpf der *Wolkow*. Zu dieser Jahreszeit mußte man mit Taifunen rechnen, doch die aufgewühlte See war einhundert Meilen weit entfernt. Das riesige Schiff hielt sorgfältig seine einsame Position im glänzenden Licht des Sonnenaufgangs, und das strahlende Weiß des Schiffsrumpfs leuchtete über der endlosen weißblauen Wasseroberfläche.

Die mittlere der drei Parabol-Satellitenschüsseln, die das Hauptdeck beherrschten, drehte und richtete sich himmelwärts, wobei das Summen der laufenden Maschinen gegenüber den sanften Winden hoch über ihnen verstummte. Die *Wolkow* war ein prachtvolles Schiff, und es war ein herrlicher Tag, an dem man sich danach sehnte, sich in der Sonne auszuruhen und die salzige Meeresluft einzuatmen, ein Buch zu lesen oder vielleicht ein Nickerchen an Deck zu machen …

Dr. Nadja Winogradowa blickte angesichts dieser angenehmen Phantasien finster drein und wünschte sich, daß sie den verlockenden Aussichten nachgeben könnte. Es ärgerte sie, daß sie diese Wünsche nicht verwirklichen konnte, selbst wenn es mit dem Teufel zuginge. So, wie die Dinge lagen, würde sie an diesem Tag, den sie selbst ausgewählt hatte, wahrscheinlich bis nach Anbruch der Dämmerung keinen Fuß vor die Tür setzen. Normalerweise mochte sie ihre Arbeit, aber am frühen Morgen war sie noch nicht richtig in Form. Alexej liebte es, sie darauf hinzuweisen, daß sie bis mittags immer einem schmollenden kleinen Mädchen glich, und sie mußte zumindest sich selbst eingestehen, daß er recht hatte.

Nadja seufzte und konzentrierte sich wieder auf ihre Arbeit. Es wurde Zeit. In der hell erleuchteten Operationszentrale auf dem C-Deck drängten sich die Crewmitglieder, und sie fühlte sich von den Männern etwas eingeengt, die mit ihr vor der Computerkonsole saßen. Zugleich empfand sie Vorfreude und war stolz darauf, die Chefin eines so engagierten Teams zu sein.

Sie drückte ein paar Tasten auf der Tastatur und räusperte sich, während sie auf den Monitor blickte.

Wie immer, wenn sie mit der Raumstation Kontakt aufnahm, fühlte sie einen kleinen Schauer ihren Rükken hinablaufen. Sie hatte lange und hart dafür gearbeitet, es zur Ersten Wissenschaftsoffizierin zu bringen, und es hatte Jahre gedauert, bis sie überzeugt davon war, daß sie Besonnenheit und Kompetenz ausstrahlte und verdientermaßen als Respektsperson galt. Insgeheim befriedigte sie dies immer noch.

»Raumstation MIR, Raumstation MIR, hier spricht das Forschungsschiff *Wladislaw Wolkow*. Bitte kommen, MIR. Over.«

Sie blickte auf den Monitor und sah das sympathisch zerknitterte Gesicht von Oberst Kominski. Er trug ein abgetragenes Houston-Rockets-T-Shirt, das ihm einer der amerikanischen Astronauten geschenkt hatte, und sah genauso müde aus, wie sie sich fühlte.

»Klar und deutlich, *Wolkow*. Sind Sie das, Nadja? Over.«

Nadja lächelte. »Guten Morgen, Oberst. Sind Ihre Antennen für den Datenempfang ausgerichtet?«

»Hängt davon ab. Es ist noch früh am Tag, und ich habe meinen Tee noch nicht getrunken.«

Nadja hörte, wie Alexej hinter ihr in sich hineinlachte. Der Kapitän der *Wolkow* war ein starker Teetrinker: Man sah ihn normalerweise nie ohne eine Tasse in der Hand. Nadja rollte die Augen, lächelte aber immer noch. »Sehr komisch, Oberst. Und wie sieht's mit dem Datentransfer aus?«

Der Kosmonaut reckte die Hände in die Höhe und betätigte einige Schalter. Dann seufzte er in gespielter Resignation pathetisch auf. »Wir beenden gerade die Koordination und bereiten uns auf die Datenübermittlung vor. In dreißig Sekunden ist es soweit.«

Er zeigte auf seinen Stellvertreter, Kapitän Lonja Rostow, der an seiner Konsole einen weiteren Schalter betätigte. »Jawohl, Sir.«

Nadja lächelte die beiden Kosmonauten an, die sich einhundertfünfzig Meilen über der *Wolkow* im Hauptmodul der MIR aufhielten. Die Daten, die gleich übermittelt werden sollten, waren für sie von besonderem Interesse: Es ging um die Resultate einer Reihe von Tests über Zell-Fabriken. Sie freute sich darauf, die Ergebnisse zu studieren und sie ihren Untersuchungen über Bioprozesse hinzuzufügen. Aber vorher gab es noch etwas anderes, das gemacht werden mußte … »Lonja?« fragte sie sanft.

Der Kapitän hob die Augenbrauen. »Ja, Nadja?«

»Läufer nach e6.«

Lonja Rostow runzelte die Stirn, blickte auf das Schachbrett über seiner Konsole und studierte angespannt die Stellung. Nadja mußte ihre hämische Freude überspielen: Das war ein starker Zug gewesen, mit dem ihr Gegner offensichtlich nicht gerechnet hatte.

Das müssen Sie erst mal verdauen, Rostow! dachte sie. Diese Partie würde er nicht gewinnen.

Auf einem Beobachtungsposten hinter dem finster dreinblickenden Kapitän sah Nadja eine der sich gelegentlich an Bord der Raumstation aufhaltenden weiblichen Kosmonautinnen. *Kostojew,* dachte Nadja, aber an den Vornamen der Frau konnte sie sich nicht erinnern. Hieß sie Ludmila? Sie hielt eine Kamera in der Hand und hob sie plötzlich, um ein Bild zu schießen.

Oberst Kominski unterbrach abrupt Rostows Überlegungen hinsichtlich der Schachpartie. »Es dauert nur noch zwanzig Sekunden bis zur Datenübertragung. Los.«

Rostow seufzte. »Wir beginnen mit dem automatischen Countdown. Achtzehn, siebzehn ...«

Die Frau namens Kostojew unterbrach ihn. Es schien dringend zu sein, denn ihre Stimme klang hoch und ängstlich. »Lonja, von Steuerbord kommt irgend etwas auf uns zu.«

Rostow brach den Countdown ab, wandte sich um und spähte nach einem Objekt jenseits des Bildschirms. Nadja sah einen Anflug von Furcht über seine gleichmäßigen Gesichtszüge huschen und fühlte, wie sich ihre Muskeln spannten: Lonja Rostow war nicht der Typ Mann, der leicht zu erschrecken war!

»Was ist das ...? Sie sollten sich das besser mal ansehen, Oberst. Etwas kommt direkt auf uns zu!«

Nadja wartete, von plötzlicher Sorge erfüllt. Etwas näherte sich der Raumstation? Obwohl das ausgesprochen unwahrscheinlich war, könnte es sich vielleicht um einen Meteor handeln oder um ein nicht fahrplanmäßig eintreffendes Space-Shuttle. Aber was sollte sich der MIR ohne Rostows Wissen nähern?

Alarmiert rückte sie näher an den Monitor und starrte aufmerksam darauf. Obwohl sie alles klar erkennen konnte, waren die nächsten Sekunden ein verschwommenes Durcheinander von Bewegungen und Geräuschen. Plötzlich hörte man das Knistern scharfer atmosphärischer Störgeräusche, und auf dem Bildschirm flammte ein zuckendes Blau auf, das das Innere der Schaltzentrale mit einer Reihe greller Blitze überflutete. Die Kosmonauten wurden von einer Art Aura eingehüllt, großen zuckenden Energieblitzen, die durch die Luft zuckten. Und dann war da ein unheimliches, hohes elektronisches Kreischen, das sich mit nichts vergleichen ließ, was Nadja je gehört hatte …

Das Bild auf dem Monitor verlor an Schärfe, und sie sah nur noch dunklen Schnee auf dem Bildschirm, aber durch die grellen atmosphärischen Störgeräusche hindurch vernahm Nadja deutlich in Todesangst ausgestoßene Schreie.

Entsetzt und mit klopfendem Herzen drückte sie auf die Keyboard-Tasten für die Übertragung, doch plötzlich erstarben die Schreie abrupt, während das Bild auf dem Monitor endgültig erlosch.

»Raumstation MIR? Raumstation MIR?«

Schweigen und ein toter Bildschirm – sonst nichts.

Nadja wandte sich dem Kapitän zu, und ihre erschrockenen Blicke trafen sich. »Alle audiovisuellen Verbindungen sind tot, Alexej, es muß etwas sehr Schlimmes passiert sein …«

Die Datenübertragung!

Nadja starrte auf den kleineren Monitor neben dem Bildschirm für die Videoübertragung. Die Zahlen blitzten grün vor dem schwarzen Hintergrund auf. Eine unbestimmte Angst erfaßte sie. Plötzlich wollte sie aufschreien, während die MIR den Countdown beendete.

Drei, zwei, eins …

In der angespannten Stille wirkte das sanfte Piepen des Computers unglaublich laut. Als nichts geschah, blickte Nadja wieder zu Alexej hinüber. Sie wollte etwas sagen und ihn fragen, was sie unternehmen sollten …

In diesem Augenblick wurde die Computerzentrale des Schiffs von einem seltsamen und furchtbaren Licht heimgesucht. Riesige bläuliche Lichtbögen schossen durch den Raum, und man hörte das Knistern von Elektrizität und Hitze. Nadja warf sich zu Boden und sah, daß die anderen Crewmitglieder sich genauso verhielten. Schreiend krochen sie durcheinander, um den umherwogenden Blitzstrahlen des grellen Lichts auszuweichen.

Nadja wirbelte herum. Hektisch und verängstigt suchte sie nach der Quelle dieser Energie. Sie hielt inne und starrte inmitten des Chaos der eindringenden Strahlen auf die Computermonitore.

Die Informationen rasten so schnell über die Bildschirme, daß sie sie nicht verstand. Sie sah Zahlen, Reihen mit aufblitzenden Symbolen, Tabellen und unzählige Seiten mit gespeicherten Daten, die auftauchten und verschwanden, während sie versteinert und ungläubig zuschaute.

Was ist hier los …?

Plötzlich erschien eine vereinzelte, aus Buchstaben und Zahlen bestehende Zeile auf einem Monitor, der eine zweite und dann eine dritte folgten. Als Nadja merkte, worum es ging, stockte ihr der Atem. »Jemand dringt in unseren Zentralrechner ein, Kapitän!«

Alexej sah ihre weit aufgerissenen Augen und starrte ungläubig auf den Bildschirm. »Das ist unmöglich! Niemand außer mir kennt den Zugangscode …«

Plötzlich wurden beide von einem Blitz bläulichen Lichts zu Boden geworfen. Elektronisches Kreischen und atmosphärische Störgeräusche, die sie zuvor während der Verbindung mit der Raumstation MIR wahrgenommen hatte, erfüllten den Raum von allen Seiten mit schrillen Tönen. Papiere und Computerausdrucke flogen durch die Luft.

»Schalten Sie den Strom ab!« brüllte Alexej.

Nadja blickte auf und sah, daß der für Immunologie

zuständige Wissenschaftler noch auf den Beinen war. »Schalten Sie die Stromzufuhr ab! Vollständig!«

Sie bemerkte das Entsetzen, das sich in Jandiews Gesichtsausdruck spiegelte, aber er verlor keine Zeit: Der Wissenschaftler streckte die Hand nach dem Stromschalter aus ...

In diesem Augenblick sah Nadja, daß der Mann von einem knisternden blauen Lichtblitz getroffen wurde, der wie ein elektrisches Schwert seine Brust durchbohrte. Die Hitze versengte sein Fleisch und verschlang ihn. Nadja schrie auf, konnte keinen Gedanken mehr fassen, verlor die Beherrschung.

Anatoli Jandiew stand in Flammen. Sein taumelnder Körper wurde von wütendem Feuer verzehrt. Brennend wand er sich auf dem Boden.

Nadja schrie noch, als ihr schwarz vor Augen wurde, doch das fürchterliche, hohe Geräusch verfolgte sie in diese geheimisvolle Nacht.

1.

Siebenhundertvierzig Seemeilen südlich der Fidschi-Inseln hatte sich der Taifun Leiah innerhalb weniger Stunden von einem gereizten Kind in ein ernstzunehmendes Ungeheuer, einen unausstehlichen Schreihals aus der vierten Klasse verwandelt. Er hatte das Meer aufgewühlt, und die über zwölf Meter hohen Wellen tobten unter einem unheilverkündenden, tobenden nächtlichen Himmel.

Kelly Foster saß auf der schwankenden, feuchten Brücke der *Sea Star* und beobachtete den Taifun und seine harmlos aussehenden pulsierenden Spiralen auf dem Radarschirm, wenn dieser nicht gerade durch heftige atmosphärische Störungen in Mitleidenschaft gezogen wurde. Der Schlepper wurde in dieser stürmischen Nacht wild hin- und hergeworfen, emporgehoben und dann wieder in tiefe Wellentäler zurückgestoßen. Kelly Foster hatte Angst – und die Nase voll.

Sie hatte Everton sofort gewarnt, als sich das tropische Unwetter angekündigt hatte, und er hatte sich ihre immer eindringlicheren Berichte über zunehmende Konvektion stundenlang tatenlos angehört. Hätte er auch nur einen ernstgenommen, dann hätte er sie vielleicht den Kurs ändern und einen großen Bogen um den Sturm machen lassen. Aber er hatte nur gesagt: »Wir werden das schon schaffen. Die *Sea Star* wird nicht kentern. Ich kenne diese Gewässer.«

Der Taifun hatte den Himmel kurz nach drei Uhr morgens leicht rötlich gefärbt, und es sah aus, als würde Leiah zuschlagen, bevor sie die Gefahrenzone verlassen hatten.

Wir befinden uns mitten im Chaos, und ich sitze wie ein gottverdammter Idiot auf einem Schiff, das von einem noch größeren Idioten kommandiert wird, dachte Kelly. Was zum Teufel habe ich mir nur dabei gedacht, diesen Job hier anzunehmen?

Das Schiff bäumte sich auf, und der Rumpf ächzte in der aufgewühlten See. Kelly zuckte zusammen, als eine riesige Welle gegen den Leichter hinter ihnen krachte. Noch immer schenkte der Kapitän vernünftigen Argumenten kein Gehör. Bliebe die hintere Winde heil, würden die schweren Container sie in die Tiefe ziehen. Mit jeder aufgeschobenen Entscheidung hatte er ihre Chancen verringert, und jetzt würden sie dafür bezahlen müssen.

Kelly Foster knirschte mit den Zähnen, um gegen ihre wachsende Wut anzukämpfen. Sie wandte sich zu dem Mann um, der seit über einer Stunde hinter ihr auf dem Deck herumlief und nervös Erdnüsse kaute. Mit seinem verbeulten Hut und der im Gürtel steckenden sechsschüssigen Waffe wirkte er wie ein verrückter, brummiger Seebär aus einem alten Film.

Käpt'n Ahab, wie er leibt und lebt, dachte sie entnervt, und setzte dann laut hinzu: »Windböen bis Stärke einhundertzehn. Bei Windstärke einhundertdreißig sind wir kurz vor Sturmstärke fünf.«

Everton antwortete nicht, sondern schritt an ihr vorbei, um durch das hintere Fenster der Brücke zu starren, von wo aus er in der undurchdringlichen Finsternis nach seiner kostbaren Fracht Ausschau hielt. Er brüllte mit rauher und lauter Stimme nach dem dritten Mitglied ihrer kleinen Besatzung auf der Brücke, als ob der Steuermann taub wäre.

»Bringen Sie das Schiff wieder in Windrichtung, Woods! Fünfundvierzig Grad gegen die Dünung!«

J.W. Woods Jr. riß das Steuer hart herum. Er wirkte

angespannt, und sein Gesicht glänzte vor Schweiß. Der schlacksige blonde Steuermann war von einem nur langsam verheilenden blauen Auge gezeichnet, das von seiner letzten Schlägerei in einer Bar zurückgeblieben war. Er wirkte unzufrieden, verhielt sich aber loyal und entschlossen, da er stets darauf bedacht war, seinen Wert unter Beweis zu stellen. Woods war der einzige unter den Crewmitgliedern, der es wirklich zu genießen schien, Everton die Füße zu küssen. Ein Speichellecker und Kriecher, von dem Kelly Foster keine Unterstützung erwarten konnte.

Steve, Squeaky und die anderen beiden Männer waren wahrscheinlich einsichtiger, aber sie arbeiteten unter Deck. Angesichts der Art und Weise, wie die Matrosen Kelly in der letzten Woche ignoriert hatten, war es nicht sehr wahrscheinlich, daß sie sich mit ihr verbünden würden. Außer den Maschinisten Steve und Squeaky, die offensichtlich schon früher zusammengearbeitet hatten, schienen die anderen Mitglieder der Crew einander nicht zu kennen.

Wir sind vollkommene Fremde, dachte sie. *Eine großartige Methode, Leute kennenzulernen. Diese Erfahrung muß ich unbedingt noch einmal machen ...*

Kelly Foster blickte wieder auf ihre Monitore, während die *Sea Star* die Bewegung des Leichters abfing. Erneut fragte sie sich, warum sie diesen Job angenommen hatte. Gut, sie *wußte* es, aber Stolz schien im Augenblick kein ausreichender Grund zu sein. Sie hatte auf diesem Schlepper mehr blinden Testosteron-Überfluß erleben müssen als in all den Jahren bei der Navy. Nachdem sie ausgelaufen waren, hatte Everton nie einen Zweifel daran gelassen, daß er sie nur deshalb angeheuert hatte, weil ihm keine Zeit geblieben war, sich nach einem besseren Crewmitglied umzusehen, und niemand an Bord schien anderer Meinung zu sein als der Kapitän. Sie war in den Augen dieser Muskelprotze wertlos, weil sie eine Frau war. Nur deshalb wurde sie ignoriert und verspottet. Gott behüte, hoffentlich wußte sie, was sie tat …

Eine herabdonnernde Welle erfaßte den Schlepper und riß Kelly aus ihren Gedanken. Jetzt zählte nur noch das Überleben. Klagelieder konnte sie später singen, falls sie den Taifun überstehen sollten, und im Moment standen ihre Chancen nicht gerade günstig.

Die *Sea Star* schlingerte, da der Leichter von einer weiteren mächtigen Welle bedrängt wurde. Eine sich auftürmende Wand brodelnder Gischt traf ihn mit vernichtender Kraft. Man hörte ein gequältes Kreischen, als sich das Verbindungstau zwischen Schlepper und Leichter spannte. Das eintausend Pfund schwere Gewicht, mit dem das Tau befestigt war, hatte sich verschoben. Kelly Foster betete stumm, daß die Belastung nicht zu groß werden würde …

Die *Sea Star* zog wie ein Hund an einer kurzen Leine, hielt einen Moment inne und durchpflügte dann weiter das aufgewühlte Meer. Everton hielt sich an einem Pfeiler fest, und Woods tastete nach seinem Flachmann, schraubte ihn auf und goß einen wohltuenden Schuß Alkohol in seinen Kaffee.

Guter Gott, worauf wartete er noch? fragte Kelly sich.

»In den Leichter dringt Wasser ein, Käpt'n«, meldete sie.

Everton reagierte nicht. Er wirkte starr und verschlossen.

»Käpt'n …«

»Wir werden uns nicht von der Ladung trennen, Foster«, keifte er. »Keine Diskussion!« Er steckte sich eine weitere Handvoll Erdnüsse in den Mund und starrte auf den Lastkahn.

Kelly Foster beobachtete ihn. Sie konnte nicht glauben, daß ein Kapitän derart verantwortungslos handeln konnte und darüber hinaus so selbstmörderisch veranlagt war. Als sie ihn kennengelernt hatte, war er ihr eigentlich nicht wie ein Wahnsinniger vorgekommen. Er war freundlich und auf seine rauhe Art attraktiv gewesen, hatte Autorität und Selbstvertrauen ausgestrahlt. Was war mit ihm passiert? Wer war dieser sexistische Idiot, der mitten in einem tobenden Taifun Erdnüsse mampfte und seine Navigatorin ignorierte?

Nun gut. Das Tau würde sich losreißen, die Verankerung der Winsch aus dem Deck herausgerissen werden, und damit wäre die gesamte Ladung sowieso dahin. Von ihrem finanziellen Anteil hatte sie sich innerlich schon verabschiedet, und wenn Everton die Wahrheit nicht hören wollte, sollte er daran ersticken.

Frustriert und nervös wandte sie sich wieder den Monitoren zu und dachte erneut, daß es besser gewesen wäre, nicht den erstbesten Job anzunehmen, der sich ihr geboten hatte, als sie im Südpazifik angekommen war. Und während die *Sea Star* unter einer weiteren Attacke der schwarzen Klauen des Taifuns zusammenzuckte, hoffte sie, daß sie nicht alle gemeinsam mit dem Kapitän untergehen würden.

Steve Baker war müde und ölverschmiert. Mit der Maschine des Schiffs war alles in bester Ordnung, ganz wie an dem Tag, als sie den Hafen verlassen hatten, und an allen sämtlichen Tagen danach war es nicht anders gewesen. Everton hatte sich als einer der Menschen entpuppt, die alles kontrollieren wollten und nervös wurden, wenn es hart auf hart kam. Überall sah er Probleme und reagierte, indem er seine Leute unter Druck setzte.

Er sagt: Überprüft die Maschine, und dabei ist alles über-

prüft, dachte Steve. *Als ob wir die letzte Woche nur faul herumgesessen und nicht dafür gesorgt hätten, daß alles in Ordnung ist.*

Squeak und er hatten sie während ihrer ersten Fahrt mit Everton vor ein paar Monaten gründlich inspiziert. Es war ein normaler Diesel mit Direkteinspritzung, der im Vergleich zu anderen Schiffsmotoren, mit denen sie es früher zu tun gehabt hatten, geradezu traumhaft gut funktionierte. Vielleicht war er etwas zu stark für einen Schlepper von der Größe der *Sea Star,* aber es hatte nie Probleme gegeben. Steve blieb einen Augenblick lang erschöpft in dem schwankenden Maschinenraum stehen, lauschte auf das Brummen des Motors und musterte den engen, heißen Raum, der wie gewöhnlich nach Schmiere und Schweiß roch.

Auf der letzten Fahrt hatte es so ausgesehen, als ob Everton als Kapitän in Ordnung wäre, aber damals hatte es auch keinen verdammten Taifun gegeben. Es hatte sich um einen einfachen Frachttransport von den Salomon-Inseln nach Vanuatu gehandelt, und sie waren nach dem Löschen der Ladung bar entlohnt worden.

Erneut wurde das Schiff von einer donnernden Woge erfaßt, und Steve geriet ins Taumeln. Er spreizte die Beine, um das heftige Schlingern auszugleichen. Was taten diese Kerle auf der Brücke? So, wie der *Sea Star* zugesetzt wurde, mußte Everton der Navigatorin befohlen haben, direkt Kurs auf den Taifun zu halten.

Er seufzte und wandte sich zur Tür. Hoffentlich sank ihr Anteil nicht gerade auf den Meeresgrund. Squeaky und er hatten schon Schlimmeres erlebt, aber sie bekamen normalerweise auch ein festes Gehalt. Er hoffte, daß Everton für den Fall, daß die Fracht verloren gehen sollte, Bargeld zur Hand haben würde. Die Versicherungsgesellschaften ließen sich mit dem Bezahlen zuviel Zeit.

Steve verließ den Maschinenraum, schloß die Tür hinter sich und blickte noch einmal durch die Ladeluke, bevor er Squeaky zunickte. Sein Kamerad saß mit einer Tasse Kaffee im Gang und las eines seiner Taschenbücher.

»Ich fühl' mich pudelwohl und hau' mich in die Koje, Squeak. Weck' mich nur, wenn das Schiff zu sinken beginnt.«

Squeaky nickte und wandte sich wieder seinem Buch zu. Mit Small talk hatte er nichts am Hut. Wahrscheinlich arbeiteten sie deshalb so gut zusammen. Steve war grundsätzlich der Ansicht, daß auf Schwätzer kein Verlaß war, und er hatte keine Zeit, sich mit Leuten abzugeben, die nicht in der Lage waren, ihren Job zu erledigen. Doch Squeakys Hände waren genauso schmutzig wie seine.

Er betrat die enge, schwüle Kajüte, die sich nur wenige Schritte den Flur hinunter befand, und warf sich auf die schmale Koje. Er hatte sich nicht die Mühe gemacht, das Licht einzuschalten. Squeaky war eine Nachteule, und deshalb wechselten sie sich mit ihren Schichten ab, wenn die Maschine in Hochform sein mußte.

Das Schiff schlingerte erneut, und Steve blieb kaum die Zeit, seine Hand auszustrecken, um zu verhindern, daß er mit dem Kopf gegen die Wand krachte.

»Mist«, stöhnte er und dachte, daß jemand mit der Navigatorin über ihre Manövrierkünste reden mußte. Sie war eine attraktive, wenn auch etwas reservierte Frau, aber von tropischen Unwettern hatte sie offensichtlich keine Ahnung. Squeaky hatte mit ihr gesprochen, und sie hatte ihm erzählt, daß sie früher in der Navy war, aber ihre Ausbildung war ihm ziemlich egal. Sie hatte sie mit schwerer Ladung in einen Taifun hineingesteuert, und das war mehr als dumm gewesen. Falls nicht Everton selbst dafür verantwortlich war. Aber andererseits konnte er sich keinen Kapitän vorstellen, der sein eigenes Schiff vorsätzlich in eine solche Gefahr hineinmanövrierte …

Wie auch immer, das Ganze war nicht sein Problem. Er wurde nicht dafür bezahlt, daß er sich darum kümmerte, was sich oben auf Deck abspielte. Er legte das dünne Kissen schützend um seinen Kopf, stemmte einen Fuß gegen den schwankenden Boden und war in weniger als einer Minute eingeschlafen.

Robert Everton, der Kapitän der Sea Star, stand angespannt am Fenster und starrte auf das aufgewühlte Meer. Er dachte an seine Zukunft. Die fürchterlichen dunklen Wellen peitschten erbarmungslos gegen das Schiff und warfen die Sea Star und ihren schwer beladenen Leichter herum, als handelte es sich um billige Plastikspielzeuge.

Wir schaffen es schon. Es ist nur ein Sturm, und ein Sturm kann und wird mir das nicht antun …

Unerwünschte Gedanken und Erinnerungen durchfluteten ihn. Er konnte nichts dagegen tun, war so hilflos wie das Schiff auf dem aufgewühlten Meer. Im Alter von siebzehn Jahren war er Matrose geworden, mit zwanzig Steuermann – der Ozean war sein Zuhause, hatte aus dem tölpelhaften Teenager einen Mann gemacht. Das Meer hatte ihn ernährt und unter klaren Sternenhimmeln in den Schlaf gewiegt. Unter dem Halbmond, dessen Licht sich auf dem Wasser des Pazifiks reflektierte, hatte er seiner Freundin einen Heiratsantrag gemacht, die Flitterwochen hatten sie auf einer gemieteten Boot vor der Küste Neuseelands verbracht. Kurz nachdem er dreißig geworden war, hatte er die Sea Star gekauft. Er war Kapitän und seine wunderschöne Sarah die Frau des Kapitäns. Mein Gott, wie jung waren sie damals gewesen, und wie viele Pläne hatten sie gehabt! Ein Zuhause, ein neues Schiff, vielleicht ein paar Kinder, wenn die Zeit gekommen war …

Doch leider war Sarah wenige Monate, nachdem sie die Sea Star getauft hatte, von einem betrunkenen Lastwagenfahrer überfahren worden, und seit fast dreißig Jahren gab es nur noch Kapitän Everton und das Meer. Die ganze Zeit über hatte er ohne Unterbrechung gearbeitet, war müde und vereinsamt von Insel zu Insel gefahren, ohne daß sein Leben einen Sinn ergeben hätte. Er hatte sich seinen Lebensunterhalt zusammenkratzen müssen und für eine bessere Zukunft gespart, in der er an einem warmen und sonnigen Ort seinen Ruhestand genießen würde.

Und jetzt das! Er hatte diese Tour hundertmal gemacht und war selbst in der schlimmsten Jahreszeit ruhig durch diese Gewässer gefahren, ohne daß sich auch nur eine einzige hohe Welle mit Gischt gezeigt hätte. Er hatte sich die Sprüche der Seeleute über die fürchterlichen Klimaverhältnisse angehört, aber die *Sea Star* war immer sanft über das Wasser geglitten. In dreißig Jahren hatte er keinen Lastkahn verloren, nie war es auch nur annähernd soweit gekommen.

Ich lasse niemals zu, daß mir ein Sturm das antut, dachte er. *Das kannst du mir einfach nicht antun!*

Das Schiff wurde von einer weiteren krachenden Woge erfaßt, und Everton beobachtete in dumpfer Ungläubigkeit, wie sich der Leichter vom Schlepper zu entfernen schien. Trotz des niederprasselnden Regens wußte er, daß ein weiterer Bolzen der Winsch aus seiner Verankerung gesprengt worden war. Er fühlte es, denn er kannte die Sea Star so lange, daß ihm jeder Zentimeter und jedes Erschauern des soliden Schiffsrumpfs vertraut waren.

Sie würde halten. Sie *mußte* halten! Sonst hatte er keine Zukunft mehr.

»Die Winsch bricht ab und reißt das Deck auf!«

Everton wandte sich um und bemerkte, daß die Frau neben ihm stand. Sie starrte auf den Leichter, als ob sie wüßte, wo er hinblickte. Es war ein Fehler gewesen, Kelly Foster zu engagieren. Diese Frau war gedankenlos, gefühlgesteuert und … *respektlos.*

»Guter Gott, ich hab' selbst Augen im Kopf«, blaffte er. »Ich habe mit diesem Schiff schon Schlimmeres durchgemacht, Foster. Also beruhigen Sie sich, und bleiben Sie auf ihrem Platz!«

Er wandte sich ab und ging zu Woods hinüber – hauptsächlich, um dieser Frau zu entkommen. Der Steuermann hatte wenigstens ein paar Erfahrungen gesammelt und wußte, wie man sich bei einem kleinen Unwetter zu verhalten hatte, ohne sich wie ein Kind zu benehmen. »Woods, halten Sie sie vor dem Wind«, sagte er.

Der Steuermann folgte seinem Befehl, wirbelte das Steuerrad herum und blickte dann aus dem vorderen Fenster. Ungläubig riß er den Mund auf. Sein zerschrammtes, schwitzendes Gesicht spiegelte schieres Entsetzen wider. »Grünes Wasser!« kreischte er.

Everton wirbelte herum und sah den riesigen Wellenkamm, eine Wasserwand von so tiefem Grün, daß sie beinahe schwarz wirkte. Sie mußte zwanzig oder fünfundzwanzig Meter hoch sein.

Ihm blieb gerade noch Zeit, den Schock wahrzunehmen – und eine überwältigende Erleichterung darüber, daß in ein paar Sekunden alles vorbei sein würde. *Sarah,* flüsterte er stumm.

Dann rauschte die *Sea Star* in die brodelnde Wasserwand hinein, und Tonnen von Wasser krachten auf sie herab.

2.

Kelly Foster hörte Woods Aufschrei und klammerte sich instinktiv an den Kanten der Radarkonsole fest. Sie drückte sich in ihren Sessel und spannte die Muskeln an, um gegen den Stoß gewappnet zu sein.

Bumm! Die Brücke kippte zur Seite, und um Kelly herum schäumte Wasser. Ein schreckliches, krachendes Geräusch war zu hören, und Woods schrie in Panik auf. Kapitän Everton wurde gegen den Kartentisch geschleudert, und Woods konnte das Steuerrad nicht mehr festhalten. Tassen, Erdnüsse und Karten flogen durch den Raum.

Kelly Fosters Kopf wurde schmerzhaft nach hinten gerissen. Sie hörte und fühlte die Zerreißprobe, der der Stahl um sie herum ausgesetzt war, auch unter ihren Füßen. Ein weiteres Krachen ertönte, als hinter ihnen die Reling der *Sea Star* zerbrach.

Sie warf sich herum und sah, während die Lichter auf der Brücke flackerten, wie die lange, schwere Antenne von der Reling in die von Wasser erfüllte Dunkelheit geschleudert wurde.

Guter Gott, die lange Reling ist zersprungen, schoß es ihr durch den Kopf.

Die furchtbaren Sekunden schienen sich unendlich lange hinzuziehen, und überall um sie herum war das schreckliche Krachen des Wassers und der Gischt zu hören. Dann plötzlich war das Schlimmste überstanden – der Sturm richtete die Sea Star auf der brodelnden Meeresoberfläche wieder auf.

Kelly Foster atmete tief durch. Als sie sich umblickte, konnte sie feststellen, daß der Schaden nicht so groß wie befürchtet war: Die Fenster waren sogar heil geblieben, und das Licht funktionierte wieder. Sie hatten noch eine Chance.

Noch bevor sie zu Atem gekommen waren, raste Everton schon zum hinteren Fenster. Sein zerknittertes Gesicht wirkte verängstigt, und er schien nach etwas Ausschau zu halten. Kelly Foster blickte ihm über die Schulter und sah, daß der Leichter, dessen Heck in die Luft ragte, zu kentern drohte. Ein Holzstapel löste sich und wurde wie ein Bündel von Zweigen über Bord geschleudert. Auch die oberen der aufeinandergetürmten Container hatten sich losgerissen, und einige der Behälter polterten zur Seite und verschwanden in der schäumenden Dunkelheit, während der Leichter immer tiefer in das Wasser hinabgezogen wurde.

Kelly Foster bemerkte die Verzweiflung im Gesicht des Kapitäns und empfand Mitleid mit ihm – trotz der Tatsache, daß sie durch sein idiotisches Verhalten in diese Lage geraten waren. Sie sah abwechselnd Woods, der mitgenommen, aber unverletzt zu sein schien, und dann wieder Everton an und bemühte sich, etwas Ermutigendes zu sagen. Doch der Kapitän starrte auf die verlorene Ladung, als wäre sein Herz gebrochen.

»Wenn Sie wirklich so etwas wie eine Navigatorin sein sollten …« Er brach mitten im Satz ab und ging davon, als wäre selbstverständlich, was er hatte sagen wollen.

Als sie die Worte verdaut hatte, fühlte Kelly Foster, wie sie errötete, und das verscheuchte alle anderen Gedanken. »*Sie* haben diesen Kurs eingeschlagen, *Käpt'n*! Sie sind dafür verantwortlich, daß wir uns einhundert Meilen jenseits aller normalen Schiffahrtsrouten befinden und mitten in der Taifunzeit eine zehntägige Fahrt unternehmen. Also machen Sie nicht mich für alles verantwortlich!«

Wütend trat er auf sie zu. Auch sein Gesicht war rot angelaufen. »Foster, dieses Schiff gehört mir, und ich bin hier der gottverdammte Kapitän. Zeigen Sie gefälligst ein bißchen Respekt.«

Sie starrten einander an. Kelly Foster haßte ihn. Sie haßte seine dummen, unverantwortlichen Versuche, die Schuld anderen zuzuschieben, sie zu unterdrücken und sie alle zu töten, indem er die Besatzung einem Taifun aussetzte …

Aber hier hat er das Sagen, nicht du. Sie hörte die Stimme ihres Vaters, eine Erinnerung an die Vergangenheit und eine Warnung für die Zukunft. *Alles wie gehabt. Mist.*

Sie knirschte mit den Zähnen und hörte sich antworten. Ihre Stimme klang trotzig, aber völlig kontrolliert. »Ja, Sir«, stieß sie hervor und blickte zur Seite, bevor der Haß sie erneut überwältigen konnte.

»Irgendwo dringt Wasser ein, Käpt'n«, sagte Woods. »Ich spüre es, ich verliere die Kontrolle …«

Everton ging schnell an Kelly vorbei auf das Steuerrad zu. Sie wandte sich wieder ihren Monitoren zu, vor Wut bebend, als das Schiff von einer neuen Woge empor- und dann in ein tiefes Wellental zurückgeschleudert wurde.

Kelly Foster wollte nicht sterben, und ihre Gedanken konzentrierten sich plötzlich auf ein einziges Ziel: Sie mußte dem Sturm innerhalb dieses Chaos die Stirn bieten. Sie mußten es schaffen, und sie wollte ein sicheres Deck unter ihren Füßen haben, wenn sie dem lächerlichen, inkompetenten Kapitän Everton Lebewohl sagen und ein Kreuzzeichen machen würde. Er war nur der Kapitän der *Sea Star*, und wenn sie die Planken des Schiffs verlassen hatte, konnte sie tun, was immer ihr gefiel.

Steve wurde durch das schrille, pulsierende Kreischen der Sirene aus seinem unruhigen Schlaf gerissen. Er war auf den Beinen, noch bevor er einen klaren Gedanken fassen konnte, und wurde gegen die Tür der Kajüte geschleudert. Die *Sea Star* schlingerte erneut. Er schüttelte den Kopf, um wach zu werden, erinnerte sich an den Sturm und kam wieder auf die Beine.

Der Gang war so eng und feucht wie seine Kajüte, aber viel heller. Ein rotes Flackern begleitete das ohrenbetäubende Kreischen der Sirene. Steve rieb sich die Augen, und plötzlich standen Richie und Hiko neben ihm, beide so übermüdet und unglücklich wie er selbst.

»Das ist der Alarm der Maschine! Na los!« brüllte Richie. Als er das Wort »Maschine« hörte, war Steve hellwach. Verdammt, was konnte passiert sein, er hatte doch nur ein paar Minuten geschlafen …

Er wandte sich um und rannte los, und die beiden Matrosen folgten ihm. Vor der Tür des Maschinenraums am Ende des Gangs sah er Squeakys umgekippten Stuhl. Mit angespanntem Gesichtsausdruck starrte sein Kumpel durch das dicke Glasfenster in der Tür, während das rote Licht über ihnen flackerte.

Squeaky trat zur Seite, während Steve nach der Klinke griff und sie niederdrückte. Nichts geschah.

»Die Tür hat sich verzogen«, erklärte Squeaky, aber Steve überprüfte bereits den Rahmen, drückte erneut auf die Klinke und rüttelte an der Türe. *Meine Güte, was muß das für ein Wellenkracher gewesen sein, damit das geschehen konnte.*

Er hob den Kopf, blickte durch das Türfenster – und fühlte sich, als würde eiskaltes Wasser durch seine Adern rinnen und jeden Teil seines erschöpften Körpers wachrütteln. Durch einen Riß in der hinteren Schott strömte grünes Meerwasser, das sich als kleiner, schäumender Fluß in den verschlossenen Raum ergoß.

Steve warf sich erneut gegen die Metalltür, die jedoch nicht nachgab. Sie klapperte nicht einmal im Rahmen!

»Wenn das Wasser die Maschine abwürgt, sind wir tot«, sagte Richie. Steve wandte sich um und bemühte sich, in dem schwankenden Gang einen klaren Gedanken zu fassen.

Er blickte in das tätowierte Gesicht des schweigenden Mannes, der hinter ihm stand, und ordnete seine Gedanken, während er sprach. »Hiko, hol einen Schneidbrenner und mach die Tür auf ...« *Squeaky übernimmt das Kommando, Richie kann ihm helfen ...* »Ich gehe nach oben.« Die anderen drei Männer nickten. Sie wußten, was zu tun war. Insgeheim dankte Steve Everton, daß er klug genug gewesen war, intelligente Matrosen anzuheuern. Dann rannte er los. Er mußte zur Leiter, die zur Brücke hinaufführte.

Everton schritt mit geballten Fäusten über den schwankenden Boden. Die laut kreischende Sirene verursachte pochende Schmerzen in seinem Kopf. Er blickte durch das hintere Fenster auf den Leichter und sah, wie vier weitere Container hinweggespült wurden und in dem aufgewühlten schwarzen Wasser verschwanden. Obwohl sie Ballast verloren hatten, hing der Leichter tief im aufgewühlten Meer, zu tief ...

Aber es ist noch jede Menge übrig, noch ist nicht alles verloren, noch nicht, dachte er. *Guter Gott, diese Sirene macht mich wahnsinnig!*

»Stellt den verdammten Krach *ab*!«

Kelly Foster fummelte an einem Schaltbrett herum, und das Kreischen der Alarmanlage hörte auf. Das Licht flackerte jetzt ohne Begleitgeräusch. Wenigstens hierzu war sie nützlich, toll, einfach *großartig* ...

Evertons Blick klebte an dem allmählich sinkenden Leichter. Er konnte es nicht mit ansehen, er *konnte* nicht, und dennoch war er nicht imstande, für eine oder zwei Sekunden wegzusehen. Die Fracht bedeutete alles für ihn, und niemand verstand das, niemanden kümmerte das Ganze.

Foster stand vor den Monitoren und versuchte den Anschein zu erwecken, als wäre sie beschäftigt, während sein Lebensinhalt unterging. Sie war eine Idiotin, Woods ein Stümper. Wahrscheinlich war die Alarmanlage nur ausgegangen, weil Baker und sein Kumpel irgendwelchen Mist gebaut hatten …

»Kapitän, ich empfehle einen neuen Kurs: zwei-zwei-neun. Wir werden das windstille Zentrum des Sturms finden, es ist nur eineinhalb Stunden von hier entfernt … Käpt'n?«

Es war unmöglich. Sie konnten nur dann in das Zentrum des Sturms vordringen, wenn sie den Leichter abkoppelten, und Kelly Foster war das bewußt. Aber was hatte *sie* zu verlieren?

»Wir haben keine neunzig Minuten«, murmelte der Kapitän, während er beobachtete, wie einige weitere Container zur Seite rutschten und in den Wellen verschwanden. Verloren, so vieles war bereits verloren …

Aber die Frau gab keine Ruhe. »Käpt'n, wenn wir erst einmal im Auge des Sturms sind, werden wir für fast zwei Stunden ruhige Gewässer vorfinden. Wir könnten Reparaturen vornehmen und den Leichter stabilisieren.«

Hatte sie etwa geglaubt, daß ihm die Pause und der verächtliche Ton ihrer schrillen Stimme nicht aufgefallen waren? Sie hatten nicht die Kraft, das Schlimmste zu überstehen, nicht mit dem Gewicht des Lastkahns …

»Antworten Sie, Käpt'n«, sagte Woods eindringlich.

Sie sind alle gegen mich, alle. Warum hatte die *Sea Star* nicht einfach untergehen können, so daß er seinen

Frieden gefunden hätte? Was hatte er getan, um miterleben zu müssen, wie ihm der Lebensinhalt genommen wurde?

Von unten drangen Geräusche zu ihnen herauf. Everton wandte sich um und sah, daß Steve Baker auf der Brücke erschien.

»Was zum Teufel ist hier oben los, Käpt'n? In den Maschinenraum dringt Wasser ein!«

Everton erfaßte eine Woge der Wut. Schäumend knöpfte er sich den jüngeren Mann vor. »Dann pumpen Sie es raus, Mister! Sie sind hier der verdammte Maschinist!«

»Wir kommen nicht in den Maschinenraum. Die Tür hat sich verzogen und klemmt. Hiko öffnet sie gerade mit dem Schneidbrenner …«

»Windstärke einhundertzwanzig«, unterbrach ihn Kelly Foster.

Baker fuhr sich mit den Fingern durchs Haar und blickte sich auf der Brücke um, als sein Blick von dem schwankenden Lastzug hinter ihnen gefesselt wurde. »Der Leichter! Sie wollen mich wohl auf den Arm nehmen!« Er starrte Everton ungläubig an. »Wir müssen ihn abkoppeln!«

»Diese Möglichkeit gibt es nicht, Baker«, antwortete der Kapitän. Das wäre Dummheit, Feigheit …

»Soll ich jetzt Kurs auf das Auge des Sturms nehmen, Käpt'n?« fragte Woods. »Antworten Sie, ich verliere sonst die Kontrolle über das Schiff.«

»Windstärke einhundertfünfundzwanzig, Sir …«

»Antworten Sie!«

Sie quälten ihn! Erst die Frau, dann der Stümper, und nun dieser widerspenstige Baker!

»Ich sage es ganz direkt, Käpt'n – wenn der Lastkahn absäuft, gehen wir mit ihm unter!«

Everton schüttelte den Kopf. *Ich bin der Kapitän, hier*

bin ich der Kapitän! »Das Risiko nehme ich in Kauf«, brummte er. Er war kaum in der Lage, seine Wut über diese offensichtliche Illoyalität zu unterdrücken. Sie waren alle bereit, seinem Untergang tatenlos zuzusehen ...

Baker starrte ihn einen weiteren Augenblick lang an, wandte sich dann um und ging auf die Treppe zu, die auf das sturmgepeitschte Deck hinausführte. »Ich kopple den Leichter ab«, sagte er.

Everton spürte, wie etwas in seinem Inneren zerriß. Er zog seinen Revolver und richtete ihn auf Baker. Das Gewicht der Waffe in seiner Hand verlieh ihm ein gutes Gefühl, ein Gefühl der Macht. Er bemerkte die Angst im jugendlichen Gesicht des Maschinisten. Angst und Respekt vor der glänzenden Waffe.

»Weg von der Tür«, sagte Everton. Er spürte einen heißen Adrenalinstoß und wußte, daß er die Kontrolle zurückgewonnen hatte. Hier war er der Kapitän! Er würde die Entscheidungen treffen, und niemand würde ihm die Verantwortung entreißen.

Baker würde gehorchen müssen oder auf unangenehme Weise erfahren, daß Everton nicht bluffte.

3.

Verdutzt und ungläubig starrte Kelly Foster den Kapitän an. Sie stand mit tauben Gliedern auf, entfernte sich aber nicht von ihrer Konsole, weil sie Angst hatte, Evertons Aufmerksamkeit auf sich zu ziehen.

Er haßt mich schon genug ... Guter Gott, der Mann ist verrückt! schoß es ihr durch den Kopf.

Sie sah, daß sich in Steves Gesichtsausdruck dieselbe Ungläubigkeit spiegelte: Erstaunen und eine plötzliche, wütende Neugier. »Was ist so wertvoll an der Ladung, was zum Teufel haben Sie da hinten verstaut? Drogen? Goldbarren? Die Versicherungsgesellschaft wird für den Verlust aufkommen, Käpt'n! Habe ich hier irgendwas verpaßt?«

Evertons trübe blaue Augen nahmen einen wilden Ausdruck an, und seine Stimme klang verzweifelt. »Die Fracht gehört *mir.* Ich habe mein gesamtes Vermögen eingesetzt, und die Ladung ist nicht versichert!«

Das erklärte alles: seinen Zorn und seinen Versuch, anderen die Schuld zuzuschieben. Kelly Foster verstand plötzlich, warum er lieber ihrer aller Leben riskiert hatte, statt den Lastkahn aufzugeben. Hier mußten sechsstellige Summen auf dem Spiel stehen.

Er wird uns eher ertrinken lassen, als daß er die Ladung aufgibt!

Auch dem Maschinisten war das klar, aber Kelly Foster wußte, daß ihn das nicht aufhalten würde. Steve ging erneut auf die Tür zu.

Everton spannte sanft den Hahn seiner Waffe und hob die 45er Webley.

Steve schüttelte verbittert den Kopf. »Wenn ich hinausgehe, werden Sie mich erschießen, aber wenn ich hier bleibe, werden wir alle ersaufen!«

Everton konnte nicht auf ihn hören – so, wie er auch auf Foster und Woods nicht gehört hatte. »Ich warne Sie!«

Steve starrte ihn eine weitere Sekunde lang an. Kelly Foster hielt den Atem an und fragte sich, ob sie rechtzeitig zu Everton gelangen könnte. Ein Schritt und ein Sprung, wenn er nicht hersah ...

In dem Moment, als Steve sich umwandte und nach der Türklinke griff, wurde die *Sea Star* plötzlich nach vorne geworfen, und alle flogen quer durch den Raum.

Kelly Foster krachte gegen die Konsole und landete

vor demselben Geländer wie Everton. Sie hörte, wie Woods stolperte und hinter ihnen zu Boden fiel. Steve wurde gegen das Geländer der Treppe geschleudert, war aber schnell wieder auf den Beinen und bereit, den Kapitän anzugreifen.

Sie hörten es alle gleichzeitig: das peitschende Geräusch, als die Drahtseile rissen.

Kelly blickte in die stürmische Nacht hinaus und sah, wie ein zerfetztes Drahtseil über das obere Deck schoß und ein weiteres Stück aus der Reling brach. Auch das billige Rettungsboot aus Aluminium wurde von seinem Podest gerissen. Der Sturm trug es davon, und der schwere Lastkahn verschwand hinter einer Welle aus ihrem Blickfeld.

Sekunden verstrichen, bis die *Sea Star* von den Wellen hochgetragen wurde, so daß sie den Lastkahn noch einmal sehen konnten, bevor die Wassermassen ihn verschlangen. Damit hatte Everton alles verloren.

Für einen Augenblick schwiegen sie und starrten auf die weite, sturmgepeitschte See hinaus. Kelly Foster spürte die Veränderung und vermutete, daß die anderen sie auch wahrgenommen hatten: Die *Sea Star* hatte wieder mehr Kraft und konnte wegen des verringerten Gewichts besser mit dem aufgewühlten Meer fertigwerden. Ohne den Lastkahn hatten sich ihre Chancen verdoppelt.

Kelly blickte Everton an, der auf den Revolver in seiner Hand starrte, als ob er nicht mehr wüßte, wie dieser dahin gelangt war. Einen Augenblick später sicherte er die Waffe und steckte sie ins Holster zurück.

Steve starrte den Kapitän an, und seine hellen Augen blitzten vor Zorn. »Ich warne Sie«, sagte er sanft, und kam mit geballten Fäusten einen Schritt weit auf Everton zu. »Sollten Sie jemals wieder eine Waffe auf mich richten, werde ich .... «

»Was werden Sie?« fragte Everton, aber sein Kampfgeist hatte ihn verlassen. Er ließ die Schultern hängen wie ein geschlagener Boxer.

Kelly Foster schritt an ihm vorbei, ergriff Steves Arm und zog ihn zur Leiter. Everton hatte noch immer die Waffe, und die Temperamente waren zu aufgewühlt und der Sturm zu heftig, als daß sie es sich hätten leisten können, ihren Maschinisten zu verlieren.

»Das werden Sie dann schon sehen«, sagte Steve, ließ aber zu, das Kelly ihn zur Leiter führte, während er Everton wild anstarrte.

»Bleiben Sie auf Ihrem Platz, Foster«, sagte der Kapitän, aber seine Stimme klang schwach. Sie ignorierte ihn. Im Augenblick war es wichtiger, daß der Maschinist und sie selbst von der Brücke verschwanden. Woods kannte die Koordinaten, sollte er sich mit Everton herumschlagen.

Sie beobachte, wie Steve die Leiter hinunterkletterte und folgte ihm. Plötzlich fühlte sie sich so müde wie seit Jahren nicht mehr.

Everton sah zu, wie sie den Raum verließen, und beobachtete Kelly Foster, die sich ihm offen widersetzt hatte. Dann wandte er sich Woods zu. Der Steuermann wollte ihm nicht in die Augen blicken, aber Everton war zu wütend, um sich darum zu kümmern.

»Woods, nehmen Sie folgendes ins Logbuch auf: Vier Uhr morgens. Kapitän Robert Everton gab den Lastkahn mit den Containern auf, um das Leben der Crewmitglieder der *Sea Star* zu retten. Der Kapitän wußte nichts von dem drohenden Taifun, weil Kelly Foster, die Meteorologin und Navigatorin, *eine Frau*, ihn nicht informiert hatte.«

Er wandte sich wieder zum Fenster um, sah aber nur noch brodelndes Wasser statt des Lastkahns, der seine Zukunft gewesen war. Der Kapitän spürte, wie sein Zorn nachließ. Nichts spielte mehr eine Rolle, alles war unwichtig geworden. Sie sollten sich alle zum Teufel scheren.

Woods räusperte sich nervös. »Käpt'n, was ist jetzt mit Fosters Vorschlag? Wir könnten das Auge des Sturms erreichen ... Käpt'n?«

Everton starrte auf das Meer hinaus, wo riesige Wellen von den Winden mit Gischt gekrönt und auseinandergerissen wurden, bevor sie wieder anstiegen. Nach einer Weile hörte er, daß Woods den Kurs änderte, um sie in das windstille Zentrum des Taifuns zu manövrieren, aber auch das spielte keine Rolle mehr.

Verloren, verloren, verloren ...

Er stand einfach da, starrte hinaus. Es gab nur noch ihn und das Meer.

4.

»Das Wasser dringt schneller ein, als wir es herauspumpen können«, berichtete Squeaky. Steve seufzte und nickte. Obwohl die Pumpen mit voller Kraft arbeiteten, fiel der Wasserpegel im Maschinenraum nicht. Hatte ihnen das Wasser vor einer Stunde bis zur Hüfte gestanden, so reichte es Steve jetzt bis zum Nabel. Es schoß durch die geöffnete Deckenluke, und das Summen des Generators, der die Pumpen mit Elektrizität versorgte, war in der unheimlichen, bizarren Stille im Zentrum des Taifuns das einzige mechanische Geräusch.

Kurz vor der Morgendämmerung hatten sie es geschafft, waren mit einer letzten, hektischen Kraftanstrengung durch die Sturmwand gebrochen und von einer seltsamen, beinahe unwirklichen Stille empfangen worden. Als die Sonne aufgegangen war, hatte Steve eine kurze Pause eingelegt und war an Deck gegangen, um sich umzusehen. So etwas hatte er noch nie erlebt.

Die *Sea Star* glitt sanft ein paar Meilen vor einer dichten, wirbelnden Nebelbank dahin. Nebel, soweit das Auge reichte; dahinter befand sich der Taifun mit seinen hohen und dunklen Regenwänden. Das Meer plätscherte sanft gegen den Rumpf des Schleppers, und über ihnen sah man ein gezacktes, aber deutlich kreisförmiges Stück des klaren Morgenhimmels. Sie waren in dem Vakuum, das die heftigsten der böigen Winde geschaffen hatten – im Auge des Sturms. Leiah wütete weiter, aber die Sea Star befand sich in einer stillen Nische, wo man nur das Wasser gegen die Bordwand schlagen und die leisen Geräusche der Menschen hörte, die in dieser so ruhigen, feuchten Luft arbeiteten.

Steve war erschöpft, frustriert und genervt. Daß er bis zur Hüfte von dem trüben Salzwasser umspült wurde, trug zweifellos dazu bei, daß er wach blieb, aber seinem Gemütszustand war damit nicht geholfen. Der Maschinenraum stand unter Wasser, ebenso der abgeschaltete Dieselmotor. Die Leistung der Pumpen reichte nicht aus – nicht mehr. Der Taifun hatte die Sea Star zu stark beschädigt: Kleine Löcher im Schiffsrumpf hatten sich zu Rissen entwickelt, durch die beständig Wasser ins Innere eindrang. Sie lag schon jetzt zu tief im Wasser. Und all das hatten sie ihrem famosen Kapitän zu verdanken …

Kelly Foster hatte Steve einiges erzählt, als sie gemeinsam nach unten gegangen waren, um von diesem verrückten Idioten wegzukommen. Was er gehört hatte, machte ihn jetzt noch wütend.

Squeaky suchte bereits seine Taucherausrüstung zusammen, um sich den Schaden von außen anzusehen, und watete eben durch den Raum, auf der Suche nach einer Sauerstoffflasche. Steve schüttelte den Kopf und fragte sich, ob die anderen eine Vorstellung davon hatten, wie schlimm es um sie stand. Sie saßen in der Klemme, daran gab es keinen Zweifel. Wenn sie es nicht schafften, die Lecks abzudichten, würde das Schiff sinken.

»Wie konnten wir nur bei diesem Typ anheuern?«

Squeaky zuckte die Achseln. »Das Schwein hat dich mit seiner Knarre bedroht? Ich hätte ihn niedergeschlagen.«

Steve wünschte, er hätte es getan. »Wegen diesem Wahnsinnigen haben wir während eines *Taifuns,* und zwar einhundert Meilen abseits aller normalen Schiffahrtsrinnen, fünfhundert Tonnen Stahl und Holz transportiert, und die Ladung war *nicht versichert.* Unser Steuermann ist ein Feigling, unsere Navigatorin ...«

Squeaky grinste und murmelte etwas auf spanisch vor sich hin. Wegen der kubanischen Aussprache konnte Steve nur das Wort »heiß« verstehen.

Er blickte finster drein. »Sie ist aus der Navy rausgeflogen, weil sie einen vorgesetzten Offizier geohrfeigt hat ...« Da ihm klar wurde, daß er gerade darüber nachgedacht hatte, dasselbe zu tun, schwieg er. Er sah sich um und schüttelte erneut den Kopf. Er hatte keine Lust mehr, weiter über Kelly Foster zu reden. »Ich *kann* es einfach nicht glauben«, sagte er und hoffte, daß Squeaky nicht merken würde, wie er das Gesprächsthema wechselte. Irgendwie mochte er Kelly Foster, oder zumindest empfand er keine Abneigung gegen sie, und wenn Squeaky das merkte, würde er ihn erbarmungslos damit aufziehen.

Squeaky lächelte immer noch. »Dann hat Kelly Foster also ein Problem mit ihren Vorgesetzten. Aber du bist auch nicht gerade der gehorsamste Befehlsempfänger.« Während er sprach, griff er nach seiner Sauerstoffflasche und hievte sie durch die Luke.

»Eins sag' ich dir: Das ist das letzte Mal, daß wir statt eines festen Lohns für einen Anteil am Wert der Ladung arbeiten.«

Vielleicht ist es das letzte Mal, daß wir überhaupt einen Job haben, dachte Steve, während er hinter Squeaky herkletterte, um sich darüber Gewißheit zu verschaffen. Mit etwas Glück konnten sie die Lecks flicken und die andere Seite des Taifuns durchbrechen. Aber wenn die Lage wirklich so schlimm war, wie es im Moment aussah, war der Verlust ihres Lohns das geringste Problem.

Kelly Foster stand mit Richie draußen auf dem vorspringenden Dach der Brücke. Sie inspizierten in der drückenden, seltsamen Luft den Schaden, den die Kommunikationsanlage für den Funkverkehr erlitten hatte. Die für lange Reichweiten ausgelegte Antenne war fast ganz unten abgebrochen, was an sich schon schlimm genug war, aber die Antennenkopplung war gleichfalls in diverse Einzelteile zersprungen, so daß eine behelfsmäßige Reparatur nicht möglich war.

Auf dem oberen Deck unter ihnen half Steve Squeaky in den Taucheranzug, und Hiko arbeitete eifrig mit dem Schneidbrenner, an die Überreste der Reling gelehnt. Woods war nur kurz aufgetaucht, und Everton konnten sie nirgendwo entdecken; Kelly Foster hatte ihn seit über einer Stunde nicht mehr gesehen. Sonnenstrahlen durchbrachen den Nebel, und die Szenerie wirkte beinahe friedlich, fast so, als handelte es sich um einen ganz gewöhnlichen Arbeitstag auf einem Schlepper auf See.

Richie blickte an den Männern vorbei in die Ferne. Sein dunkles Gesicht war angespannt, während er den still tobenden Sturm in der Ferne beobachtete. Er hatte klargestellt, daß er nicht mit Kelly Foster reden wollte, und er hatte ihre Versuche ignoriert, ein Gespräch zu beginnen. Vielleicht war das jetzt ein Beginn. Obwohl sie die mürrische Haltung der Crew irritierte, hatte sie es satt, sich wie eine Außenseiterin zu fühlen.

»Die innere Sturmwand könnte ein paar tausend Meter hoch sein, und der Durchmesser des ruhigen Sturmzentrums beträgt vielleicht zwanzig bis dreißig Meilen.«

Richie schien Interesse zu zeigen. »Merkwürdig. Ich habe mich noch nie zuvor im Zentrum eines Hurrikans aufgehalten.«

»Taifun. Im Südpazifik nennt man das Taifun.«

Richie blickte sie etwas höhnisch an. »Vielen Dank für die Information«, sagte er sarkastisch.

Guter Gott, wie lange wird es noch dauern? Kelly starrte ihn an und fragte sich, warum sie überhaupt einen Gedanken daran verschwendete, der Typ war sowieso meistens bekifft …

Richie kauerte nieder, hob ein Stück der zerbrochenen Antennenkopplung hoch und seufzte tief. »Das Ding ist hinüber.«

Kelly blickte über das Deck und beobachtete, wie Squeaky über Bord sprang. Das Geräusch, das entstand, als er ins Wasser eintauchte, wirkte ungewöhnlich laut in der Stille im Auge des Sturms. Steve strich sich mit der Hand durch sein dichtes, dunkles Haar und ging ein paar Schritte hin und her, während er in das sich kräuselnde Wasser hinabblickte. Er war groß, aber nicht zu groß, gut gebaut, das ließ sich nicht leugnen, und er sah auf eine etwas unreife Weise gut aus …

Als Kelly bewußt wurde, daß sie ihn beobachtete, wandte sie sich wieder Richie zu und unternahm einen weiteren Versuch. »Kann man den Kondensator nicht überbrücken und neu verdrahten …?«

»Bei einer Antennenkopplung nennt man das Widerstand, nicht Kondensator. Ich rede Ihnen nicht dazwischen, wenn's um Navigation geht, also geben Sie mir keine Ratschläge, wenn's um Elektronik geht, okay?« Richies tiefe Stimme klang stechend und scharf. Er richtete sich wieder auf.

Kelly starrte ihn an. »Könnten Sie mir bitte erklären, was für ein Problem Sie mit mir haben? Sind Sie nur heute sauer auf mich, oder haben Sie grundsätzlich ein Problem mit Frauen?«

Richies Gesichtsausdruck blieb weiterhin leer, und seine dunklen Augen waren unergründlich. »Nein, verstehen Sie mich nicht falsch. Ich liebe Frauen, aber ich finde, daß sie auf einem Schiff nichts zu suchen haben.«

Er warf das defekte Teil der Antennenkopplung auf den Boden und ging. Dann hielt er inne und wandte sich um. Jetzt erfuhr Kelly Foster den Grund des Zorns, der sich hinter seinen Worten verborgen hatte.

»Ich weiß, wer Ihr Vater ist. Wir alle haben das Geld verdammt viel nötiger als Sie.«

Kelly konnte ihn nicht so davonkommen lassen. Während er sich entfernte, rief sie hinter ihm her: »Stimmt schon, Richie, ich bin reich und habe eine Wohnung in der Park Avenue. Das hier ist nur ein Hobby. Es gefällt mir, in einer Koje zu schlafen und mein Gehirn einzuschalten, wenn Woods nichts mehr einfällt …«

Aber ihre Worte verpufften ungehört. Richie war davongegangen und bewegte sich auf das obere Deck zu, wo Steve und Hiko darauf warteten, daß Squeaky wieder auftauchte. Frustriert trat Kelly gegen die ruinierte Antennenkopplung, die daraufhin über die Planken schlitterte.

Sie atmete tief durch, wandte sich um und blickte in Richtung des Taifuns. Der tobende Sturm spiegelte ihre Gefühle wider. Sie hatte jede Menge Fehler gemacht, aber es war nicht ihre Schuld, daß ihr Vater Admiral war. Es war nicht fair, daß Richie ihr das vorwarf und glaubte, sie wäre eine Anfängerin, die den Job nur gekriegt hatte, weil ihre Familie Geld hatte.

Plötzlich hörte sie die harte und unnachgiebige Stimme ihres Vaters: *Dann will meine Seefahrerin also alles aufgeben? Du willst das Handtuch werfen, nur weil irgendein eingebildeter Typ glaubt, daß er besser ist als du. Du hast die Fähigkeiten, meine Kleine, und du hast hart dafür gearbeitet! Laß nicht zu, daß dir irgend jemand erzählt, du hättest hier nichts zu suchen.*

»Okay, Sir«, flüsterte sie und schluckte ihre Wut hinunter, indem sie erneut tief durchatmete. Sie hatte schon öfter ihre Fähigkeiten unter Beweis stellen müssen, und sie war mindestens genauso clever wie der Rest dieser Crew.

Kelly richtete sich auf und machte sich daran, mit den anderen auf Deck eine dringend benötigte Tasse Kaffee zu trinken. Und was, wenn sie sie nicht dabeihaben wollten? Ihr Pech. Sie mußte ihren Hintern genauso retten wie die anderen, und wegen Richie, Everton oder einem der anderen würde sie nicht flennend davonlaufen.

Ich bin eine Frau, okay? Wenn ihr das nicht akzeptiert, dann laßt mich in Ruhe, dachte sie, und zum ersten Mal seit langer Zeit lächelte sie wieder. Jetzt sollte Everton mal versuchen, sie weiterhin zu ignorieren.

Der Kapitän saß an dem ramponierten Schreibtisch in seiner Kabine und starrte auf das Durcheinander vor seinen Augen. Er fühlte sich alt, müde und war ziemlich betrunken. Auf der überfüllten Schreibtischplatte lagen Papiere und Fotos, und die wenigen gelallten Worte, die er von sich gab, waren auf den Schnaps zurückzuführen, den er unaufhörlich in sich hineingoß. Sonderbarerweise war sein Glas schon wieder leer.

Das hier ist mein ganzes Leben, alles, was da vor mir liegt, dachte er niedergeschlagen. Ich sitze auf meinem gottverdammten Schiff, und vor mir liegt mein ganzes Leben ausgebreitet ...

Es war bemitleidenswert, diese kleine Ansammlung von Papieren stand für das, was er darstellte. Jahrzehntealte Kontoauszüge seiner Bank, die von jeder hart erarbeiteten Einzahlung und über jede kleine Abhebung Auskunft gaben. Abgesehen von der letzten. Ein Foto von seinem kleinen Haus in Guam, das jetzt verkauft war; wenn sie es schaffen würden, das Festland zu erreichen, hätte er noch nicht einmal ein Zuhause, wo er seinen Hut an den Nagel hängen konnte.

»Wir werden es nicht schaffen«, murmelte er vor sich hin, während er nach dem Schnapsglas und der halb geleerten Flasche griff. Er trank Whisky, und noch nicht einmal einen besonders guten. Everton fühlte, wie ihn das Selbstmitleid der Betrunkenen überkam. Er haßte sich selbst dafür, aber das verstärkte seine Gefühle nur noch.

Wenigstens würde es keine Zeugen geben, die von seinem Versagen berichten und den Leuten erzählen konnten, was passiert war. Noch immer drang Wasser in die *Sea Star* ein; er fühlte das ungewohnte Gewicht des Schiffs, das langsam und unausweichlich im Meer versank. Wenn die Crew es nicht schaffen würde, das Unheil irgendwie aufzuhalten, würde sein wunderschöner kleiner Schlepper untergehen. Aber die Mannschaft war nicht gut genug.

Die Crew, *seine* Crew. Sie haßten ihn, aber kümmerte ihn das? Das waren doch alles nur Witzfiguren. Diese Hure von Navigatorin, dieser Schleimscheißer von Steuermann und die beiden durchgeknallten Matrosen: ein Primitiver mit Tätowierungen im Gesicht und ein kiffender Schwarzer. Und die beiden Maschinisten. Von ihnen hatte er mehr erwartet. Sie waren die einzigen, mit denen er schon vorher zusammengearbeitet hatte, aber sie würden nicht in der Lage sein, das Leck wie eine Flasche mit einem Korken zu stopfen. Der smarte Junge und sein kubanischer Kumpel, wahrscheinlich waren die beiden sowieso schwul ...

Erneut goß sich Everton zitternd von dem billigen Whisky ein. Ein paar Tropfen spritzten auf einen Schnappschuß der *Sea Star*, der an dem Tag aufgenommen worden war, als er das Schiff gekauft hatte. Er wischte die Tropfen weg, hielt das Foto hoch und betrachtete es. Er sah sich selbst: einen jungen und starken Mann, der grinste, als gäbe es auf dieser Welt keine Probleme. Mit der Kapitänsmütze, die ihm seine junge, hübsche Frau gekauft hatte, stand er stolz vor seinem Schlepper. Sarah hatte das Foto geschossen. Er erinnerte sich an ihr Lächeln, als sie ihn aufgefordert hatte, für die Aufnahme die Mütze aufzusetzen. Sie hatte ein grünes Kleid mit kleinen weißen Blümchen getragen ...

Es ist alles verloren, Sarah, jetzt ist alles verloren.

Everton griff zum Glas und stürzte den Inhalt hinunter. Er spürte, wie das starke Getränk durch seine schmerzende Kehle sickerte und die Verspannungen in seiner Magengrube löste. So oder so, bald war alles vorüber.

Der Kapitän schenkte sich einen weiteren Drink ein und vermied es sorgfältig, auf den Revolver zu blicken, der am Rand seines Schreibtischs lag: Die Zeit war noch nicht reif, noch nicht. Er wollte die Flasche austrinken, die Fotos durchsehen und sich daran erinnern, wie es damals gewesen war, als er noch Träume gehabt hatte. Er nahm ein Foto in die Hand, das ihn als Achtzehnjährigen zeigte. »Ich hab' dich enttäuscht, mein Junge.«

5.

Steve beobachtete die Luftblasen über die Reling der *Sea Star* hinweg und spürte, wie sein Mut mit jeder Minute sank. Er sah die Sauerstoffblasen zur Wasseroberfläche hochsteigen, und das bedeutete, daß mit Squeaky alles in Ordnung war, aber je länger er unter Wasser blieb, desto unwahrscheinlicher war es, daß er mit guten Nachrichten zurückkam.

Hiko hatte seine Werkzeuge für einen Moment zur Seite gelegt und beobachtete mit ihm das Wasser. Im Morgenlicht wirkte sein tätowiertes Gesicht ernst. Steve hatte sich über den Matrosen und seine Kultur Gedanken gemacht, aber er wollte keine indiskreten Fragen stellen. Wie alle anderen an Bord war auch Hiko ziemlich auf seine Privatsphäre bedacht, und jetzt, da im sturmstillen Zentrum des Taifuns Wasser in die *Sea Star* eindrang, war mit Sicherheit nicht die richtige Zeit, mit dem neuseeländischen Maori ein Frage- und Antwortspiel zu veranstalten.

Richie gesellte sich zu ihnen, setzte sich neben Hiko auf die Reling und zog einen Joint hinter dem Ohr hervor. Er zündete ihn an und inhalierte tief den beißenden Rauch, während sie zu dritt darauf warteten, daß Squeaky wieder auftauchte.

Steve blickte etwas finster drein. Es schien wirklich

nicht der richtige Moment zu sein, einen Joint zu rauchen. Aber er war der Ansicht, daß jeder seine eigene Methode hatte, mit einer Situation fertigzuwerden. Was ihn und Squeaky anging, war das die Arbeit, aber vielleicht konnte Richie besser arbeiten, wenn er gekifft hatte. Er kannte eine ganze Reihe von Männern, die das genauso machten …

Hiko sah Richie an. Die breiten, charakteristischen Züge seines zerfurchten Gesichts sahen stumpf und ausdruckslos aus. »Du bist ein seltsamer Vogel, Richie«, sagte er, und man konnte den starken neuseeländischen Akzent in seiner tiefen Stimme hören.

Richie zeigte mit seinem Joint auf Hikos Gesicht und Arme. »Das sagt einiges, wenn man wie eine menschliche Graffitiwand aussieht. Glaubt ihr wirklich, diese Tätowierungen sind hübsch? Und was ist das eigentlich für ein Name, *Hiko?*«

Hiko grinste. Wahrscheinlich hatte er gemerkt, daß Richie sich über seine Herkunft lustig machte. Er erhob sich und trat einen Schritt auf Richie zu, als wollte er den bekifften Mann angreifen.

»Ganz ruhig«, sagte Steve, und Hiko setzte sich wieder, aber sein Grinsen verschwand. »Der Name Hiko entstammt der Sprache der Maoris. Ich bin ein Maori. Die Tätowierungen sind meine spirituelle Rüstung.«

Richie klemmte sich den Joint zwischen die Lippen und krempelte einen seiner Hemdsärmel hoch, unter dem eine Tätowierung der U.S. Navy mit Anker zum Vorschein kam. »Wo ich herkomme, macht man das etwas anders.«

Steve war überrascht. »Du warst in der Navy? Ach komm …«

Richie nickte ernst. »Sechs Jahre. In der Siebten Flotte. Ich war ein erstklassiger Spezialist für Waffentechnologie und der Beste in meinem Jahrgang.«

Steve hob eine Augenbraue. »Und was ist dann passiert?«

Richie inhalierte erneut, stieß sich von der Reling ab und antwortete, während er davonging. »Ärger mit Drogen.«

Steve grinste, während Hiko sich wieder seiner Arbeit zuwandte und mit dem Schneidbrenner Stahlplatten zurechtschnitt, mit denen sie die Löcher im Schiffsrumpf flicken wollten. Der Maori hatte recht, Richie *war* ein seltsamer Vogel.

Er beobachtete den tätowierten Mann und blickte auf die kleine Keule, die in Hikos Hosenbund steckte. Sie sah wie eine rituelle Stammeswaffe aus. Zum Teufel, es gab nur noch die Gegenwart, vielleicht bekamen sie keine zweite Chance. »Bist du wirklich ein Krieger der Maori, Hiko? Trägst du deshalb die Keule?«

Hiko blickte nicht einmal auf. »Das ist eine *wahaika.*«

»Eine was?«

»Eine *wahaika.* Mein Großvater hat sie mir geschenkt.« Hiko zog die Keule aus dem Hosenbund und streckte sie Steve so entgegen, daß er sie genauer betrachten konnte. Sie hatte eine glatte Oberfläche, und auf einer Seite waren komplizierte Zeichen eingraviert. Gute Arbeit.

Hiko sprach weiter, und seine Stimme klang ziemlich ernst. »Da ist der Name eines meiner Vorfahren eingraviert: ›Hiko‹. Mein Großvater glaubt, daß derjenige, der den Namen Hiko und diese Waffe trägt, der größten Gefahr ins Auge sehen kann und nicht sterben wird.«

Steve lächelte. »Weißt du, wovor ich mich am meisten fürchte? Vor Frauen. Laß dich ernsthaft mit einer ein, und plötzlich bist du Vater von drei Kindern und hast eine Hypothek für zwanzig Jahre auf dem Buckel.

Nicht mit mir, ich seh' mir die Welt an. Und wovor hast du am meisten Angst?«

Hiko lächelte nicht. »Vor dem Wasser«, sagte er, und wandte sich ohne ein weiteres Wort wieder seiner Aufgabe zu, die dicken Stahlplatten zuzuschneiden.

Steve schluckte schwer, weil ihm wieder bewußt geworden war, wo sie sich befanden und mit welchen Schwierigkeiten sie zu kämpfen hatten. Es kam ihm beinahe vor, als würde er nicht wirklich daran glauben, daß sie untergingen. Trotz ihrer Lage schien er noch nicht akzeptiert zu haben, daß ihnen dieses Schicksal drohte. Während er Hiko beobachtete, der angestrengt mit seiner Arbeit beschäftigt war, wurde ihm klar, daß er auf törichte Weise naiv war.

Tauch mit einem Lächeln wieder auf, Squeaky, flehte er insgeheim und beobachtete wieder die Luftblasen.

Nach und nach versammelten sich alle Mitglieder der Crew auf Deck, um auf die Nachricht des tauchenden Maschinisten zu warten. Nur Kapitän Everton fehlte, aber das überraschte Kelly nicht besonders. Vielleicht war es etwas sonderbar, aber nicht gerade überraschend.

Wahrscheinlich trauert er seinem Geld nach, dachte sie. *Was für ein Idiot.* Sein Schiff sank, und er heulte, weil die Ladung verloren gegangen war. Vielleicht versteckte er sich auch vor der Crew, die wegen ihm eventuell zum Untergang verdammt war. *Toller Kapitän.*

Kelly schlürfte ihren Kaffee und wartete schweigend mit den anderen. Sie fühlte sich gut, hatte sich im Griff. Weder Richie noch Woods würden sie anblicken, aber Steve hatte ihr freundlich zugenickt, und Hiko hatte ihr sogar zugelächelt, als sie an Deck erschienen war.

Einfach großartig. Wir werden vielleicht untergehen, aber zumindest bin ich keine Außenseiterin mehr.

Sie wußte, daß es töricht war, aber ihre gute Laune wurde von ihrer fast aussichtslosen Lage nicht beeinträchtigt. Die *Sea Star* befand sich – zumindest im Augenblick – in ruhigen Gewässern, und sie hatte das sichere Gefühl, daß sich alles zum Besseren wenden würde. Allein die Tatsache, daß sie die Nacht überlebt hatten, war wie ein Omen gewesen. Denn einen Taifun zu überleben war an sich schon ein Wunder.

Plötzlich sahen sie neben dem Schiffsrumpf einen Strom von Luftblasen, und der Maschinist tauchte auf. Er nahm seine Tauchermaske ab und blickte sie mit tropfendem Bart und düsterer Miene an.

»Sieht schlecht aus«, sagte er, und Kelly Foster spürte, wie ihre gute Laune angesichts seines Tonfalls hinwegschmolz. Er hatte etwas Endgültiges, Kaltes und Bedingungsloses.

»Erklär mir, was du mit ›schlecht‹ meinst«, sagte Steve.

Squeaky schüttelte den Kopf und kletterte an Bord. »Das Schiff sinkt.«

»Das ist übel«, murmelte Richie. Obwohl sie eineinhalb Meter von ihm entfernt stand, roch Kelly den schweren Marihuana-Geruch seines Atems.

Hiko wandte sich ihr zu, und der Ausdruck seiner sanften braunen Augen war unglücklich. »Wie weit ist es bis zur nächsten Küste?«

»Achtzehn bis zwanzig Stunden bis zu den Kermadec-Inseln«, antwortete sie leise.

Steve blickte finster drein. »Eine Stunde kann ich aus der Maschine rausholen, aber das ist das Maximum.«

Hiko starrte auf die brodelnde Sturmwand des Taifuns in der Ferne. Seine dunkle Stimme klang leer und trostlos, als er sagte: »Das werden wir nie schaffen.«

Der bekiffte Richie blickte Kelly Foster mit geröteten

Augen an. »Also, was machen wir jetzt? Haben Sie einen Vorschlag, Prinzessin?«

Er klang nicht gehässig, sondern nur verängstigt. Kelly blickte zu dem leeren Podest hinüber, auf dem sich das Rettungsboot befunden hatte, und schüttelte langsam den Kopf.

Soviel zur weiblichen Intuition.

Die Antenne mit der großen Reichweite war kaputt, die Maschine soff ab, und der Sturm würde sich nicht legen, während sie sich abmühten. Das Ende war nicht länger nur eine Möglichkeit. Wenn sie sich nicht schnell etwas einfallen ließen, würden sie hier draußen sterben.

Hiko Alailima starrte auf den Sturm hinaus und empfand Angst, aber er ließ nicht zu, daß sie ihn überwältigte. Er saß allein im Schneidersitz auf Deck. Die *Pakeha,* die Weißen, waren hineingegangen, um nach einem Ausweg zu suchen. Auch sie hatten Angst, doch er hoffte, daß sie eine Lösung finden würden. Aber gleichgültig, ob es das beschädigte Schiff bis zur nächsten Küste schaffte oder nicht, das Problem des Todes war damit nicht aus der Welt geschafft. Hiko wußte das und wollte Frieden schließen mit dieser Aussicht, besonders jetzt, da das Ende so nah war. Außerdem war er nur Matrose und konnte auf der Brücke nichts Entscheidendes bewirken.

Nicht der Tod selbst ängstigte ihn, sondern die Art, wie er sterben würde. Seine Eltern waren beide vor der Nordküste von *Aotearoa,* wie die Maori Neuseeland nannten, ertrunken, als er noch ein Kind gewesen war. Er und seine Schwester Kukupa blieben allein zurück und wurden von ihren Großeltern großgezogen. Beide *tipuna* waren warmherzige und liebevolle Menschen, und unter ihrer Vormundschaft waren sie in enger Beziehung zur Kultur und Geschichte der Maori aufgewachsen, aber Hiko hatte es dem Meer nie verziehen, daß es ihm Mutter und Vater genommen hatte. Immer schon hatte er geglaubt, daß der Ozean – *moana* – auch ihn holen wollte. Er litt als Kind unter schrecklichen Alpträumen, in denen er in eine fürchterliche, schweigende Finsternis hinabgezogen wurde. Dort konnte er nicht atmen, und die Leichen seiner Familie schwammen unter der Meeresoberfläche und winkten ihm mit bleichen Armen zu …

Er hielt die *wahaika* in seinen Händen. Der glatte, schwere Stein, der vor neun Generationen einem anderen Hiko gehört hatte, verlieh ihm Kraft. Es war seltsam, daß die Waffe eine so große Macht über ihn hatte. Hiko war stolz, ein Maori zu sein und die *moko*-Tätowierungen auf seinem Gesicht und seinem Körper zu tragen, aber zugleich war er auch ein erwachsener Mann des späten zwanzigsten Jahrhunderts. Viele Menschen glaubten, wenn sie die Maori-Tätowierungen sahen, daß er nackt herumrennen, den Vollmond anheulen, trommeln und heidnische Rituale aufführen würde, um es regnen oder die Sonne scheinen zu lassen. Das war einfach lächerlich! Nur weil er stolz auf seine Vorfahren und ihre Traditionen war, mußte er noch lange kein Idiot sein.

Um so seltsamer, daß er sich überhaupt hier befand. Jahrelang hatte er für eine Baufirma als Schweißer gearbeitet und seine kleine Schwester unterstützt, bis sie das College beendet hatte. Damals besaß er, nicht weit vom Haus seiner Großeltern entfernt, eine komfortable Wohnung und war glücklich gewesen, oder zumindest zufrieden.

Als seine Großmutter im letzten Jahr an einem Herzinfarkt starb, meldeten sich die Alpträume seiner Jugend zurück. Es wurde so schlimm, daß er viel Alkohol trank, um nachts einschlafen zu können. Darunter litt seine Arbeit, und er verlor Gewicht. Deshalb hatte sein Großvater schließlich vorgeschlagen, er sollte seinen Ängsten die Stirn bieten. Dieser Gedanke stammte nicht aus den Maori-Traditionen, sondern aus einer Talk-Show, in der über Phobien diskutiert worden war.

Hiko lächelte und dachte an seine *whanau*, seine Familie. Kukupa hatte gesagt, daß es verrückt wäre, wegen seiner Alpträume aufs Meer hinauszufahren. Ihrer Ansicht nach wäre es besser gewesen, wenn er sich zurückgezogen hätte. Sie hielt seine Idee für absolute Macho-Idiotie. Seine *tuahine* war ein süßes Mädchen, und er fühlte sich wie ein Idiot, als er ihr seine Entscheidung mitteilte. Jetzt, während er auf die Sturmwand des fürchterlichen *a-wha* hinausblickte, wünschte er beinahe, er wäre ihrem Ratschlag gefolgt.

Und dennoch ...

Als er vor neun Monaten zum ersten Mal als Matrose angeheuert hatte, waren die Alpträume verschwunden. Er hatte zwar noch Angst vor dem Wasser, konnte aber wieder schlafen und hatte mit dem Trinken aufgehört. Nachdem er seiner Angst erfolgreich die Stirn geboten hatte, hatte er Pläne geschmiedet, wieder nach Hause zurückzukehren. Er hatte noch einen letzten Job auf einem kleinen Schlepper angenommen, der nach Aotearoa auslaufen sollte, zu einem Hafen, der nicht weit von seiner Heimat entfernt war. Der Job auf der *Sea Star* war ihm lieber gewesen als ein Flugzeug. Es hatte ein endgültiger Beweis seines persönlichen Sieges sein sollen. Und etwas Endgültigeres als die augenblickliche Situation konnte es tatsächlich kaum geben ...

Hiko beobachtete, wie das Wasser, das eindeutig höher stand als noch vor einigen Stunden, gegen die Bordwand schlug, und dachte über diese Ironie nach.

Und er fragte sich, was ihn dazu bewogen hatte, sich hinzusetzen und über die Angst, den Tod und den Sinn seines Lebens nachzudenken.

Trotz der scheinbaren Aussichtslosigkeit ihrer gegenwärtigen Situation auf der *Sea Star* hatte er das Gefühl, daß er nicht ertrinken würde, wenn er die *wahaika* in den Händen hielt. Es konnte ihm nichts passieren, weil der Geist seines Vorfahren mit demselben Namen über ihn wachte und ihn beschützte. Es war ein gutes Gefühl, die Keule in Händen zu halten. Sie fühlte sich wie *taonga* an – sie war mehr als nur ein Erbstück, besaß eine spirituelle Macht, die er nicht ignorieren konnte. Vielleicht war es primitiv, an so etwas zu glauben, aber in diesem Augenblick konnte er sich nur daran klammern.

Ist es wahr, oder wünsche ich mir das nur? fragte er sich. Er kannte die Antwort nicht, glaubte aber, sie sehr bald zu finden. Er hatte Angst, doch er würde sich wie ein Krieger verhalten, denn er war ein Maori und Charakterstärke für ihn genauso wichtig wie die Kenntnis der Namen seiner Vorfahren. Jetzt war ihm klar, daß er seinen Ängsten noch nicht ins Auge geblickt, noch nicht gewonnen hatte. Er hatte nur seine Alpträume besiegt und sich eingebildet, daß damit alles in Ordnung wäre.

Doch die wahre Prüfung stand unmittelbar bevor. Hiko starrte aufs Meer und fragte sich, wer siegen würde.

6.

»Mayday, Mayday, Mayday. Hier spricht das Motorschiff Sea Star Uniform Foxtrott Julia Indien, neunundzwanzig Grad vierzig Minuten südlicher Breite, einhundertneunundsiebzig Grad fünfzehn Minuten östlicher Länge. Wir befinden uns in schwerer See, und der Schiffsrumpf ist leck geschlagen ...«

Kelly stellte die Anlage auf Empfang, und Steve hielt den Atem an. Er hoffte verzweifelt, etwas zu hören, irgend etwas – aber sie empfingen nur atmosphärische Störgeräusche, dieselben, die sie schon während der letzten halben Stunde vernommen hatten. Steve und Kelly waren allein auf der Brücke, aber keiner der beiden sprach, während sie in dem knisternden Rauschen der Radiowellen des Funkgeräts auf eine menschliche Stimme warteten.

Steve schloß die Augen und wunderte sich, wie tief der Optimismus im Menschen angesichts einer Katastrophe verankert war. Da die für lange Reichweiten ausgelegte Antenne defekt war, hatten sie nur eine sehr kleine Chance, gehört zu werden. Dennoch hoffte er jedesmal auf eine Antwort, wenn Kelly Foster auf Emfpang stellte. Nach jedem erfolglosen Versuch zog sich sein Magen vor Enttäuschung zusammen.

Optimismus – oder doch nur Dummheit? Wie auch immer, er brauchte frische Luft, um sich nicht vor lauter Aufregung zu übergeben. Foster unternahm einen neuen Versuch, und trotz der Anspannung, die ihr Gesicht und ihre gestrafften Schultern verrieten, klang ihre Stimme ruhig und klar.

»Mayday, Mayday, hier spricht die *Sea Star* ...«

Steve trat auf den Vorsprung der Brücke hinaus, um Squeak und Richie Gesellschaft zu leisten, die beide durch den sich verdichtenden Nebel auf den Taifun starrten. In einer Minute sollte Woods nach oben kommen, um Kelly Foster abzulösen. Steve hatte den Steuermann in der Kombüse gesehen, wie er sich mit Schnaps versorgte. Everton hatte sich noch nicht wieder blicken lassen, aber das war Steve ganz recht, denn er hatte keine Lust, auch nur eine Minute der Zeit, die ihnen noch blieb, mit diesem Verrückten zu verbringen.

Squeaky wandte seinen Blick von dem fernen Taifun ab und nickte angespannt, als Steve zu ihnen trat. »Hat sie irgendeine Antwort über Funk erhalten?«

Steve schüttelte den Kopf. »VHF hat nur eine Reichweite von fünfzig Meilen. Holt besser schon die Rettungswesten raus.«

Richie wirkte benommen und weggetreten. »Wo zum Teufel ist der Kapitän?«

Es war eine rhetorische Frage, und weder Steve noch Squeaky machten sich die Mühe, ihm zu antworten. Sie standen schweigend da, beobachteten den fernen Sturm, und Steve fragte sich, wieviel Zeit ihnen noch blieb.

Im Kreis der Mannschaft hatten sie ihre Chancen noch nicht erörtert. Wahrscheinlich, weil alle wußten, was geschehen würde. Steve vermutete, daß sie noch für etwa eine halbe Stunde Funksprüche aussenden konnten. Dann mußten sie die Sea Star in Bewegung setzen, bevor die Maschine absoff. Sie würden gegen die Sturmrichtung Kurs auf die Wand des Taifunauges nehmen, die Rettungswesten anziehen, vielleicht eine oder zwei Stunden warten und so lange weiter Hilferufe funken, bis das Wasser die Brücke erreicht hatte. Wenn das Schiff dann unterging, würden sie hilflos im Wasser treiben, bis Leiah über sie hinwegfegen und sie voneinander trennen würde.

Und dann werden wir sterben, das Ende eines gelungenen Tages …

Steve hatte über die offenkundige Alternative nachgedacht und glaubte, daß die anderen das auch getan hatten. Wenn man an die furchtbare Gewalttätigkeit dieses Sturms dachte, mußte man verrückt sein, diese Möglichkeit nicht in Betracht zu ziehen: Man mußte nur rechtzeitig springen, tief durchatmen und dann die Rettungsweste ausziehen, bevor einen der Sturm traf. Kein angenehmer Gedanke, aber vielleicht besser als die Aussicht, von den tobenden Wellen zu Tode gepeitscht zu werden oder zu ertrinken.

Steve glaubte nicht, daß er es fertigbringen würde. Zwar lag ihm nichts an Kampf, aber aufgeben, das entsprach nicht seiner Natur, gleichgültig, wie schlecht die Chancen standen. Er hatte immer geglaubt, daß es so lange Hoffnung gab, wie man lebte, und der Gedanke, sich freiwillig von den Wellen verschlingen zu lassen und ohne Kampf zu sterben, lag ihm fern. So weit hergeholt die Idee auch sein mochte, es gab immer diese Chance von eins zu einer Million, daß der Sturm aufhörte oder daß ihnen ein anderes Schiff zu Hilfe kam. Vielleicht sogar brachte sie die Hand Gottes in Sicherheit.

Selbst in den schlimmsten Lebenslagen hatte Steve nie ernsthaft an Selbstmord gedacht, und aus demselben Grund würde er auch seine Rettungsweste nicht ausziehen: Es bestand zu jeder Zeit eine, wenngleich geringe, Chance.

Steve blickte über die Schulter und sah, wie Woods und Hiko die Brücke betraten. Kelly Foster überließ Woods ihren Stuhl und ging zur Navigationskonsole hinüber. Sie hatte einen hübschen Körper, wohlgerundet und dennoch athletisch gebaut. Ihr Gesichtsausdruck verriet Stärke und Intelligenz, und sie hatte wunderschöne Augen. Er dachte daran, was er Hiko vorhin über Frauen erzählt hatte, und fragte sich, warum er beim Anblick von Kelly Foster anders fühlte.

Unwirsch schüttelte Steve den Kopf. Es spielte im Moment keine Rolle. Richie und Squeak machten Anstalten, zu den anderen zu gehen, und Steve folgte ihnen. Er hoffte immer noch, daß jemand auf ihre Hilferufe antworten würde, und wehrte sich dagegen, den Gedanken zu akzeptieren, daß das ziemlich unwahrscheinlich war.

Kelly starrte mit leerem Blick auf den Radarbildschirm und hörte zu, wie Woods sich immer mehr über das VHF-Funkgerät aufregte. Die Stimmung auf der Brükke war angespannt, und die Crewmitglieder standen schweigend da und dachten immer wieder über ihre mißliche Lage nach, während ihr Steuermann SOS-Rufe ins Leere sandte. Sie fragte sich, ob irgend jemand Everton über die Situation unterrichtet hatte, obwohl das keinen Unterschied mehr machte. Wenigstens war sie nicht mehr die einzige, die diesen Mann nicht mochte. Alle wußten, was geschehen war.

Der Radar funktionierte noch, aber was nutzte das? Die einzige Botschaft, die der Receiver meldete, war die, daß sie von einem Taifun eingeschlossen waren, zumindest in dem Bereich, auf den das Gerät eingestellt war. Kelly drückte ein paar Tasten auf dem Keyboard und vergrößerte den Ausschnitt. Sie hatten das Auge des Taifuns seit ein paar Stunden nicht mehr gründlich analysiert, und vielleicht gab es etwas Neues zu entdecken.

»Mayday, Mayday, Mayday ... Scheißding! Dieses elende VHF-Funkgerät mit seiner lächerlichen Reichweite von fünfzig Meilen ...«

Blip. Kelly spürte, wie ihr Herzschlag aussetzte und sich dann rasant beschleunigte. Es war keine Einbildung: da war etwas!

»Moment! Ich habe Kontakt ... Es könnte sein, daß sich noch ein Schiff im Auge des Taifuns aufhält.«

Sie spürte, wie die Stimmung umschlug und sich

die Aufmerksamkeit der anderen plötzlich auf sie richtete, während sie mit der Maus auf das Objekt doppelklickte und die Positionsbestimmung las.

»Entfernung zwölf Meilen, null-vier-acht Grad. Geschwindigkeit: null Knoten. Das Schiff scheint reglos im Wasser zu liegen. Es ist ein großes Schiff!«

Kelly blickte auf, sah die angespannten und hoffnungsvollen Gesichter der Männer auf der Brücke und hätte beinahe laut gelacht. »Ein wirklich großes Schiff.«

»Nehmen Sie Funkkontakt zu ihnen auf«, bat Richie. Kelly griff nach dem Mikrofon, so von Erleichterung übermannt, daß sie kaum atmen konnte. Sie bemerkte, daß sich Woods mit schuldbewußtem Blick im Raum umsah und dann schnell nach draußen ging. Wahrscheinlich wollte er Everton Bescheid sagen. Zum Teufel mit ihm, sie war zu aufgeregt, um sich darum zu kümmern.

»Ahoi. Schiff auf Position neunundzwanzig Grad achtundvierzig Minuten südlicher Breite, einhundertneunundsiebzig Grad vierundzwanzig Minuten östlicher Länge. Hier spricht die Sea Star – wir sind zwölf Meilen nordwestlich von Ihnen entfernt. Bitte melden Sie sich!«

Sie würden nicht sterben! Der Schlepper mochte vielleicht sinken, aber zumindest wußten sie jetzt, wohin sie sich retten konnten.

Die Whiskyflasche war leer. Es war soweit.

Vom oberen Ende des Papierstapels lächelte ihn Sarah an. Sie sah genauso vollkommen und wunderschön aus, wie er sie in Erinnerung hatte. Er hoffte, daß sie ihn im Jenseits – oder was immer auch kommen würde – erwartete. Vielleicht würde er auch einfach nur mausetot sein? Egal! Auf jeden Fall müßte er sich

Die *Sea Star* auf hoher See.

Steuerfrau Kelly Foster (*Jamie Lee Curtis*) sieht den Sturm kommen und funkt um Hilfe.

Die Wissenschaftlerin Nadia Vinogradiya (*Joanna Pacula*) bei der Arbeit.

»Na, was haben wir denn hier Schönes?« Richie Mason (*Sherman Augustus*) und J.W. Woods (*Marshall Bell*) untersuchen das russische Aufklärungsboot.

Hier ist die Mannschaft noch beinahe komplett: v.l.n.r. Nadia Vinogradiya (*Joanna Pacula)*, Kelly Foster *(Jamie Lee Curtis*), Richie Mason (*Sherman Augustus*), Steve Baker (*William Baldwin*) und Hiko (*Cliff Curtis*).

Richie fühlt sich nicht ganz wohl in seiner Haut.

Captain Robert Everton (*Donald Sutherland*) merkt, daß hier etwas nicht stimmt.

»Oh, Oh. Was kommt denn da im Licht der Taschenlampe zum Vorschein?« V.l.n.r.: J.W. Woods (*Marshall Bell*), Richie Mason (*Sherman Augustus*) und Steve Baker (*William Baldwin*).

»Schau mir in die Augen, Kleines!«: Squeaky Molleno (*Julio Oscar Mechoso*).

Goliath: Halb Mensch, halb Roboter.

Nicht ihr Tag: Nadia Vinogradiya (*Joanna Pacula*).

Kelly Foster (*Jamie Lee Curtis*): Eine Steuerfrau mit erstaunlichen Fähigkeiten.

Hiko kennt keine Furcht...

...und Goliath kennt keine Gnade.

keiner düsteren Zukunft mehr stellen. Jede Aussicht auf Seelenruhe in diesem Leben war verloren.

Langsam griff Everton nach der geladenen 45er Webley und preßte die Mündung gegen seine rechte Schläfe – ängstlich, aber zu allem bereit. Er spürte, wie Schweißbäche durch sein graues Haar rannen, dieses graue Haar auf seinem alten, müden Kopf. Kapitän Robert Everton war alt, erschöpft und betrunken. Er glaubte nicht, daß er leiden würde. Ein lautes Krachen, und er wäre diesem grausamen und erbarmungslosen Leben entkommen …

Er schloß die Augen – und hörte, wie jemand an der Tür klopfte.

»Käpt'n, Käpt'n!«

Woods. *Guter Gott, was für ein Timing!*

»Ich arbeite«, antwortete er, hielt den kühlen Revolverlauf weiter an seine Schläfe gepreßt und wartete darauf, daß der Steuermann verschwinden würde. Beleidigungen und Kränkungen. Selbst in den letzten Augenblicken seines Lebens ließ man ihn nicht allein.

»Da ist noch ein Schiff im Auge des Taifuns! Es liegt zwölf Meilen entfernt von uns und bewegt sich nicht!«

Na großartig, es gibt also noch einen anderen armen Bastard, der im Sturm festsitzt. Als ob mich das kümmert, wo doch mein Leben …

Everton blinzelte *… und bewegt sich nicht?* Ein Schiff, das sich nicht bewegte. Vielleicht war die Crew abgehauen oder dem Taifun zum Opfer gefallen, das Schiff zurückgeblieben …

Er ließ die Waffe sinken und versuchte seine verschwommenen Gedanken darauf zu konzentrieren, was das bedeutete oder bedeuten konnte.

Bergung, eine Belohnung, Navigationselektronik, eine teure Ausrüstung. Ein Schiff …

»Es bewegt sich nicht? Bin gleich da!«

Everton hörte, wie der Steuermann davoneilte, stand dann zu schnell auf und spürte, wie die Kabine scheinbar ins Wanken geriet und sich erst langsam wieder beruhigte. Er steckte den Revolver ins Holster, wischte sich mit dem Handrücken den Schweiß von der Stirn und verstaute die Papiere und Fotos hastig in einer Schreibtischschublade.

Dann drückte er sich in seine Waschnische, spritzte sich Wasser ins Gesicht und den Mund und trocknete sich dann schnell mit einem Handtuch ab. Aus dem Spiegel mit dem glänzenden Metallrahmen blickte ihm ein einigermaßen vorzeigbares Gesicht entgegen. Wahrscheinlich sah er müde aus und hatte tiefe Furchen um die Augenränder, aber es würde schon gehen.

Everton machte sich nicht die Mühe, die Kabinentür hinter sich abzuschließen, so eilig hatte er es, auf die Brücke zu kommen. Er fühlte, daß die Maschine in Betrieb war, hörte das dumpfe Brummen unter dem sinkenden Deck des Schiffs, das die Crew in Bewegung zu versetzen versuchte. Ein Geräusch, das er schon fast aus seinem Gedächtnis gestrichen hatte, nur wenig davon entfernt, es für immer aufzugeben. Jetzt wußte er, daß nicht alles umsonst gewesen war. Ein Test! Es war eine Feuerprobe gewesen, die er beinahe nicht bestanden hätte. Everton spürte, wie er schluchzte und seine Schultern hinabsackten, aber er sah wieder klar, während er durch den engen Gang schritt und auf das obere Deck hinaufkletterte.

Eine zweite Chance – das ist ein Zeichen. Einen Augenblick länger, und alles wäre zu Ende gewesen. Das kann nur bedeuten, daß für mich noch nicht alles vorbei sein soll, ich fühle es!

Er lief auf die Brücke zu. Als er die Türe erreichte, die wegen der stickigen Feuchtigkeit im Auge des Taifuns offenstand, fühlte er sich ruhig und stark. Die ganze Mannschaft war versammelt, und er fand, daß es am besten war, wieder das Kommando zu übernehmen, als ob nichts geschehen wäre. Ja, das war die beste Möglichkeit. Er hatte einen oder zwei Fehler gemacht, aber er war auch nur ein Mensch, und die anderen würden das verstehen. Sie würden ihre Ärger vergessen, schließlich waren sie erwachsene Männer. Und Kelly Foster – nun, die Stimme einer Frau würde die Meinung der anderen nicht beeinflussen, besonders, da sich doch herausgestellt hatte, daß sie eine schlechte Navigatorin war. Wahrscheinlich würden sie dankbar sein, daß sie wieder einen Kapitän hatten, jemanden, der die Kontrolle übernahm …

»Woods, was zum Teufel tun Sie da? *Geben* Sie Gas.« Baker versuchte, Befehle zu erteilen, und Everton trat auf die Brücke, um ihn von dieser Bürde zu befreien. Der Maschinist hatte Temperament, sollte sich aber mittlerweile wieder beruhigt haben. Jetzt hatte sich alles geändert.

»Warum kommt das Schiff nicht von der Stelle, Woods?« fragte er sanft.

Er spürte, wie die starren Blicke aller auf ihm lasteten, aber er konzentrierte sich weiter auf den Steuermann, bemüht, Selbstvertrauen zu verströmen. Sie mußten ihn nicht lieben, um seine Befehle zu befolgen. Den Aussetzer, den er sich erlaubt hatte, als er die Vernunft verloren hatte, konnte er ihnen erklären, wenn sie außer Gefahr waren. Er mußte jetzt nur vernünftig und entschlossen wirken, damit sie alle wieder zu ihm aufblickten.

Everton nickte Woods zu, und der Steuermann grinste und nickte zurück.

»Alles in bester Ordnung, Käpt'n«, sagte er, riß das Steuer herum und manövrierte sie auf ihre Rettung zu. Die leckgeschlagene Sea Star setzte sich in Bewegung und gewann ohne Schwierigkeiten an Fahrt, während sie sich ihren Weg durch den Nebel bahnte.

Everton ging auf den Vorsprung der Brücke hinaus und erwog bereits die neuen Möglichkeiten; selbst ein Schlepper von der Größe der Sea Star brachte einiges …

Ein verlassenes Schiff, keine Crew, die Anspruch darauf erheben konnte: Das war die Lösung aller Probleme.

7.

Die Sea Star tuckerte schwerfällig in den dichten Nebel hinein. Grauweiße Schleier umhüllten das Schiff, während es sich durch das Auge des Taifuns arbeitete. Geschmeidig sich windende, an Finger erinnernde Dunstschwaden schienen es zu sich zu winken.

Richie atmete tief durch. Er glaubte in der weißlichen Luft den Geruch des Meeresgrunds wahrnehmen zu können. Es war ein mysteriöser, nach Moschus und Salz duftender Geruch, so, als hätte der Taifun den Uterus des Meers geöffnet, um ihn zu zwingen, verborgene Geheimnisse der Tiefe auszuströmen …

Richie fühlte sich gut. Er war den ganzen Vormittag über ziemlich bekifft gewesen, und die ganze Geschichte vom Untergang des Schiffs begann bereits wie ein Alptraum zu verschwinden. Er hatte sich in eine Art von Zen-Meditation versetzt und sich ganz auf den Augenblick konzentriert: auf die Sonne, das Meer und alles, was ihn glücklich machen konnte. Aber er fühlte sich trotzdem genervt, und war froh, sich für eine Weile zurückziehen und seine Umgebung genießen zu können, ohne an die elenden Aufgaben denken zu müssen, die vor ihm lagen. Die Brut des Admirals hatte endlich ihren gottverdammten Job erledigt, und der Käpt'n war zurückgekommen, wenn er auch nach Schnaps stank, als wäre er geradewegs aus einer Kneipe hervorgekrochen. Jetzt konnten sie nach Hause zurückkehren!

Er stand mit Hiko und den beiden Maschinisten am Bug. Sie spähten in den dichten Nebel hinaus. Woods und diese reiche Göre hielten sich auf der Brücke auf, und der Käpt'n stand auf dem Vorsprung: Er saß wieder im Sattel, wenngleich er dem angeschlagenen Kapitän Ahab aus Moby Dick glich. Aber schließlich benötigte jedes Schiff einen Kapitän, selbst dann, wenn er wie ausgekotzt aussah. Aber darüber sollte gerade er sich wohl als letzter aufregen. Und außerdem: Sie würden überleben, und nur das zählte.

Richie stand zwischen Hiko und Squeaky, an dessen Seite sich Steve befand. Der junge Maschinist fing seinen Blick auf und wies mit dem Kopf auf den Maori.

Ja, genau! Steve hatte schon zuvor von diesen Stammesgeschichten erzählt, wollte aber nicht weiterfragen, da er befürchtete, den Maori damit zu beleidigen; also hatte Richie angeboten, nachzufragen. Und wie sollte man auch jemanden mit solchen Tätowierungen beleidigen? Er muß doch ständig genervt sein.

»Sag mal, Hiko. Baker behauptet, daß alle Maori-Namen eine bestimmte Bedeutung haben. Stimmt das?«

Hiko starrte in den Nebel hinaus. »Ja.«

Steve mischte sich ein. »Komm schon! Was bedeutet dein Name?«

Der große Matrose zuckte die Achseln und wollte etwas sagen, als Kelly Foster auf der Brücke zu rufen begann.

»Das Schiff liegt tot vor uns im Wasser, knapp dreihundert Meter entfernt!«

»Funken Sie es an, Woods!« rief Everton.

Die Stimmen waren im Auge des Sturms gut zu verstehen, was mit der Veränderung des Luftdrucks zu tun haben mußte. Richies Ohren hatten den ganzen Tag über gedröhnt. Er konnte Woods, diesen Speichellecker, der vom Bug aus brüllte, ohne Mühe verstehen. Dieser Typ war ein schleimiger Arschkriecher, der Richie an eines der Kinder erinnerte, die auf einem Spielplatz immer gemieden wurden. *Wartet doch! Laßt mich nicht im Stich!* Richie grinste. Das war Woods.

»Unbekanntes Schiff – hier spricht die Sea Star. Wir nähern uns aus nordwestlicher Richtung und sind etwa dreihundert Meter weit entfernt. Melden Sie sich.«

Sie lauschten alle angespannt auf eine Antwort, aber es war nichts zu hören. Everton brüllte die vier Männer plötzlich an, als ob sie eine Meile weit entfernt und taub wären.

»Das Schiff liegt tot vor uns im Wasser, dreihundert Meter entfernt!«

Dieser verdammte Kapitän. Der Mann war betrunken und sah vermutlich alles doppelt.

»Ich sehe nichts«, flüsterte Hiko.

Der Nebel war dicht, aber zu ihrer Linken hörte man, wie das Wasser gegen einen Gegenstand schlug ... Ein Rettungsboot trieb vorbei. Man konnte es kaum erkennen, obwohl es sich nur ein paar Meter weit vom Deck entfernt befand. Das Boot war umgekippt und trieb wie ein Toter in dem vernebelten Gewässer.

»Unser Rettungsboot ist das nicht«, flüsterte Hiko. Seine Stimme klang nervös, und plötzlich spürte Richie, wie sich sein eigener Rauschzustand auflöste und einer weniger angenehmen Erfahrung Platz machte. Er spürte so etwas wie Angst, und die Stärke des Gefühls überraschte ihn.

Er konnte die Gegenwart des Schiffs *fühlen,* das sich direkt vor ihren forschenden Blicken wie ein unsichtbarer Geist verbarg. Ein sanftes Knarren ertönte, ein verlorenes und einsames Geräusch im Auge des Taifuns. Richies Magen zog sich zusammen. Es mußte ein großes, wirklich großes, aufgegebenes Schiff sein, das der eifersüchtige Nebel verbarg, ein Ungeheuer, das sich auf eine Attacke vorbereitete.

Leidest du an Verfolgungswahn? Du benimmst dich wie eine Katze, die auf Schatten Jagd macht ...

Richie wollte über sich selbst lachen, aber er fühlte sich plötzlich wie in einem Horrorfilm, und eine düstere Vorahnung überkam ihn. Für den winzigen Bruchteil einer Sekunde wünschte er sich von ganzem Herzen, daß auf Kelly Fosters Monitoren nichts aufgetaucht wäre, selbst wenn das bedeutet hätte, daß sie alle einem sicheren Tod entgegensehen müßten.

Steve beobachtete, wie das unbekannte Schiff langsam sichtbar wurde und sich der dichte Nebel in eine hellgraue Wand verwandelte, die über ihnen aufragte. Die Sea Star kam immer näher, und plötzlich sahen sie den schweren weißen Rumpf des riesigen Schiffs, der sich in der Windstille gespenstisch vor ihnen erhob.

Guter Gott, seht euch das an!

Der Schlepper änderte leicht den Kurs, und sie fuhren an der Steuerbord-Seite entlang. Die *Sea Star* schien winzig im Vergleich zu diesem Schiff. Woods setzte den Schlepper etwas zurück, so daß sie einen besseren Blick hatten und einen deutlicheren Eindruck von der Größe des schweigend daliegenden Ungeheuers bekamen.

Es war schwierig, sich einen genauen Eindruck von dem Monstrum zu verschaffen, weil der Nebel zwischen den beiden Schiffen nur undeutliche Blicke auf das obere Deck zuließ. Das Schiff war mindestens so groß wie ein Passagierdampfer, aber es verfügte über eine ganz andere Ausrüstung. Steve war ratlos. Er sah etwas, das einer riesigen Antennenschüssel glich; es war gleich in zweifacher Ausführung vorhanden, und beide Teile waren so groß wie die Brücke der *Sea Star*. Nein, größer! Außerdem sah er einen riesigen Kran, dessen beschädigtes Gerüst in der schweren Luft schwankte und knarrte. Es gab Gerüste für verschiedene Antennen und andere Vorrichtungen unterschiedlicher Größe. Rohre und Balken hingen in der Luft, als ob sie baufällig wären. Er konnte einige der Vorrichtungen im Nebel ausmachen, aber ihre Konstruktion kam ihm seltsam und fremd or. Das mehrstöckige Deck war vollgestopft mit Ausrüstungsgegenständen, die er nicht kannte. War das Schiff für militärische Zwecke ausgerüstet? Aber er sah keinerlei Waffen! Das Ganze machte keinen Sinn.

Der Sturm hatte ihm sichtlich zugesetzt, der Schaden, den das Schiff durch das Wasser genommen hatte, war nicht zu übersehen. Teile des Decks waren mit dunklen Spuren bedeckt, die wie Asche aussahen: große Flecken auf dem einheitlich weißen Anstrich, durch Feuer oder elektrische Verbrennungen verursacht.

Aber das interessiert jetzt nicht, dachte Steve. *Warum antwortet niemand, wo ist die Besatzung? Selbst ein Taifun ist für so ein Schiff keine Bedrohung, es sei denn, es hätte das Ruder verloren. Aber das Ding mußte über 40 000 Tonnen wiegen …*

Die *Sea Star* arbeitete sich langsam näher. Die Mitglieder der Crew schwiegen, weil sie sich unwohl fühlten, während sie das leblose Schiff beobachteten. Kelly Foster war auf das Deck hinausgetreten und stand bei ihnen, ebenso der Kapitän, der ein Fernglas und ein Megaphon in den Händen hielt. Kein Lichtstrahl drang herüber, und außer dem Knarren der defekten Takelage war nichts zu hören. Es gab keinerlei Hinweis, daß sich jemand an Bord des Schiffs befand. Das war wirklich ein dramatischer und überwältigender Anblick – ein riesiges Schiff, verlassen, ausgestorben.

»Die Rettungsboote sind alle weg«, knurrte Richie leise, fast flüsternd. Seine Stimme zeigte, wie irritiert er war.

Die *Sea Star* erreichte das Heck des Schiffs, und die Besatzung sah zu der roten, fremdartig wirkenden Aufschrift auf dem Rumpf hinauf. »Scheint ein russisches Schiff zu sein«, sagte Kelly Foster, die ein Buch durchblätterte. Steve erkannte, daß es sich um ein Exemplar von *Jane's* handelte. Zumindest einer von ihnen hatte also daran gedacht, das dicke Handbuch mit den Schiffsregistrierungen herauszukramen.

Kelly hielt inne, blickte erneut auf die rote Aufschrift am Schiffsrumpf und dann wieder in ihr Buch. »Forschungsschiff *Wladislaw Wolkow,* Raketen- und Satelliten-Lokalisierung. Gewicht: 45 000 Tonnen. Länge: 196 Meter. Antrieb: zwei Dampfmaschinen, 19 000 PS. Höchstgeschwindigkeit: siebzehn Knoten, volle Leistung unbekannt. Besatzung: dreihundert Mann. Keine Waffen ...«

Steve sah zu, wie Woods sie geschickt um den Bug herummanövrierte. Die Größe des Schiffs ließ sie noch immer in Ehrfurcht erstarren. Die tödliche Stille zerrte an den Nerven.

Kelly Foster las mit gedämpfter Stimme weiter vor. »Das Schiff ist für Forschungszwecke bestimmt, und in seiner Art das größte der russischen Flotte. Zweiundvierzig Laboratorien, fünf Maschinenräume mit High-Tech-Robotern ... Mit den drei Parabolantennen kann man gleichzeitig die Kommunikation zu mehreren Raumschiffen aufrechterhalten.«

Everton brüllte so unvermittelt in sein Megaphon, daß alle zusammenzuckten. »*Ahoi, Wladislaw Wolkow!* Hier spricht der Kapitän der Sea Star. Ist jemand an Bord?! Ahoi!«

Sie warteten, und Steve schluckte seinen Zorn über Everton hinunter. Der Kerl stank nach Whisky und hatte sich noch nicht einmal dafür entschuldigt, daß er sich wie ein Arschloch verhalten hatte. Steve wollte ihm das nicht verzeihen. Zumindest benahm er sich wie ein Kapitän, seit er von seinem privaten Saufgelage zurückgekehrt war. Trotzdem würde Steve jeden seiner Schritte beobachten, bis sie sich aus diesem Schlamassel befreit hatten. Everton war ein haltloser Typ, dem man nicht trauen konnte.

Die *Wolkow* antwortete nicht. Man hörte nur das Knarren einiger hin- und herschwingender Ausrüstungsgegenstände. Als die Sea Star an der anderen Seite des Schiffs vorbeifuhr, sahen sie ein halb untergetauchtes Rettungsboot, das an einem Kran hing. Der Boden war durchlöchert. Im Nebel erkannte Steve die dritte der riesigen Parabolantennen, die auf das leere Deck gekracht war.

Everton wandte sich ihm mit einem grimmigen und autoritären Gesichtsausdruck zu. »Baker, holen Sie die Taschenlampen und die Walkie-talkies raus – und vergessen Sie das Gewehr nicht.«

Steve zögerte, nickte dann aber. Der Kapitän machte sich zumindest Gedanken, und immerhin gingen sie an Bord eines anscheinend unbemannten russischen Schiffs. Es gab nur wenige Gründe, warum es verlassen worden sein konnte. Wahnsinn, Meuterei, Massenmord … Das Ganze gefiel nicht, aber es blieb ihm keine andere Wahl. Steve warf einen letzten Blick auf die verlassene *Wolkow* und ging dann los, um die erforderlichen Gegenstände zu holen. Er hoffte, daß das Schiff tatsächlich so verwaist war, wie es aussah, aber er würde für alle Fälle so viele Waffen wie möglich mitnehmen.

Kelly Foster starrte auf das russische Schiff, während sich die Sea Star langsam näherte, und versuchte, nicht an das Schicksal der *Mary Celeste* zu denken. Als Kind war das ihre Lieblingsgeschichte gewesen. Sie hatte sie bestimmt hundertmal gehört und sich über jedes rätselhafte Detail Gedanken gemacht. Trotzdem wünschte sie sich jetzt, die Erzählungen vergessen zu können. Ängstlich sah sie den Rumpf der verlassenen *Wolkow* in dem sanft plätschernden Wasser näherkommen. Eigentlich hätte sie sich glücklich und erleichtert fühlen sollen, weil sie einen Ausweg aus der mißlichen Lage gefunden hatten, in die Kapitän Everton sie gebracht hatte. Aber was war mit der Crew passiert? Was konnte dreihundert Besatzungsmitglieder veranlaßt haben, ein Schiff zu verlassen, das nicht sank?

Im November des Jahres 1872 war das zweimastige Segelschiff Mary Celeste in New York mit Zielhafen Genua ausgelaufen. An Bord hatten sich zweitausend Fässer mit alkoholischen Getränken und – nebst Kapitän Briggs, seiner Frau und ihrer jungen Tochter – eine achtköpfige Crew befunden. Fünf Wochen später war das Schiff sechshundert Meilen westlich von Gibraltar entdeckt worden: mit voller Ladung und unbeschädigtem Rumpf, aber ohne Mannschaft. Der Legende nach waren die Tische für das Mittagessen gedeckt, und auf dem Bett des Kapitäns fand man ein Kinderspielzeug. Auch Briggs persönliche Habseligkeiten waren nicht angerührt worden. Es gab keinerlei Anzeichen für Gewaltanwendung und keinen ersichtlichen Grund, warum das Schiff verlassen worden war. Die Besatzung war einfach verschwunden!

Und bei diesem Schiff? Ist hier dasselbe passiert? Oder werden wir Leichen im Laderaum finden, und der wahnsinnige Killer ist noch an Bord und versteckt sich irgendwo in der Dunkelheit …

Fröstelnd verschränkte Kelly die Arme fest vor der Brust. Sie und der Rest der Crew außer Woods hatten sich auf dem Steuerbord-Deck des Schleppers versammelt, der jetzt unübersehbar sank. Woods und Hiko würden an Bord bleiben, während die anderen die Wolkow untersuchen sollten.

Als sie nun auf das verlassene Schiff blickte, wünschte sich Kelly, nicht an der Aktion teilnehmen zu müssen, aber die anderen benötigten sie, um die Navigationsausrüstung zu untersuchen. Als Kind hatte sie das rätselhafte Schicksal der Mary Celeste fasziniert, aber jetzt war sie erwachsen. So etwas geschah einfach nicht, *konnte* nicht geschehen …

Steve hatte Waffen und kleine Taschen mit Ausrüstungsgegenständen nach oben gebracht und war dann vor ihr stehengeblieben. Sie nickte und griff nach einer der Taschen. Dann hielt er ihr einen etwas ramponierten, halbautomatischen 32er Colt entgegen und blickte sie an, aber sie konnte seinen Gesichtsausdruck nicht deuten. Er wirkte zwar nervös, aber standhaft, und sie beruhigte sich etwas. Zumindest fühlte nicht nur sie sich seltsam. Außerdem gab es keine Alternative: Schon bald würde die Sea Star ihnen keine Zuflucht mehr bieten.

Kelly griff zögernd nach der Waffe, überprüfte sie und steckte sie in die Jackentasche. Sie konnte damit umgehen, hatte aber nie Gefallen daran gefunden, und der Gedanke, die Waffe vielleicht benutzen zu müssen, mißfiel ihr.

Hinter Kelly tauchte nun Richie auf, der eine Schrotflinte in der Hand hielt. »Ich geb' nichts drauf, was in

Ihrem schlauen Buch steht, ich *kenne* solche Schiffe. Das ist ein verdammtes Spionageschiff. Es wird ihnen nicht gefallen, wenn wir an Bord gehen.«

Kelly streckte die Hand aus und schob den Lauf der Waffe zur Seite, damit sie und die anderen nicht mehr bedroht waren. Für jemanden, der sich angeblich mit Waffen auskannte, benahm Richie sich wie ein Idiot.

Oder wie jemand, der unter Drogen steht ...

»Es macht Ihnen doch nichts aus?« fragte Kelly mit bissiger Stimme.

Richie starrte sie grimmig an, legte die Waffe aber über seine Schulter.

Erneut brüllte Everton unvermittelt los. *»Ahoi, Wolkow!* Ist jemand an Bord?« Diesmal wartete er nicht auf eine Antwort. Er wandte sich Steve zu, während die Sea Star kurz vor dem riesigen Rumpf des Schiffs anhielt. »Werfen Sie ein Tau hoch.«

Steve nahm einen Enterhaken und entrollte das schwere Tau.

Kelly und die anderen traten zurück, als Steve den gewundenen Enterhaken schwang, der hochflog und laut gegen die unterste Reling schlug. Er zog, und das Tau spannte sich. Der Enterhaken saß an einer Stahlröhre fest. *Beim ersten Versuch ...* Kelly wünschte, er hätte keinen Erfolg gehabt. Dann könnten sie noch eine Weile auf der Sea Star bleiben und das russische Schiff aus sicherer Entfernung beobachten.

Sie blickte in den Nebel hinaus und registrierte, wie sich das Licht langsam veränderte. Wahrscheinlich blieb ihnen noch eine Stunde, bevor Leiah zuschlug. Eine Stunde, in der sie herausfinden mußten, was an Bord ihres einzigen Zufluchtsorts geschehen war und warum das Schiff verwaist und reglos im Wasser lag.

Kelly schluckte mit ausgetrocknetem Mund, während die beiden Maschinisten ihre Ausrüstung schulterten und sich darauf vorbereiteten, an Bord des verlassenen Schiffs zu gehen.

8.

Squeaky Molleno hatte mit diesem Mist überhaupt nichts am Hut, aber er konnte seinen Freund schließlich nicht allein da rüber gehen lassen. Steve würde Schutz benötigen, wenn irgendein verrückter Russe mit einer Axt auf dem Deck der Wolkow auf ihn warten würde. Trotzdem: Seit ihm Maria Vasquez zu High-School-Zeiten im Fond der Ford-Limousine seines Vaters die Unschuld genommen hatte, war er nie mehr so nervös gewesen. Damals war es eine angenehme Art von Nervosität gewesen, heute hingegen eine verdammt gruselige. Überall Nebel, ihr sinkender Schlepper, und jetzt dieser Horror, der da oben auf sie wartete.

Desgracia sobre desgracia – ein gottverdammtes Mißgeschick nach dem anderen …

»Das ist fremdes Territorium«, sagte Richie lässig. »Wir brauchen eigentlich die Erlaubnis des Kapitäns, um an Bord zu gehen. Unbefugtes Betreten. Sie können uns mit vollem Recht abknallen! Nur damit ihr das auch wißt …«

Großartig. Der kleine Kiffer wußte Bescheid, und gerade jetzt brauchen wir ja dringend eine kleine Aufmunterung! Steves Körper wirkte winzig vor dem Hintergrund des riesigen russischen Schiffrumpfs, als er sich langsam emporzuziehen begann. Squeaky ließ ihm etwas Vorsprung. Dann biß er die Zähne zusammen und folgte ihm.

Der blanke, weiße Schiffsrumpf, der mindestens

zehn Meter aus dem Wasser herausragte, erschien ihnen endlos, und dabei ging es nur um die Distanz bis zur untersten Reling. Squeaky konzentrierte sich darauf, das Gleichgewicht zu bewahren und nur auf seine Hände zu blicken. Hin und wieder erhaschte er einen klaren Blick auf Steves Hintern und Beine, die sich direkt über ihm befanden, während sie die steile Wand hochkletterten.

Er hörte, wie Steve das Deck erreichte. Dann streckte er ihm seine starke, verschwitzte Hand entgegen, um ihm an Bord zu helfen. Squeaky nahm die Hilfe dankbar an, denn er war nicht mehr so sportlich wie vor einigen Jahren und spürte den Schmerz in den Armen und im Rücken, während er keuchend über die Reling kletterte.

Steve kramte die zusammengerollte Strickleiter aus seiner Tasche hervor und befestigte sie an der Reling. Trotz der Anstrengung fiel ihm das Atmen leicht. Squeaky war von sich enttäuscht, er mußte unbedingt wieder mit seinem täglichen Fitneßtraining beginnen! Aber jetzt war nicht der richtige Zeitpunkt, darüber nachzudenken. Sein Herz pochte nicht nur wegen der Klettertour. Die ganze Aktion zerrte an den Nerven.

»Wir betreten ein Schiff ohne Erlaubnis? Dumm, sehr dumm«, sagte er leise. »Man wird uns *abknallen.*«

Steve antwortete nicht, aber Squeaky wußte, daß er der gleichen Meinung war. Es war leicht, Steves Gedanken zu lesen, zumindest für ihn. Sie arbeiteten schon lange zusammen, und Squeaky wußte Bescheid, wenn es seinem Freund nicht gutging. Sie hatten keine andere Möglichkeit, aber Squeaky fand keinen Gefallen an der Vorstellung, daß man sie ganz legal erschießen könnte. Er mochte dieses Schiff nicht. Zwar hatte er schon früher herrenlose Schiffe betreten, aber er hatte sich dabei noch nie so schlecht und beunruhigt gefühlt.

Steve hatte die Strickleiter befestigt und herabgelassen. Nun griff er nach dem Gewehr und ging auf eine Leiter zu, die sich unmittelbar vor ihnen befand. Von der Stelle aus, wo sie an Bord gegangen waren, hatten sie nicht viel sehen können – das obere Deck lag ein gutes Stück außerhalb ihres Sichtfelds. Squeaky folgte seinem Freund in geringem Abstand. Er blickte sich um, ob sich irgendwo etwas bewegte, und versuchte immer noch, seine Atmung zu beruhigen.

Dann standen sie neben der Brücke, einem hohen Aufbau, der so groß war wie die ganze Sea Star. Squeaky konnte Entfernungen nicht besonders gut abschätzen, aber das Deck, das nun vor ihnen lag, dürfte so lang wie ein paar Footballfelder sein. Unter einer der riesigen Satellitenschüsseln befand sich – etwa sechs Meter über dem ausgestorbenen Deck – ein verglaster Kontrollraum. Sie sahen Treppen und verschlossene Luken, zerfetztes Segeltuch und Leitern, aber keinerlei Anzeichen, daß sich irgendwo ein lebendes Wesen aufhielt.

»Ahoi, ist jemand an Bord?« brüllte Steve und verstummte dann, während sie die Szenerie betrachteten. Von der Sea Star aus hatte Squeaky wegen des dichten Nebels nur sehen können, daß einiges auf dem Schiff zerstört war. Aber jetzt, als das riesige Deck vor ihm lag, und er die Brücke selbst betrachten konnte, schlug seine Nervosität in nackte Angst um.

Zwischen Tauen und herabhängenden Ketten sah er abgeblätterte Farbe und durchlöchertes Metall. Vieles kam ihm unbekannt vor, etwa kleine Türme aus Röhren und dünnen Metallplatten, aber er wußte, wie es nach einem Feuergefecht aussah. Die Außenwände der Brücke waren von Kugeleinschlägen übersät und mehrere der Fenster zerbrochen. Trübes Sonnenlicht reflektierte in dem zersplitterten Glas, das teilweise auf dem Deck außerhalb der Brücke lag.

Das heißt, daß einige der Schüsse aus dem Inneren der Brücke abgegeben wurden, dachte Squeaky. *Was hat das zu bedeuten?*

Es bedeutete, daß diese ganze verdammte Situation wohl wirklich zu Recht furchteinflößend war. Steve und er blickten sich an und warteten dann schweigend in der Dämmerung an der Brücke, daß die anderen nachkamen.

Everton führte seinen Stoßtrupp an, während sie draußen um die Brücke herumgingen. Mit jedem Schritt über das Deck der herrenlosen Wolkow nahm seine Erregung zu. Das sah besser aus, als er es sich auch nur andeutungsweise vorgestellt hatte. Was immer hier passiert war: Es war vorbei! Er wußte, wann er sich auf einem verlassenen Schiff befand. Nun stand ihm nichts mehr im Weg.

Er kauerte sich neben dem Fenster auf der Steuerbordseite nieder, und die anderen folgten seinem Beispiel, während sie sich der Tür zur Brücke näherten. Er war der Kapitän, deshalb ging er voraus. Seine nervöse Crew würde ihn deshalb um so mehr respektieren.

Und überhaupt, dachte er, *dieses wunderschöne Schiff ist verlassen, nichts außer Schatten und Staub. Irgendso ein Prahlhans wird sich schon viel Mühe geben müssen, etwas herauszuschlagen, wenn wir mit den Verhandlungen anfangen.*

Die schwere Tür zur Brücke stand einen Spaltbreit offen, und Everton näherte sich ihr, wobei er sein Gewehr fest in den Händen hielt. Obwohl er sich sicher war, daß niemand an Bord war, wollte er vor seiner Mannschaft nicht den Eindruck erwecken, sorglos zu sein.

Er drückte mit dem Lauf der Waffe gegen die Stahltür und stieß sie langsam auf. Ein leises Kratzen durchbrach die Stille, als das Metall des Gewehrs auf die Stahltür stieß. Die Tür ließ sich problemlos öffnen …

In diesem Augenblick brach aus der Dunkelheit ein halbes Dutzend bleicher Umrisse hervor, hektisch, wild flatternd. Everton wich erschrocken zurück und hörte, daß die anderen aufschrien …

Sie beobachteten, wie die Angreifer in die Luft aufstiegen, während einige weiße Federn zu Boden sanken. Seeschwalben – es waren gottverdammte *Vögel!*

Everton zwang sich zu einem Lächeln und verfluchte sich selbst als Narr, während sich sein Herzschlag wieder beruhigte. Er stand auf und spähte in den Raum, bevor er vorsichtig die Brücke betrat. Er war darauf vorbereitet, auf alles zu schießen, was sich bewegte. Durch die Fenster sickerte trübes Licht, das die Ausrüstung, die rechteckigen Umrisse der Konsolen und die Stühle kaum ausreichend beleuchtete. Everton spürte, wie er sich entspannte: Hier gab es kein einziges lebendes Wesen.

Baker trat nach ihm ein und blickte auf die Lichtschalter neben der Tür. Er drückte ein paarmal darauf, aber nichts geschah. »Wir haben keinen Strom«, sagte er und setzte seine Tasche auf dem Boden ab. Dann kramte er eine Taschenlampe hervor. In ihrem Lichtstrahl tummelten sich Staubpartikel.

In welche entlegenen Ecken des Raums der Lichtstrahl auch fiel, überall zeigten sich die Schrecken der Zerstörung. In den Wänden befanden sich Einschußlöcher, und Everton registrierte, daß das gesamte technische Gerät zerschmettert worden war. An den verwaisten Konsolen klebte getrocknetes Blut, überall lagen elektronische Bauteile und Glassplitter herum.

»Was zum Teufel ist hier passiert?« flüsterte Steve.

Everton schüttelte den Kopf, studierte die ramponierte Ausrüstung und fragte sich, was noch repariert werden konnte. *Was für ein Wahnsinn, so vieles ist zerstört worden …*

Plötzlich ertönte das Knistern eines atmosphärischen Störgeräuschs in der Stille des Raums, und sie hörten Woods brüchige, nervöse Stimme aus dem Funkgerät: »Käpt'n? Sehen Sie was da drin?«

Everton seufzte und nahm das Funkgerät von seinem Gürtel. »Sie werden der erste sein, der's erfährt, Woods«, sagte er und hielt dann inne. Er glaubte, die Stimme des Maori im Hintergrund zu hören, die tiefe Stimme seines Matrosen, der irgend etwas vor sich hinmurmelte: » *… e aku tipuna …*« Den Rest konnte er nicht mehr verstehen, weil Woods den Funkkontakt abgebrochen hatte. Everton unterdrückte ein Grinsen, während er das Walkie-talkie wieder an seinem Gürtel festschnallte. Er hatte einige Zeit in Neuseeland gelebt und kannte die Sprache der Maori ein wenig – Hiko *betete!*

Er sollte besser beten, daß die Russen so scharf darauf sind, dieses Monstrum zurückzukriegen, wie ich glaube, dachte Everton nachsichtig und suchte in seiner Tasche nach Erdnüssen.

Auch wenn das Schiff beschädigt war: Die Wolkow war Millionen wert. Wenn er daran dachte, was er aus ihr herausschlagen würde, konnte er die verlorene Ladung getrost vergessen.

Kelly Foster ging vorsichtig auf der Brücke umher. Benommen inspizierte sie das zerstörte technische Gerät. Das Ausmaß der Brutalität, mit der hier vorgegangen worden war, befremdete sie zutiefst, und sie fragte sich, wer für diese Gewalttätigkeit verantwortlich war. Die getrockneten rotbraunen Flecken an den Wänden ließen keinen Zweifel daran, daß hier Menschen verletzt oder getötet worden waren.

Sie blickte von einem zertrümmerten Computermonitor auf und bemerkte, daß Squeaky sie mit einer hochgezogenen Augenbraue ansah. »Piraten?« fragte sie.

»Oder eine Meuterei …« antwortete er, aber Everton fiel ihm ins Wort.

»Regen Sie sich ab. Überprüfen Sie das Funkgerät, Foster.«

Das hatte sie bereits getan. »Es ist zertrümmert.«

Steve hielt mit finsterem Blick ein Logbuch hoch. »So lange wir niemanden haben, der russisch spricht, sind die Logbücher nutzlos.«

Kelly blickte durch die Fenster auf der Steuerbordseite und sah, wie die Sturmwolken den Himmel immer mehr verdunkelten. »Es bleibt uns nur noch weniger als eine Stunde Zeit, Käpt'n …«

Sie wandte sich um und sah, daß Everton am hinteren Ende des Raums tief in Gedanken versunken auf- und ablief.

»Er denkt nach«, erklärte Richie schnaubend. »Eigentlich hat man Sie dafür angeheuert.

Kelly wollte etwas erwidern, aber Richie hatte sich bereits Everton zugewandt. »Ich glaube, ich weiß, worüber Sie nachdenken, Käpt'n.«

»Worüber?« fragte Squeaky mit finsterem Blick.

»Bergelohn«, antwortete Steve, und Everton blieb plötzlich stehen und wandte sich seiner Mannschaft zu. Seine Augen glänzten in dem dämmerigen Licht.

»Sie haben alle für einen prozentualen Anteil an der Ladung angeheuert, aber Sie haben sich nie vorgestellt, daß ich Ihnen eine solche Chance biete, stimmt's? Dieses Schiff liegt verlassen in internationalen Gewässern. Nach dem Seerecht ist es herrenlos. Wir müssen es nur sicher in einen Hafen bringen, ein pfandrechtlich verbindliches Bergelohn-Etikett auf den Rumpf kleben, und dann muß uns die russische Regierung zehn Prozent des Gesamtwerts zahlen, wenn sie das Schiff zurückhaben will. Rechne das mal aus, Richie.«

Richie grinste. »Dann wollen wir mal sehen ... Drei Parabol-Satelliten-Antennen, auch wenn eine davon völlig im Eimer ist, vierzig Laboratorien, alle auf dem neuesten technischen Stand. Zwei- oder dreihundert Millionen könnten schon drin sein.«

Everton gab sich keine Mühe, seine Aufregung zu verbergen. »Dreihundert Millionen Dollar. Zehn Prozent davon – das sind dreißig Millionen für uns. So eine Chance bietet sich nur einmal im Leben – wenn wir unsere Karten richtig ausspielen.«

Squeaky blickte finster drein. »Ein Prozent von dreißig Millionen, was macht das, dreißig Riesen?«

»Dreihundert Riesen«, antwortete Steve.

»Ich bin bereit, die Konditionen zu ändern«, sagte Everton leichthin. »Jeder kriegt drei Millionen. Was halten Sie davon?«

Trotz Kellys Abscheu vor Everton und ihrer Verwunderung über die Gier, die in seiner Stimme mitschwang, machte sie der Klang der Wörter »drei Millionen« nachdenklich. Keine Summe, über die man Scherze machte. Sie blickte sich um und beobachtete, wie die anderen die Informationen verdauten.

Squeaky blickte Steve an. »Ist die Sache legal?«

Steve nickte. »Absolut.«

»Dann bin ich dabei«, sagte Squeaky, blickte seinen Partner aber unsicher an. »Steve?«

Der Maschinist schwieg einen Augenblick und wandte sich dann mit leerem Gesichtsausdruck Everton zu. »Alles klar, wir steigen ein.«

An Richies Antwort konnte kein Zweifel bestehen. Kelly bemerkte, daß alle sie anblickten. Sie sagte nichts, weil sie sich nicht sicher war, wie sie über diese plötzliche Änderung der Lage dachte. Die Besatzung des Schiffs war wahrscheinlich tot, aber das schien niemanden zu kümmern. Was immer hier auch passiert sein mochte, es lag offensichtlich schon eine Weile zurück. Aber die Wolkow war ein großes Schiff, wo es jede Menge Verstecke gab. Womöglich befanden sie sich in Gefahr. Und Everton beschönigte alles und benahm sich, als wäre er für diesen Glücksfall verantwortlich.

Richie rollte die Augen. »Nun sagen Sie schon ja …«

Squeakys strahlender Blick war ermutigend. »Steigen Sie ein, das ist leicht verdientes Geld.«

»So etwas wie leicht verdientes Geld gibt es nicht«, antwortete Kelly vorsichtig, aber sie wußte bereits, daß sie das Angebot nicht ablehnen würde. Mit dem Schlepper würden sie sowieso nirgendwo mehr hinfahren, und *drei* Millionen …

Everton nickte ihr munter zu. »Ich interpretiere das als Zustimmung. Baker, suchen Sie die Generatoren, wir brauchen Strom auf der Brücke. Probieren Sie, ob Sie die Hauptmaschine anschmeißen können. Sie gehen auch mit, Squeaky.«

Steve kramte bereits in seiner Tasche herum und zog Taschenlampen und zusätzliche Walkie-talkies heraus. Während Everton weitersprach, schnallte er sich einen Patronengürtel um die Schulter.

»Machen Sie ein Tau am Schlepper fest, Richie, damit wir das Schiff in Windrichtung manövrieren können. Foster, Sie versuchen, einige Geräte der Navigationsausrüstung wieder funktionsfähig zu kriegen.«

Steve und Squeaky verließen den Raum. Richie folgte ihnen auf dem Fuß, aber Kelly zögerte und beobachtete Everton. Er platzte förmlich vor Aufregung, und sie konnte fast schon die Dollarzeichen in seinen blaßblauen Augen aufleuchten sehen.

»Käpt'n ... Mein Vater war Admiral, und ich kenne mich mit den Gesetzen zur Schiffsbergung ein bißchen aus. Wenn sich noch irgendein Lebender auf dem Schiff befindet, können wir es nicht in Beschlag nehmen.«

Everton blickte sie nicht an, sondern machte sich an seinem Walkie-talkie zu schaffen. »Dann werden wir eben keinen Überlebenden finden.«

Kelly starrte ihn an, weil sie sich über den Sinn der Worte, die er gerade geäußert hatte, nicht sicher war. »Was wollen Sie damit sagen?«

Everton wandte sich um und sah sie ruhig an. »Nur, daß ich hoffe, daß wir keinen Überlebenden finden werden.« Er drückte auf einen Knopf seines Funkgeräts, ignorierte Kelly und wandte sich ab. »Melden Sie sich, Woods ...«

Sie beobachtete ihn einen weiteren Augenblick lang und ging dann durch die Trümmer der beschädigten Brücke auf die Konsole mit dem Radar zu. Worauf hatten sie sich da nur eingelassen? War Everton sich über die mögliche Bedeutung seiner Worte im klaren?

9.

Steve und Squeaky durchsuchten die lautlose Finsternis des A-Decks der Wolkow. Nur das Licht ihrer Taschenlampen wies ihnen den Weg. Die beiden Lichtkegel erhellten den langen Gang vor ihnen. Sie sahen einen leeren, sterilen Raum und gelegentlich ein Schild mit kyrillischen Buchstaben. Abgesehen vom Geräusch ihrer Schritte, die in der kühlen, unbewegten Luft widerhallten, rührte sich nichts.

Steve war beunruhigt. Wer auch immer das Chaos

auf der Brücke angerichtet hatte, war bei seiner Attacke methodisch vorgegangen, und er fand nicht viel Gefallen an der Vorstellung, einem solchen Gegner hier unten in der Dunkelheit zu begegnen. Er hätte sogar zugegeben, daß er sich fürchtete, wie rosig ihre Aussichten in Evertons Augen auch sein mochten. Das Schiff *schien* verlassen zu sein – aber was, wenn sie sich täuschten?

Der Gang vor ihnen nahm eine scharfe Biegung nach links. Sie näherten sich vorsichtig. Steves Zeigefinger umklammerte den Abzug des Gewehrs. Noch immer war kein Laut zu hören, nichts regte sich.

Das Licht ihrer Taschenlampen streifte eine kleine Halle. Sie blieben stehen und starrten auf die Tür am Ende des Raums, die trotz des dicken Metalls aus den Angeln herausgebrochen worden war.

»Guter Gott!« flüsterte Squeaky.

Sie traten ein, und Steve versuchte, nicht daran zu denken, wieviel Kraft man brauchte, um eine solche Stahltür aufzubrechen.

»Bleib' dicht hinter mir, Squeak.«

Es spielt keine Rolle, es ist geschehen, wie auch immer – durch Hitze, vielleicht mit einem Schneidbrenner, oder es war der Taifun … Steve schüttelte den Kopf und befreite sich von den lächerlichen Gedanken. Er konnte nicht mehr richtig denken, weil er schon zu lange nicht mehr als nur ein paar Stunden am Stück geschlafen hatte. Außerdem würde es nichts ändern, wenn er wüßte, was hier passiert war. Sie mußten die Maschine finden und die Stromversorgung wiederherstellen – das Wichtigste zuerst.

Rechts vor ihnen stand eine Tür offen. Sie gingen darauf zu und leuchteten mit ihren Taschenlampen in eine Art von Laboratorium mit langen Tischen und Maschinen an den Wänden. Der Raum war ebenso verwüstet wie die Brücke: Durchtrennte dicke Kabel, zertrümmerte Geräte und Teile der Wandtäfelung lagen verstreut auf dem Boden herum. Steve nahm einen schwachen, beißenden Geruch wahr wie von verbrannten elektrischen Geräten.

Squeaky beleuchtete die schweren Kabel mit seiner Taschenlampe. »Sie sind mit einer Axt durchtrennt worden «, sagte er leise. »Verdammt unheimlich das Ganze. Gefällt mir überhaupt nicht.«

Sie gingen weiter. Das nächste dunkel gähnende Loch führte zu dem Teil des Schiffs, den sie suchten. Oberhalb der kyrillischen Schrift auf dem Schild war ein Strichmännchen abgebildet, das eine Treppe hinabschritt. Die Tür stand offen.

Während sie in die Finsternis hinabstiegen, glitt das Licht ihrer Taschenlampen über rote Schmierspuren und Flecken an den Wänden.

»Guter Gott, hoffentlich finden wir keine Leichen«, sagte Squeaky auf dem Weg nach unten.

Auch Steve begann sich Gedanken zu machen. *Wo sind die Leichen? Und wenn die gesamte Mannschaft abgeschlachtet worden ist, wer hat dann die Rettungsboote mitgenommen?* Das alles ergab keinen Sinn.!

Sie erreichten den ersten Treppenabsatz und gingen weiter. Während sie durch die lautlose Finsternis schritten, verlieh Steve seinem Unbehagen Ausdruck. »Ich habe ein schlechtes Gefühl, das Ganze macht keinen Sinn. Dieses russische Schiff liegt hier, ohne Mannschaft … Warum hat sie das Schiff aufgegeben?« Er schwieg einen Augenblick und entschloß sich dann, eine direkte Frage zu stellen. »Wem, glaubst du, können wir vertrauen, Squeak?«

Auch Squeak hatte darüber bereits nachgedacht. »Den Käpt'n kannst du vergessen. Woods hat die Hosen gestrichen voll, da paßt selbst mit Gewalt nichts mehr rein. Richie wirkt zwar ziemlich blöd, ist aber zugegebenermaßen schlau wie ein Fuchs. Er wird zur Stelle sein, wenn wir ihn brauchen. Bei Hiko bin ich mir noch nicht sicher. Foster ist in Ordnung.«

Steve runzelte die Stirn. »Was willst du damit sagen?«

»Auf sie ist Verlaß, sie ist ehrlich.« Sie schwiegen eine Zeitlang, aber als Squeaky erneut das Wort ergriff, klang seine Stimme etwas beschwingter. »Was denkst du, was ich sagen wollte? Glaubst du, daß sie mir gefällt?«

Steve war plötzlich glücklich darüber, daß sie sich im Dunkel befanden. »Und – ist es so?«

Er hörte am Tonfall seines Freundes, daß dieser grinste. »Klar, ich würde mich schon an sie ranmachen, sie ist 'ne scharfe Braut. Und du?«

»Ich hab' noch nicht richtig darüber nachgedacht.«

Squeaky gluckste in sich hinein. »Na klar, du hast noch nicht richtig darüber nachgedacht …«

Am Fuß der Treppe fiel der Lichtstrahl von Steves Taschenlampe auf eine Karte des Decks, die an der Wand befestigt war. Sie befanden sich weit unten, und die Karte konnte ihnen gute Dienste leisten. Er nahm die letzten paar Stufen mit großen Schritten, um das heikle Thema »Kelly Foster« zu beenden.

Rasch studierte er die rätselhafte Karte und wies dann in dem Gewirr von Linien und Rechtecken auf einen schraffierten Bereich. »Das wird wohl der Maschinenraum sein, ein Deck weiter unten.«

Im reflektierten Strahl der Lampe sah er Squeaky nicken, und sie machten sie auf den Weg zu der Ebene, wo sich die Maschinen befinden mußten.

Sie erreichten das E-Deck und beschleunigten ihre Schritte, weil sie sich jetzt auf vertrauterem Terrain befanden. Als sie auf eine kleine Werkstatt stießen, in der verschiedene Ersatzteile und Werkzeuge lagen, hielt

Steve inne, um sich einen Überblick zu verschaffen. Squeaky überprüfte währenddessen den nächsten Raum.

»Hier!«

Steve kam nach, und der Lichtstrahl ihrer Taschenlampen richtete sich auf die große Turbine, die den Maschinenraum beherrschte. Es gab mindestens zwei weitere kleinere Generatoren, aber es konnte keinerlei Zweifel daran bestehen, welches die Hauptmaschine war: eine wunderschöne, riesige Zylindermaschine, vor der alles verblaßte, was sie bei früheren Jobs auf anderen Schiffen gesehen hatten. Die Maschinisten der Wolkow mußten stolz auf sie gewesen sein. Und das Wichtigste: Die Maschine schien unbeschädigt zu sein.

Steve lief los, fand die Treibstoffpumpe und schaltete sie an. Dann drückte er auf den Startknopf – und blickte finster drein: nichts. Er richtet die Taschenlampe auf seinen Freund. Gehetzt sagte er: »Okay, Squeaky, wir müssen uns beeilen. Das Schiff muß in Windrichtung gebracht worden sein, bevor der Taifun zuschlägt. Wenn der Sturm kommt und wir das Steuerruder nicht bewegen können, sind wir tot.«

Squeaky nickte und begann plötzlich zu lächeln. Er streckte die Hand aus und hielt durchgeschnittene Kabel in den Lichtstrahl von Steves Taschenlampe.

Guter Gott, sollte das das ganze Problem sein? Das wäre zu schön, um wahr zu sein! Routiniert begann Squeaky die durchtrennten Kabel zu verbinden, während Steve sich anschickte, die riesige Maschine, die Schalter und die Öffnungsfenster zu untersuchen.

Alles schien unbeschädigt zu sein, er konnte keine Defekte erkennen. Offensichtlich verstand der Saboteur nichts von Schiffsmaschinen, sonst hätte er nicht nur ein paar Kabel gekappt, die innerhalb weniger Minuten wieder verbunden werden konnten.

»Ich bin fast fertig«, sagte Squeaky, und Steve ging wieder zum Startknopf, während sein Partner das letzte Kabel reparierte, indem er die Gummiisolierung entfernte und die Drähte verband. »Versuch's jetzt mal.«

Steve drückte auf den Knopf, und der Rotor setzte sich in Bewegung. Der Raum wurde von dem anschwellenden Brummen einer gut gewarteten, kraftvollen Schiffsmaschine erfüllt. Das Licht ging flackernd an. Die beiden grinsten sich an und blinzelten in der plötzlich einsetzenden Helligkeit – die Energieversorgung der Wolkow funktionierte wieder!

Auch auf der Brücke tat sich etwas: Einige unbeschädigte Monitore und die Anzeigen verschiedener Geräte flackerten auf, die Konsolen mit den Computern klickten, die Ventilatoren begannen sich zu drehen, und das Deckenlicht vertrieb die Dämmerung.

Everton lächelte, während die Wolkow um sie herum zu neuem Leben erwachte. Neben der Tür bewegte sich etwas, und er sah, wie sich eine Video-Überwachungskamera auf ihrem Stativ hochschraubte und in seine Richtung schwenkte.

»Schon besser«, sagte er. Er war glücklich, genügend Weitblick besessen und so kompetente Maschinisten eingestellt zu haben. Plötzlich hatte man auf der Brücke ein anderes Gefühl: Der dunkle Raum auf dem toten Schiff hatte sich unversehens in die Schaltzentrale eines hochmodernen Gefährts verwandelt. Er hörte förmlich, wie die Maschinen auf den Decks unter seinen Füßen ansprangen, das Summen einer Schiffsausstattung, die Hunderttausende von Dollar wert war.

Doch da hörte er plötzlich ein Geräusch, das das Summen zu übertönen begann, ein Geräusch, das sich mit nichts vergleichen ließ, was er je gehört hatte: ein seltsames, hohes Kreischen, das an Intensität zuzunehmen und von irgendwo aus der Tiefe des Schiffs aufzusteigen schien. Das Geräusch erinnerte an einen schreienden Vogel oder das Heulen einer gepeinigten oder wütenden Maschine. »Was zum Teufel ...«

Everton blickte Kelly an, während das Geräusch die Brücke erreichte, und sah, daß sie sich die Ohren zuhielt, als das bizarre Kreischen unerträglich und überwältigend wurde. Doch mit einem Mal war alles wieder vorbei. Das Geräusch verstummte abrupt, als ob es nie existiert hätte.

»Was zum Teufel war das?« fragte Kelly, aber Everton ignorierte sie. Vermutlich waren irgendwo elektronische Komponenten beschädigt worden. Die Wiederherstellung der Energieversorgung hatte eine Überlastung herbeigeführt und sie zerstört. Ein ungewöhnliches Geräusch, aber kein großes Rätsel. *Offensichtlich ist das wieder etwas zu hoch für unsere Navigatorin. Wer hätte das gedacht ...*

Everton griff nach seinem Walkie-talkie und schaltete es ein. »Gute Arbeit, Baker. Hier funkeln die Lichter wie bei einem Flipper.«

Baker antwortete nicht sofort, aber Everton hörte, wie der Maschinist mit seinem Partner sprach, während er den Knopf des Funkgeräts gedrückt hielt. »Werfen Sie jetzt die Hauptmaschinen an.« Damit war das Gespräch beendet.

Everton ging zum Fenster und blickte auf die Sea Star hinab, die manövrierte, um den Bug der Wolkow anschieben zu können. Alles lief bestens. Sogar der Nebel hatte sich etwas gelichtet. Richie hatte Hiko ein Drahtseil zugeworfen und gab Woods über das Funkgerät Anweisungen, während der Maori das Seil wie befohlen an einem Poller festmachte. Baker und sein Kumpan hatten bewundernswerte und schnelle Arbeit geleistet, während Foster nur auf ein paar elektronische Komponenten gepocht und die Funkanlage für defekt erklärt hatte. Wenigstens hielt sie jetzt ihre große Klappe – mehr konnte man sich bei ihr eigentlich nicht erhoffen.

Aus der Richtung einer der Konsolen mit den Computern hörte man ein Summen und ein rhythmisches Klicken. Everton wandte sich um und fragte sich, ob die Frau am Ende doch noch etwas Sinnvolles zustande gebracht hatte. Aber Kelly Foster wühlte noch in den Karten herum und war nicht in der Nähe der drei Computer, die sich jetzt selbst reaktivieren.

Kelly blickte den Kapitän finster an und ging zur Konsole hinüber. Everton trat neben sie. Er wußte nicht, warum er sich plötzlich etwas unbehaglich fühlte. Die Computer waren nicht eingeschaltet gewesen, als die Stromversorgung wieder zu funktionieren begonnen hatte, da war er sich ganz sicher. Jetzt rasten Datenzeilen wie verrückt über den Bildschirm, während die Maschinen mit Lichtgeschwindigkeit ihre Programme überprüften.

»Was zum Teufel ist hier los?« murmelte Everton. Die kyrillischen Buchstaben schossen über den Monitor, fast so, als suchten die Computer nach etwas.

Kelly Foster drückte einige Tasten, aber es tat sich nichts, zumindest nichts, was Everton verstanden hätte. Er blickte sich abwesend im Raum um und starrte dann wieder auf die Monitore.

»Hier führt ein anderer Regie«, sagte Kelly Foster nervös.

Everton runzelte die Stirn. »Sieht aus, als würde alles automatisch ablaufen.«

»Computer funktionieren nicht von selbst«, antwortete sie und tippte wieder auf der Tastatur.

Buchstaben und Zahlen jagten über den Bildschirm, und Everton verspürte ein ungutes Gefühl in der Magengegend. Doch mit einem Mal war der Spuk vorbei. Jetzt blinkte nur noch die symbolhafte Darstellung eines Ankers rot auf. Foster hämmerte weiter verzweifelt auf die Tastatur ein – ohne Erfolg.

Verdammter Mist, was jetzt? Everton ging wieder zum Fenster. Er war wütend und auf einmal ziemlich nervös. Bis jetzt war doch alles hervorragend gelaufen.

Von draußen war das Rasseln schwerer Ketten zu hören. Das durfte, das *konnte* nicht sein – der Anker der Wolkow befand sich direkt über der Sea Star! Everton hielt den Atem an.

Richie hielt das Walkie-talkie lässig in der Hand, während er auf Hiko hinabblickte, der auf dem Deck der Sea Star stand und mit feierlicher Miene beobachtete, wie der Schlepper das riesige Schiff in Richtung des aufkommenden Winds manövrierte. Er hatte im Moment nichts weiter zu tun und dachte darüber nach, was ein Maori mit drei Millionen Dollar machen würde. Noch mehr Tätowierungen? Vielleicht gab es einen Rat von Stammesältesten, die in solchen Fällen entschieden oder das Geld an sich nahmen, um es an die Bauern zu verteilten oder etwas in der Art.

Wie auch immer. Richie jedenfalls hatte schon begonnen Pläne zu schmieden und beschlossen, es sich gutgehen zu lassen. Er würde sich einen Lamborghini kaufen, einen dieser Schlitten, an die man in den Vereinigten Staaten nicht rankam. Und ein riesiges Haus mit Privatstrand in der Karibik. Dann würde er sich nach einer dieser stets lächelnden Inselschönheiten umsehen, um sich mit ihr die Zeit zu vertreiben – ein nettes Mädchen mit einem straffen Körper und großen Brüsten. Sie würden den ganzen Tag am Strand verbringen, Marihuana rauchen, die Wellen beobachten und es nachts ohne Ende auf den Seidenlaken treiben.

Ein schweres Rasseln gebot Richies Gedanken Einhalt. Er richtete den Blick auf die Ankerwinde. Das Geräusch kannte er.

Nein!

Die Zeit schien stehenzubleiben, und Richie mußte hilflos mitansehen, wie das Unheil seinen Lauf nahm. Er war machtlos. Benommen mußte er zusehen, wie Hiko, der direkt unter der rasselnden Ankerkette stand, in dem Moment nach oben blickte, als der zwanzig Tonnen schwere Anker der Wolkow hinabstürzte.

10.

Frustriert und genervt wandte Kelly den Blick von dem widerspenstigen Computer ab. Plötzlich hörte sie ein lautes Krachen, und im selben Augenblick schrie Richie in Panik auf dem Deck auf und bestätigte ihre Befürchtungen.

»Mist! Verdammte Scheiße!«

Die hohe und atemlose Stimme gellte über die Funkgeräte in den Raum. »Ein Notfall auf dem Hauptdeck! Der Anker hat den Schlepper getroffen und ein Loch in den Schiffsrumpf gerissen!«

Everton jagte an Kelly vorbei, und dann rannten beide auf die Tür zu, stürmten auf das Deck und zur anderen Seite hinüber. Noch während er rannte, brüllte der Kapitän in sein Funkgerät.

»Baker! Hören Sie mich, Baker? Kommen Sie nach oben!«

»Verstanden, bin schon unterwegs ...«

Kelly lief zur Reling, blickte in die Tiefe und sah innerhalb eines Sekundenbruchteils, daß der Schaden irreparabel war. Die Sea Star sank schnell, mit dem Heck zuerst. Das Wasser spritzte durch das klaffende Loch im Deck.

Hiko!

Der Maori taumelte über das schwankende Deck, aus einer Beinwunde strömte Blut. Kelly begriff, daß er sich fast direkt unter dem Anker befunden haben mußte. Ein dicker, gezackter Splitter der Holzplanken hatte sich tief in sein rechtes Bein gebohrt.

Hiko hielt inne und zog den Holzsplitter mit schmerzverzerrtem Gesicht und zitternder Hand aus seinem Bein. Dann warf er den blutigen, über zwanzig Zentimeter langen Splitter auf das Deck und versuchte verzweifelt, die Reling zu erreichen.

Obwohl er sah, daß Hiko auf dem Deck zusammenbrach und sein Bein umklammerte, griff Richie nach einem Rettungsring und einer Boje und warf sie über Bord. Kelly blickte sich verzweifelt um, aber es gab keine weiteren Rettungsringe mehr. Sie waren entweder vom Sturm weggetragen oder von der russischen Besatzung benutzt worden.

Da trat Woods mit bleichem, verängstigtem Gesicht aus dem Führerhaus der Sea Star. Der Steuermann sah den dahintreibenden Rettungsring und schien sich ganz darauf zu konzentrieren. Taumelnd rannte er über das schwankende Deck an Hiko vorbei.

Hiko zog sich hoch. »Woods, ich schaffe es nicht!« rief er ihm nach. »Wo wollen Sie hin? Verdammt, kommen Sie zurück …!«

Woods schien ihn nicht zu hören, hielt nicht einmal inne. Verzweifelt sprang er von dem sinkenden Schlepper, ließ Hiko zurück, und schwamm auf den Rettungsring zu.

Kelly hielt nach einer Stelle Ausschau, von wo aus sie springen konnte, aber ihre Position stimmte nicht.

Sie waren zu nahe an der Sea Star, und sie würde auf dem sinkenden Schlepper landen und sich das Genick brechen.

In diesem Augenblick riß die Ankerkette, und das schwere Metall krachte auf das Deck und zog die Sea Star noch schneller in die Tiefe.

Sie wandte sich um und begann loszurennen.

In diesem Augenblick sah sie, daß Steve aus einer Tür auf dem unteren Deck gestürzt kam und an die Reling rannte.

»*Woods!*« brüllte er. Kelly blickte sich um und sah, daß der Steuermann den Rettungsring erreicht hatte. Er beobachtete den sinkenden Schlepper und machte keinerlei Anstalten, seinem hilflosen Kameraden zu helfen. Der geschwächte und stark blutende Hiko hatte die Reling erreicht und versuchte sich vor dem schnell steigenden Wasser in Sicherheit zu bringen. Die nackte Angst stand ihm ins Gesicht geschrieben. Da kenterte der Schlepper, und die Reling war nicht mehr zu sehen. Hikos Hände verschwanden in den Wogen des aufgewühlten Meers.

Steve hatte gerade darüber nachgedacht, ein kurzes Nickerchen zu machen, als Richie ihm zubrüllte, daß es einen Notfall gebe und Everton ihn nach oben beordert habe.

»Verstanden, bin schon unterwegs.«

Er reichte Squeaky das Funkgerät und nahm sich gerade noch die Zeit, seinem Partner einige Instruktionen zu geben. »Bleib auf deinem Posten. Wenn es irgendwelche Anzeichen für Ärger gibt, spielst du nicht den Helden, sondern versuchst, deinen Hintern zu retten!«

Squeaky hielt den Daumen hoch, und Steve rannte durch den trübe erleuchteten Gang auf die Treppe zu.

Er nahm mehrere Stufen auf einmal, während sich in seinem Kopf die Gedanken überschlugen. Der Anker? Das verdammte Ding wurde elektronisch durch Computer gesteuert. Das hätte eigentlich nicht passieren dürfen, es mußte ein Zufall gewesen sein, es sei denn ...

Es sei denn, es ist noch jemand auf dem Schiff! Steve rannte schneller. Plötzlich machte er sich noch über ganz andere Dinge als den sinkenden Schlepper Gedanken. Die Sea Star wäre sowieso untergegangen, und das Ganze konnte natürlich ein Unfall gewesen sein, aber war es nicht merkwürdig, daß der Anker genau in dem Augenblick nach unten gekracht war, als sich das kleine Schiff direkt darunter befand?

Steve erreichte das A-Deck. Hier brannten alle Lichter, und die Maschinen summten, während er durch die Gänge zum Ausgang des oberen Decks raste. Er registrierte flüchtig, daß die Wolkow jetzt, nachdem die Stromversorgung wieder funktionierte, ein anderes Schiff zu sein schien – aber trotzdem noch immer unheilvoll wie zuvor, als nur Dunkelheit und Schweigen geherrscht hatten.

Ihm blieb keine Zeit zum Nachdenken. Er stürmte durch die Tür auf das Deck und rannte auf die Reling zu. Kelly stürzte zu ihm, aber seine Aufmerksamkeit wurde ausschließlich von der Szene beansprucht, die sich unter ihnen abspielte.

»*Woods!*« brüllte er, aber der Steuermann trieb nur im Wasser und beobachtete bleich und mit leerem Gesichtsausdruck, wie die Sea Star in den Wellen verschwand, während Hiko sich noch an der Reling festklammerte.

Steve war sprachlos und wollte seinen Augen nicht trauen, aber nach zwei oder drei unendlich langen Sekunden tauchte Hiko wieder auf. Er machte hektische

Schwimmbewegungen und trieb hilflos zwischen Teilen des zerfetzten Decks und anderen Trümmern umher – und Woods rührte sich nicht. *Elender Mistkerl!*

Steve sah, daß Hiko es alleine nicht schaffen würde, und Woods machte nach wie vor keinerlei Anstalten, ihm zu helfen. Ohne weiter nachzudenken, sprang er ins Wasser.

Das Deck befand sich mindestens zwei Stockwerke über dem Meer, und es kam Steve wie eine Ewigkeit vor, bis er die Wasseroberfläche erreichte, und, noch einmal tief luftholend, in das kalte Meer eintauchte. Nachdem er wieder aufgetaucht war, schwamm er zügig auf Hiko zu.

Das Salzwasser biß in seinen Augen, und ihm war kalt, aber es war nicht mehr weit. Innerhalb weniger Sekunden hatte er den um sein Leben kämpfenden Maori erreicht.

»Ganz ruhig, entspann dich«, flüsterte er. Hiko blickte ihn dankbar an und stellte seine Ruderbewegungen ein. Sein Körper entspannte sich, während Steve einen Arm um seine Brust schlang.

Sie bewegten sich auf die Strickleiter zu, die Steve vor weniger als einer Stunde an Bord der Wolkow befestigt hatte. Er schwamm mit kräftigen Bewegungen der Beine und des rechten Arms. Dabei konzentrierte er sich auf die Strickleiter, konnte es aber nicht lassen, Woods einen gehässigen Blick zuzuwerfen. Der Steuermann trieb etwa fünfzehn Meter entfernt im Wasser.

Steve blickte wieder zur Wolkow hinüber und sah, daß Richie einen Teil der Leiter hinabgeklettert war, um ihnen zu helfen. Foster sah sehr besorgt aus, Everton grollte. Steve fragte sich erneut, wie es passieren konnte, daß der Anker direkt über der Sea Star in die Tiefe gekracht war.

Wir sind nicht allein, und derjenige, der außer uns noch

an Bord ist, möchte nicht, daß wir das Schiff verlassen können.

Hiko lag auf dem Deck, während die *Pakeha* um ihn herumstanden und in der zunehmenden Dämmerung lange Schatten warfen. Kelly hatte sich über ihn gebeugt und untersuchte sein Bein. Hiko bemühte sich, nicht zusammenzuzucken, als sie die blutende Wunde sanft berührte. Auch ohne das Salzwasser wäre der Schmerz schon schlimm genug gewesen. Außerdem blutete die Wunde noch immer. Ihm war schwindelig, und er wußte nicht, ob der Blutverlust, der Schmerz oder einfach die Erleichterung, noch am Leben zu sein, der Grund dafür war. Seine *wahaika* war noch da, und er hatte überlebt. Es hätte also schlimmer kommen können.

Richie nahm sein Gewehr auf und baute sich ängstlich vor ihm auf. »Der Anker hat sich nicht von selbst gelöst. Es ist noch jemand auf diesem Schiff.«

Daran hatte Hiko auch schon gedacht. Schon im ersten Augenblick, als er die Wolkow gesehen hatte, hatte er ein ungutes Gefühl gehabt. Er wußte, daß die anderen genauso empfanden, und fragte sich, warum sie ihre Angst weiterhin verbargen. Man mußte schließlich kein Maori sein, um zu erkennen, wenn etwas nicht stimmte. Auf diesem Schiff spukte es! Jemand, der sich hier versteckt hielt, hatte ihn zu töten versucht, und es wäre ihm fast gelungen.

Er blickte zu Kelly Foster auf und lächelte leicht, als er ihr besorgtes Gesicht sah.

»Wird schon werden«, sagte er, aber sie ignorierte seine Worte.

»Nicht, wenn die Wunde nicht genäht wird. Wir müssen die Krankenstation finden.

Steve reichte ihr ein Messer, und sie schlitzte das

Hosenbein des Maori auf, so daß die blutende Wunde zwischen seinen kunstvollen Tätowierungen sichtbar wurde. Hiko blickte finster drein – er würde eine Narbe zurückbehalten. Außerdem hatte der Holzsplitter eine wunderschöne Tätowierung zerstört. Stunden liebevoller Arbeit waren vergeblich gewesen.

Kelly Foster schnallte seinen Gürtel auf und zog ihn unter seinem Körper hervor. Hiko blickte sich unsicher um. »Was machen Sie da?«

Sie warf ihm einen Blick zu, schlang den Gürtel um sein Bein oberhalb des Knies und zog ihn fest. Eine Aderpresse. Hiko blickte verlegen weg. Vielleicht mußte seine Wunde wirklich genäht werden, denn ihm war noch immer schwindelig, und für einen Augenblick hatte er geglaubt, daß sie ihn ganz woanders berühren wollte.

»Das hätte mir auch passieren können«, sagte Woods, ohne sich an jemand Bestimmtes zu wenden.

Hiko starrte den Steuermann an und spürte, wie er langsam zornig wurde, während Woods sein nasses T-Shirt auszog und auf das Deck warf. Richie griff in seine Tasche, zog ein trockenes Hemd hervor und warf es Woods zu, aber er achtete nicht darauf, ob dieser es auffing.

Hiko blickte zu Steve hinüber, der Woods verächtlich musterte. Dieser Mann war heimtückisch, und Hiko haßte solche Typen.

Steve schnappte sich ein Walkie-talkie und schaltete es ein, aber bevor er sprechen konnte, hörte er schon die verzerrte Stimme seines Freundes.

»Hier spricht Squeaky, Steve. Was zum Teufel ist passiert?«

»Der Schlepper ist gesunken.«

»Scheiße!«

Hiko nickte – gut gesagt.

»Und wie geht's dir?« fragte Steve.

»Alles okay. Auf diesem Schiff läuft alles vollautomatisch.«

»Irrtum. Es muß noch jemand an Bord sein. Der Schlepper wurde versenkt. Verriegle die Tür und laß niemanden herein. Wir sind gleich unten.«

»Verstanden«, sagte Squeaky, und Hiko fiel die Vorsicht in seinem Tonfall auf. Vorsicht, aber keine Überraschung.

Steve schaltete das Funkgerät aus, drehte sich um und wandte sich an die anderen. »Wir sollten zwei Gruppen bilden und sie fertigmachen.«

Kelly Foster nickte. »Ich bin derselben Meinung wie Steve.«

Kapitän Everton runzelte die Augenbrauen. »Einen Augenblick«, sagte er. »Hier bin immer noch ich der Kapitän.

Steve blickte ihn ruhig an. »Sie waren der Kapitän der Sea Star. Und die ist gerade gesunken.«

Hiko stützte sich auf die Ellbogen und beobachtete, wie die beiden Männer sich anstarrten. Er mochte Everton nicht besonders und beschloß, daß er Steve beistehen würde, wenn es soweit war. Everton hatte ihn nicht aus dem Meer gerettet.

»Hören Sie, Baker. Ich habe den höchsten Rang von uns allen und bin bereit zu vergessen, was zwischen uns vorgefallen ist. Gibt's ein Problem?«

Steve zuckte die Achseln und schwieg. Everton wandte sich mit wütendem, aber selbstzufriedenem Blick den anderen zu.

»Richie und Woods, Sie gehen in den Maschinenraum hinunter und helfen Squeaky. Baker, Foster und ich werden Hiko in die Krankenstation bringen und seine Wunde versorgen. Vorwärts.«

Er wandte sich um und ging in Richtung Vorderdeck. Hiko setzte sich auf. Er konnte Everton nicht leiden, und die Gesichter der anderen verrieten ihm, daß es ihnen ebenso ging. Selbst Woods schien unglücklich über den Befehl zu sein, und dadurch sank Hikos Achtung für den Kapitän auf den absoluten Tiefpunkt.

Kelly und Steve halfen ihm beim Aufstehen. Sein Bein war bereits unterhalb der festgezurrten Aderpresse gefühllos, und er dachte daran, daß es doch besser gewesen wäre, nach Hause zu fliegen. Verdammt, er mochte dieses Schiff nicht und mißtraute dem Kapitän. Er wünschte sich nichts sehnlicher, als wieder festen Boden unter den Füßen zu haben, weit weg von dieser düsteren Situation.

Denn hier ging es nicht mehr nur darum, seine Ängste zu besiegen.

11.

Everton führte sie zum Treppenhaus und registrierte, daß zumindest einige der Lampen funktionierten. Zwar war es noch immer eher düster in dem Gang, und es gab dunkle Ecken, aber Menschen konnten sich hier nicht verstecken. Er leuchtete mit der Taschenlampe in die finsteren Winkel, während hinter ihm Kelly Foster und Baker dem Verwundeten behilflich waren.

Er bemühte sich, möglichst gleichgültig zu wirken, während sie die Treppe erreichten, aber es fiel ihm schwer, Ruhe zu bewahren. Woods und die beiden Matrosen hatten sich seinen Anordnungen zwar nicht offen widersetzt, zumindest bis jetzt noch nicht, aber Kelly Foster und Baker versuchten, seine Autorität zu untergraben, und er spürte, daß ihm die Kontrolle entglitt. Wenn er das renitente Paar von den anderen fernhielte, müßte die Sache eigentlich erledigt sein. Aber ihr mangelnder Respekt gefiel ihm überhaupt nicht, schließlich hatte er ihnen eine mehr als großzügige Entlohnung in Aussicht gestellt. Ihr Verhalten war unglaublich!

Auf dem Treppenabsatz brannte eine Lampe, aber die vor ihnen liegenden Stufen lagen im Dunkeln. Der Kapitän richtete den Lichtstrahl nach unten und ging voraus. Er fragte sich, wie wahrscheinlich es war, daß der blinde Passagier sie direkt angreifen würde statt über einen Computer. Die Sea Star zu versenken war ein ziemlich feiger Anschlag gewesen, und vermutlich würde sich der Täter auch weiterhin versteckt halten und der Konfrontation mit einer bewaffneten Crew aus dem Weg gehen. Er würde solange wachsam sein, bis sie den Störenfried gefunden hatten, und auch keinerlei unnötige Risiken eingehen – jetzt nicht mehr. Hier stand zuviel auf dem Spiel.

Everton hatte bemerkt, daß die Überwachungskameras funktionierten und überall auf dem A-Deck hin- und herschwenkten, und auch hier im Treppenhaus gab es eine. Offensichtlich wurde jeder Zentimeter auf dem Schiff beobachtet. Wenn die Crew wieder beisammen war, konnten sie die Kameras benutzen, um den blinden Passagier zur Strecke zu bringen. Er hoffte, das Kelly Foster wenigstens so gut mit dem Computer umzugehen wußte. Bei ihrem Versuch, die Sea Star zu retten, hatte sie allerdings ganz klar versagt.

Irgendwo in der Dunkelheit vor ihnen ertönte ein kaum hörbarer Laut. Everton erstarrte, doch dann war es wieder still. Das Geräusch war sogar zu leise gewesen, um in dem leeren Treppenhaus ein Echo hervorzurufen. Er leuchtete mit der Taschenlampe über das Geländer, sah aber nur weitere Stufen. Ein helles, rasselndes, metallisches Geräusch …

Everton blickte sich um, aber Foster und Baker machten nicht den Eindruck, als hätten sie auch etwas gehört. Die beiden Möchtegern-Meuterer konzentrierten sich darauf, Hiko die Treppe hinunterzugeleiten. Alles in Ordnung, dachte Everton. Sicher war bloß irgendwo etwas heruntergefallen, die Wolkow war schließlich nicht gerade in bestem Zustand. Außerdem konnte das Geräusch nicht von einem Menschen herrühren, dazu war es zu leise gewesen. Vielleicht waren Ratten auf dem russischen Schiff.

Der Lichtstrahl der Taschenlampe fiel auf eine Karte, die am Fuß der Treppe an der Wand befestigt war. Everton eilte nach unten, um sie zu studieren. Nach allem, was er erkennen konnte, befanden sich auf dem A-Deck größtenteils kleinere Laboratorien, aber diese Karte schien komplizierter zu sein. Die hellen, farbigen Rechtecke verwiesen auf eine Vielzahl von Räumen mit unterschiedlichen Funktionen.

Kelly Foster trat neben ihn und betrachtete sie. »Ich kann die Krankenstation nicht von der Messe unterscheiden, und Sie?«

Everton war sich nicht sicher, aber das würde er ihr gegenüber nicht zeigen. Die Tatsache, daß sie ihn gefragt hatte, bewies, daß sie seine größere Erfahrung anerkannte und noch bereit war, seine Führungsrolle anzuerkennen.

Er zeigte auf einen mittelgroßen Komplex blauer Rechtecke und sprach bedacht, als begegnete er ihrem Interesse wohlwollend. »Wahrscheinlich hier, oder hier«, sagte er und wies auf ein grünes Feld neben dem blauen. »Wir werden nachsehen müssen.«

Kelly Foster nickte und ging wieder zurück, um Baker zu helfen. Everton lächelte – Foster schien zu denken, daß sie gleichgestellt waren, und das konnte er ausnutzen. Vielleicht würde das Ganze auch auf Baker

Eindruck machen. Und wenn seine Befehle nicht befolgt werden würden, könnte er es immer noch mit der »Wir sitzen doch alle in einem Boot«-Masche versuchen. Wirklich lächerlich, sich als Kapitän mit derartigen Erwägungen herumschlagen zu müssen, aber er brauchte die beiden, um die Wolkow durch den Sturm zu manövrieren. Er würde wohl einige Kompromisse schließen müssen, zumindest bis sie ruhige Gewässer erreicht hatten.

Everton stieß die unverschlossene Tür auf und sah, daß sich zu beiden Seiten ein weiterer, sparsam beleuchteter Gang erstreckte. Er wartete, bis die anderen ihn eingeholt hatten. Gemeinsam betraten sie den Gang. Sie marschierten in die Richtung, wo er die Krankenstation vermutete.

Wir werden die Wunde nähen und dann einen Plan machen, dachte er, *wie wir den Kerl kriegen, der uns angegriffen hat. Und dann können wir uns wieder unseren eigentlichen Aufgaben zuwenden. Wir werden uns dieses Schiff sichern und den Bergelohn einstreichen.*

Es wäre besser, wenn niemand versuchen würde, ihn aufzuhalten. Everton hatte schon zu viel durchgemacht, um jetzt noch zuzulassen, daß sich ihm jemand in den Weg stellte. Die Wolkow gehörte ihm, und er würde alles tun, um sie zu behalten!

Squeaky hatte die Tür des Maschinenraums verriegelt, und das Gewehr lag in Reichweite, doch obwohl Woods und Richie zu ihm unterwegs waren, fühlte er sich außerordentlich unwohl. Es war unheimlich, sich allein in einer fremden Umgebung aufhalten zu müssen, in der vielleicht ein verrückter Russe herumrannte. Außerdem mißtraute er dieser gottverdammten Videokamera über der Tür, die ständig schwenkte, wenn er einen Schritt machte. Sie mußte mit einem Bewegungsmelder gekoppelt sein. Das war ja ganz interessant, aber trotzdem hatte er ein merkwürdiges Gefühl. Als ob ihn jemand beobachten würde.

Er hatte seinen Seesack durchwühlt und eine halbvolle Schachtel Zigaretten gefunden, die aus der Zeit stammte, als er sich zum letzten Mal geschworen hatte, nie wieder zu rauchen. Das war erst vor ein paar Tagen gewesen, und er hatte bereits geschummelt, doch wen zum Teufel kümmerte das? Steve nervte ihn ständig damit, aber der war nicht hier, und er war nervös.

Squeaky steckte sich eine Zigarette an und setzte sich auf einen Stuhl. Das Funkgerät in der Hand, blickte er auf die Hauptturbine. Die beeindruckende Maschine verfügte ohne Zweifel über jede Menge PS, und ihr sanftes Summen entspannte und beruhigte seine Nerven.

Er dachte an das Geschäft, das er sich von seinem Anteil des Bergelohns kaufen wollte, ein eigenes Geschäft für Autos, Boote und vielleicht sogar für kleine Flugzeuge. Alles auf dem neuesten Stand der Technik. Er könnte die besten Mechaniker einstellen und den Betrieb persönlich überwachen. Schon als Kind hatte er Fahrzeuge geliebt und Befriedigung dabei verspürt, Motoren zu reparieren, so daß sie wieder vorschriftsmäßig funktionierten. Das wollte er auf keinen Fall aufgeben, auch wenn er es sich dann leisten konnte.

Squeaky grinste, weil er sich an einen alten Witz erinnerte. *Vielleicht werde ich eine Klinik für Bedürftige einrichten, mit freiem Service für Damen. »Laßt mich unter eure Haube blicken, den Motor auf Touren bringen und euern Tank füllen.« Oder so ähnlich …*

Jemand beobachtete ihn.

Squeakys Lächeln verschwand. Er wandte sich langsam um und ließ seinen Blick durch den Raum gleiten.

Die Videokamera war noch immer auf ihn gerichtet, aber das war es nicht, es war ein anderes Gefühl …

Aber da war niemand, nur die Maschinen.

Er brauchte unbedingt einen Drink. Woods – der hatte immer eine Flasche bei sich. Wo zum Teufel blieben sie? Sie ließen ihn hier unten allein, und er wurde allmählich verrückt, weil vielleicht ein Wahnsinniger unterwegs war. Das war geradezu unmenschlich!

Squeaky zog erneut an seiner Zigarette und fragte sich, was Steve an seiner Stelle getan hätte. Vielleicht konnten sie den Kerl gemeinsam erledigen. Plötzlich hörte er ein bohrendes Geräusch hinter sich. Er wirbelte herum und suchte mit klopfendem Herz und weit aufgerissenen Augen die Generatoren nach der Quelle der Störung ab. Er sah nichts, aber das Geräusch war noch da: Es klang wie eine Spinne, die sich auf metallischen Beinen näherte …

»He! Ist da jemand?« fragte er mit brechender Stimme.

Sein Blick wurde durch eine plötzliche Bewegung zwischen zwei Generatoren gefesselt, in der Nähe eines dicken Kabelbündels, das durch ein Loch in der Wand ragte. Das Ende eines der elektrischen Kabel verschwand, als ob unsichtbare Hände daran zerren würden.

Squeaky drückte seine Zigarette aus und legte das Walkie-talkie aus der Hand. Zwar hatte er noch Angst, aber er war nicht mehr so entsetzt wie eben, als er das seltsame Geräusch zum ersten Mal gehört hatte. Ein Mensch konnte es nicht sein, denn er wäre nur etwas über einen Meter groß gewesen und hätte Dieselabgase eingeatmet. Und für ein größeres Wesen gab es hier keinen Platz.

Aber wer verursachte dann dieses Geräusch? Und wohin war das Kabel verschwunden?

Es mußte sich um ein mechanisches Problem handeln; eines der Kabel war eingezogen worden, das war alles. Vielleicht war es mit einem Rotor verbunden gewesen? Squeaky schaltete die Taschenlampe ein und ging zu dem Kabelbündel hinüber. Er kam sich wie ein Idiot vor.

Großartig, dachte er, *laßt mich zehn Minuten allein, und ich habe so viel Schiß wie eine verdammte Maus. Typisch Squeaky …*

Er trat zu dem Loch in der Wand und leuchtete die Stelle mit der Taschenlampe ab, sah aber nur die zu einer Seite verlaufenden dicken Kabel, die das Schiff mit Strom versorgten. Das Loch, das etwa einen Meter Durchmesser hatte, reichte gerade für das Bündel der dick isolierten Kabel.

Squeaky kauerte nieder und spreizte die Kabel so weit wie möglich mit einer Hand. Er arbeitete sich weiter vor, und es überraschte ihn, wie leicht sich die Kabel trennen ließen – gleich würde er den Kern des Problems gefunden haben …

In diesem Augenblick strafften sich die Kabel und schnürten seine Arme an seinen Körper.

»Was zum Teufel …!«

Entsetzt wehrte Squeaky sich, aber es gelang ihm nicht, sich zu befreien. Die Kabel zogen sich fester und fester um seinen Körper, und bevor Squeaky schreien konnte, wurde er durch das Loch in die Dunkelheit hinabgezogen.

Woods stolperte wie eine verängstigte Frau herum, und jedesmal, wenn Richie anhielt, stolperte der dünne blonde Mann beinahe über seine eigenen Beine, um ihn nicht umzurennen. Richie fand das ziemlich lustig und hatte einige Male angehalten, um die Verrenkungen des anderen zu beobachten.

Sie befanden sich jetzt auf dem C-Deck, und es war dunkel. Nicht gerade stockfinster, immerhin waren sie an mehreren Lampen vorbeigekommen, aber die Gänge schienen unregelmäßig beleuchtet zu sein. Auf jede funktionierende Lampe kamen drei oder vier ausgeschaltete. Das Licht warf selbstame Schatten und fast sah es für Richie so aus, als würde sich der Gang vor ihnen mal zu dehnen und mal zusammenziehen.

Woods hatte nur einmal gegen ihre kleinen Umwege protestiert, doch Richie hatte ihn zurechtgewiesen. Wenn sie sich in einer feindlichen Umgebung bewegten, mußten sie auf alles vorbereitet sein. Er hatte Woods gesagt, er könne ja allein in den Maschinenraum hinuntergehen, wenn ihm irgend etwas nicht passe. Seitdem hielt Woods die Klappe und folgte ihm dicht auf den Fersen.

Sie waren bereits an mehreren Lagerräumen mit Bettwäsche, Uniformen und ähnlichem Zeug vorbeigekommen, ganz zu schweigen von mehreren Räumen mit Computern, die komplett zerstört worden waren. Richie wußte, daß sie nah am Ziel waren. Die Konzeption der Wolkow glich der jener Schiffe, die er in der AIT kennengelernt hatte.

Forschungsschiff, von wegen ... Waffenforschung, das trifft es schon eher, hier draußen, wo alles ruhig ist ...

Er blieb vor einer schweren Tür stehen, und Woods stoppte gerade noch rechtzeitig, um nicht gegen ihn zu laufen. In dem kühlen, schattigen Gang wirkte sein Gesicht bleich. Richie grinste, öffnete die Tür und leuchtete mit der Taschenlampe in den Raum.

Er spürte, wie er langsam zu lächeln begann, während er tief befriedigt den Anblick verdaute: Er sah Regale mit AK-47ern und Magazinen, RPGs, die wie 58.3mm-Thermit-Granaten aussahen, und das russische Gegenstück von 16d-Anti-Panzer-Raketenwerfern. Ein Spionageschiff war immer bestens ausgestattet. Er hatte es gewußt.

»Das Waffenlager«, sagte Richie. Er trat ein, und Woods folgte dicht hinter ihm.

Noch immer grinsend schaltete er das Licht ein, griff nach einer der AK-47ern, überprüfte den Lauf und nickte zufrieden. Er war verchromt und glatt. Niemand hatte damit jemals diese verrostete Drecksmunition abgefeuert, auf die die Russen lange Zeit so scharf gewesen waren.

»Ist das … Ist das eine AK-47?« fragte Woods ängstlich.

Eine M-16 ist dagegen der letzte Dreck, Woodsy. Diese Knarre ist eine Schnellfeuerwaffe mit extrem hoher Schußfrequenz und kleinem Zielradius, aber eigentlich brauchst du mit diesen netten Dingern nur draufhalten und abdrücken.«

Er warf dem Steuermann die Maschinenpistole zu und beobachtete, wie er daran herumfummelte. Dann wandte er sich um, nahm eine Tasche und reichte sie Woods. »Dann greif mal zu.«

Richie machte sich eifrig an die Arbeit und stopfte Woods Tasche mit allen Magazinen voll, die sich in dem Regal befanden. In jedem waren dreißig Schuß. Die RPGs packte er ebenfalls ein, weil sich in den Granatwerfern nur zwei Raketen befanden und er sah, daß sie Flossen hatten. Das garantierte eine günstige, niedrige Flugbahn und eine langsame Umdrehung – verdammt gute Arbeit.

Dann fand er noch zwei Nachtsichtgeräte. Er legte sie oben auf die Tasche, dann stand er auf und blickte sich zufrieden nickend um. Sie hatten die Waffenkammer ausgeräumt, aber am Ende des Raums befand sich noch eine zweite Tür, die wahrscheinlich in ein weiteres Waffenlager führte. Woods trug sechs AKMs auf dem Rücken und den Raketenwerfer über einer Schulter.

»Das reicht, Richie.«

Richie schüttelte den Kopf, schnappte sich die letzte AKM und legte ein Magazin ein. »Man kann nie reich genug, dünn genug oder bewaffnet genug sein«, sagte er und öffnete die Tür. Vor ihm lag eine dunkle und verlassene Treppe.

Er zog einen Joint aus der Brusttasche, zündete ihn an und ließ den ersten Zug so lange nicht entweichen, bis sein Kopf nach Luft schrie. Dann ließ er den Rauch langsam ausströmen. Zum ersten Mal, seit diese Geschichte mit dem Anker passiert war, fühlte er sich wohl. Und trotzdem: Irgendjemand auf diesem Schiff beobachtete sie, vielleicht waren es sogar mehrere. Überall gab es diese verdammten Videokameras, und jedesmal, wenn ihn eine ins Visier nahm, sträubten sich ihm die Nackenhaare, weil er sich total verarscht fühlte.

Aber jetzt wird's ernst, ich laß' mich nicht von irgendeinem kommunistischen Bastard reinlegen, keine Chance …

»Wo willst du hin? Hauen wir ab, Richie …«

Woods Stimme klang wie aus einem Zeichentrickfilm. Richie zog erneut an seinem Joint und begann im Dunkeln die Stufen hinabzusteigen. Squeaky konnte warten, zumindest so lange, bis er überprüft hatte, ob es an Bord weitere Waffen gab.

Er hatte eine Mission, und Gott mochte den Russen beistehen! Er hatte keine Lust mehr, sich auf den Arm nehmen zu lassen.

12.

Die Krankenstation war nicht da, wo Everton sie vermutet hatte, aber doch in der Nähe. Kelly Foster öffnete die Tür, fand den Lichtschalter, und sofort verscheuchten die hellen Neonröhren die Schatten und enthüllten ein glänzend weißes medizinisches Labor. Es gab geräumige Schränke, Bahren und Tische aus rostfreiem Stahl. Bis jetzt war dies der einzige Raum auf dem ganzen Schiff, der nicht in Mitleidenschaft gezogen worden war.

Kelly trat vorsichtig ein, dicht gefolgt von Everton, Steve und Hiko. Sie hörte, wie die in einer der oberen Ecken des Raums befestigte Kamera auf sie zuschwenkte, blickte hoch und verspürte ein Frösteln. Überall auf der Wolkow gab es diese Überwachungskameras. Wahrscheinlich gehörte das zur Standardausrüstung eines derartigen Schiffs, aber sie konnte sich nicht helfen: Es war, als ob sie beobachtet und jede ihrer Bewegungen verfolgt werden würde. Wer immer dafür gesorgt hatte, daß der Anker auf die Sea Star niedergekracht war, verfügte offensichtlich über die notwendigen Mittel, und es hatte ihn nicht die geringste Mühe gekostet, die Computer auf der Brücke auszuschalten.

Lauschend verharrten sie für einen Augenblick, aber das Labor schien so verwaist zu sein wie der Rest des Schiffs auch.

Aber dieses Schiff ist nicht verwaist, es gleicht eher einem Geisterschiff, dachte Kelly, *und auch wenn die Geister unsichtbar sind, beobachten sie uns trotzdem die ganze Zeit. Wir können sie zwar nicht sehen, aber sie sind hier, beobachten uns, berühren uns …*

Kelly schüttelte ihre Gedanken ab und ging zu einem Tisch mit Schubladen und einer Reihe von Vitrinen, die auf der anderen Seite des Raums standen. Steve und Everton halfen Hiko, sich auf einen der Operationstische zu legen, während sie die Schubladen aufzog, und Watte und Päckchen mit Gummihandschuhen fand. Sie kauerte sich vor einer Vitrine nieder und hatte Glück: Tupfer, Flaschen mit Desinfektionsmitteln und Zubehör zum Vernähen von Wunden. Sie nahm, was sie brauchte, und ging zu Hiko. Everton lehnte am Operationstisch, während Steve in einem der Schränke nach trockener Kleidung suchte.

Der Maori beobachtete jede von Kellys Vorbereitungen stoisch: wie sie die provisorische Aderpresse entfernte und die häßliche Wunde mit einer Jodlösung behandelte, dann den Faden einfädelte und schließlich tief durchatmete.

»Es wird weh tun, Hiko.«

Er zuckte die Achseln. »Legen Sie schon los.«

Steve hatte Ersatzkleidung gefunden und zog sich hinter einem Vorhang um. Kelly zögerte. Sie konnte nicht anders und warf Steve einen raschen Blick zu, während er seine nasse Hose abstreifte. Sie sah einen muskulösen Oberschenkel, während die schwere, durchnäßte Hose zu Boden glitt …

Guter Gott, benehme ich mich jetzt wie ein Mädchen von der High-School? Verlegen wandte Kelly sich wieder ihrer Arbeit zu und durchstach den zerfetzten Rand von Hikos Wunde so sanft, wie sie nur konnte. Hiko zuckte nicht einmal zusammen.

»Die Schmerzgrenze liegt bei Ihnen wohl ziemlich hoch«, sagte sie leise.

»Normalerweise mache ich so etwas selbst«, antwortete er.

Kelly wußte nicht genau, ob dies ein Witz war, aber angesichts seiner Tätowierungen hielt sie es für unwahrscheinlich.

Everton hatte irgendwoher eine Handvoll Erdnüsse hervorgekramt, die er nun genüßlich mampfte, während er Kelly anblickte und vertraulich fragte: »Was werden Sie mit Ihren drei Millionen anfangen, Foster?«

Sie konzentrierte sich darauf, die tiefe Wunde zu nähen, weil ihr klar war, daß sich der Kapitän nur einschmeicheln wollte. An diesem Gespräch hatte sie kein besonderes Interesse. »Noch habe ich das Geld nicht.«

»Nehmen wir mal an, Sie hätten es«, fuhr Everton fort. »Im Ernst, was würden Sie damit machen?«

Kelly Foster zuckte die Achseln. Sie hatte ihm nichts zu sagen, außerdem hatte sie über diese Frage noch gar nicht nachgedacht.

Bei Hiko war das offensichtlich anders. »Ich würde eine Schule eröffnen.«

Steve kam in Chirurgenkleidung hinter dem Vorhang hervor und warf auch Hiko lächelnd eine Montur zu. »Eine Schule?«

Hiko nickte. *»Kura Kaupapa.* Eine Schule für Kleinkinder, wo sie lernen, die Maori-Sprache zu lesen und zu schreiben.«

Everton bemühte sich, das Gespräch weiterzuführen. »Und wie sieht's mit Ihren Plänen aus, Baker?«

Steve öffnete die geräumigen Schränke und überprüfte den Inhalt. »Keine Ahnung. Ich bin ungebunden und habe das Meer immer geliebt ...« Er hielt inne und lächelte dann. »Ich würde mir eine Insel kaufen.«

Kelly dachte darüber nach, während sie den dritten Stich ausführte. »Interessant. Mit Strand?«

»Ja. Mit einem hübschen, weißen Sandstrand.«

Sie lächelte. »Und ein Haus gibt's auch?«

»Mit Strohdach, direkt über einer Lagune.«

»Und wann heiratet ihr?« fragte Hiko grinsend. »Au! Sachte, Foster!«

Kelly blickte zu Steve hinüber und sah, daß er sie nachdenklich beobachtete, während er nach der Klinke eines weiteren Schranks griff. Wirklich, eine interessante Idee ...

Er öffnete den Schrank, und plötzlich brach die Hölle los.

Steve ging in Deckung, während der nur schemenhaft erkennbare Angreifer aus der Tiefe des Schranks das Feuer eröffnete. Die Geräusche der automatischen Waffe zerrissen die Stille des medizinischen Labors.

Steve wirbelte herum und sah, wie Kelly Hiko vom Tisch stieß und Everton sich zu Boden warf, während der Russe den Raum mit einer AK-47 unter Beschuß nahm. Die Glastüren zersplitterten, und der Metalltisch, auf dem Hiko gelegen hatte, wurde von surrenden Kugeln durchsiebt.

Evertons Gewehr war gegen die Schränke gelehnt, und Steve kroch darauf zu. Er erreichte es gerade in dem Augenblick, als der wild um sich schießende Russe auf den Fußboden sprang. Steve sah, daß er eine Gasmaske trug. Und schon richtete der Unbekannte seine Waffe auf ihn – doch dann ertönte das leere Klicken einer Waffe ohne Munition!

Steve zog sich hoch, rammte dem russischen Angreifer den Kolben des Gewehrs gegen die Brust und stieß ihn so in den Schrank zurück. Als der Kopf des Manns gegen das Metall krachte, klang das ungewöhnlich laut in dem ansonsten so stillen Raum. Der Körper des Russen sackte schlaff in sich zusammen.

Steve packte den leblosen Mann an den Stiefeln und zog ihn aus dem Schrank. Ein Fliegengewicht. Er wog kaum mehr als sechzig Kilogramm und war von kleiner Statur. Steve blickte über die Schulter und sah Hikos und Kellys verdutzte Gesichter. Everton spähte hinter dem Untersuchungstisch hervor. Es war erstaunlich, aber niemand war getroffen worden.

Steve fühlte noch das Adrenalin in seinem Körper, während er nach der Gasmaske griff. *Das Schwein hat versucht, mich umzubringen!* Er zerrte an der Maske, bereit, alles aus dem Leib herauszuprügeln, wenn er auch nur zuckte.

Überrascht blinzelte er. Vor ihm lag eine Frau, und obendrein eine attraktive! Sie hatte sanfte, zerbrechlich wirkende Gesichtszüge. Einige Strähnen ihres langen, schmutzigen blonden Haars umrahmten ihr bleiches, herzförmiges Gesicht.

Steve ließ die Gasmaske fallen, wandte sich den anderen zu und sah, daß sie genauso verblüfft waren wie er. Er war wirklich kein Chauvinist oder etwas in der Art, aber eine Frau, die so brutal handelte, ganz gleich ob Russin oder nicht? *Warum? Was zum Teufel geht hier vor?*

Wenn die Frau aufwachte, könnte sie ihnen vielleicht Auskunft darüber geben. Vorausgesetzt, sie sprach Englisch, war bei vollem Verstand – und kam überhaupt je wieder zu sich.

J.W. Woods Junior wurde einfach nicht betrunken. Er hatte seinen Flachmann schon mehr als zur Hälfte geleert, aber er schien den Alkohol genauso schnell wieder auszuschwitzen, wie er ihn hinunterkippte. Sein Körper war von kaltem Schweiß überzogen, seit er dieses verlassene Schiff betreten hatte.

Er wünschte sich verzweifelt, daß die Sea Star noch seetüchtig wäre und er beim Kapitän sein dürfte, statt sich hier mit Richie in dem dunklen, hallenden Raum unter der Waffenkammer aufhalten zu müssen. Er wünschte sich eine Menge Dinge, aber am meisten sehnte er sich danach, daß der Whisky endlich wirken und ihm etwas Frieden verschaffen würde.

Nun gut, alle hielten ihn für einen Feigling, aber er hatte keine Lust abzukratzen und wollte nicht allein auf einem Schiff sein, auf dem ein geisteskranker Russe herumrannte und alle kaltmachen wollte.

Ich will eben am Leben bleiben, das ist alles, dachte er. *Was ist daran falsch? Ich hätte mit der Sea Star untergehen können, aber hätte sich irgend jemand darum geschert? Diese Typen sind alle verrückt; sie nennen mich einen Feigling und rennen hier herum, um sich abknallen zu lassen. Als ob das »tapfer« wäre …*

Everton war der einzige, der ihn halbwegs respektvoll behandelte. Er hätte darauf bestehen sollen, bei ihm zu bleiben. Der Kapitän war eine starke Persönlichkeit und ein richtiger Anführer. Statt dessen rannte er hier mit diesem Waffenfanatiker herum, obwohl Everton ihnen befohlen hatte, Squeaky zu helfen. Sie durften gar nicht hier sein!

Richie rauchte noch immer seinen Joint und leuchtete mit seiner Taschenlampe herum, als hätten sie alle Zeit der Welt. Der Lichtstrahl fiel auf eine Art Regal, in dem sich Raketen zu befinden schienen.

Er leuchtete darüber, und der Lichtstrahl enthüllte eine weitere Rakete am Fuß einer Röhre. Tatsächlich standen dort eine ganze Reihe von kleinen und großen Röhren.

Handelte es sich um Raketenwerfer?

Richies Tonfall klang optimistisch, während er das Licht der Taschenlampe wieder auf die erste Rakete richtete. »Das Ding hier ist geladen. Eine taktische Boden-Luft-Kurzstreckenrakete. Einfach großartig!«

»Toll«, entgegnete Woods, der erneut einen Schluck aus seiner Flasche nahm. »Können wir jetzt abhauen?«

»Einen Augenblick noch.« Richie ließ den Lichtstrahl der Taschenlampe über den Boden gleiten.

Woods nahm einen weiteren Schluck und sah verzweifelt zu, wie Richie das Chaos betrachtete. Es schien, als wäre jemand hier gewesen, um die Raketen auseinanderzunehmen. Überall lagen Metallhüllen und Teile von demontierten Geschossen herum.

»Was hälst du davon, Woods?«

»Keine Ahnung«, antwortete der Steuermann mürrisch. Er seufzte, steckte die Flasche in die Hüfttasche und hob seine Taschenlampe. Vielleicht konnten sie sich schneller aus dem Staub machen, wenn er Richie half. Er wollte wieder in die Nähe des Kapitäns, an einen Ort, wo das Licht funktionierte.

Woods folgte Richie durch den dunklen Raum in Richtung der Raketenwerfer. Er hatte keine Ahnung, wonach der andere suchte, aber es interessierte ihn auch nicht wirklich. Die Taschenlampe fühlte sich feucht an. Er nahm sie in die andere Hand und wischte sich die feuchte Handfläche an seinem Hemd ab, während er darauf wartete, daß Richie ihm endlich die Lage erklärte.

Der Lichtstrahl von Richies Taschenlampe glitt über eine Plattform am Fuß eines großen Raketenwerfers. Aus dem Inneren der Röhre führte ein Kabel zur Plattform, auf der ein Metallstuhl angeschweißt war, der offensichtlich mit Sicherheitsgurten versehen war.

»Sieht wie ein Schleudersitz aus, wie eine Vorrichtung, um sich aus dem Staub zu machen«, sagte Richie. Er griff nach einem kleinen Kästchen neben dem Stuhl, das durch Kabel mit einem Fach in der Wand verbunden war, studierte die Vorrichtung und nickte dann langsam. »Die Startknöpfe. Interessant.«

Woods unterdrückte sein Bedürfnis, Richie zur Eile anzutreiben. Er wollte ihm nicht auf die Nerven gehen. Am Ende ließ Richie ihn sonst hier allein zurück. Er schluckte und wandte sich von den Raketenwerfern ab, um zu überprüfen, was es sonst noch zu sehen gab.

Er untersuchte mit seiner Taschenlampe die gegenüberliegende Wand – und erstarrte. Erneut brach ihm erneut der Schweiß aus. Der zitternde Lichtstrahl beleuchtete eine der wasserdichten Türen der Wolkow, die von außen aufgebrochen worden war und verzogen im Rahmen hing. Der dicke Stahl wies zahlreiche Eindrücke von der Größe einer Männerfaust auf.

Wer immer das auch getan hat, der Typ muß eine Brechstange gehabt haben, kein Mensch hat soviel Kraft ...

Woods richtete den Lichtstrahl auf das untere Ende der Tür und entdeckte eine Lache schwerer, rotbrauner Flüssigkeit, die noch feucht war.

»Richie ...« Woods Stimme zitterte, und er schluckte erneut, während Richie seine Taschenlampe auf die kleine Pfütze richtete.

»Blut«, stammelte Woods. Er griff nach seiner Flasche und versuchte mit zunehmender Verzweiflung gegen die Angst anzukämpfen, die seinen Körper erfaßt hatte. Rasch schloß er die Augen und trank so lange, bis er süße, feurige Erleichterung spürte.

13.

Everton half Kelly, die bewußtlose Frau auf einen Stuhl zu hieven. Er war zutiefst erleichtert. Sie hatten die Russin geschnappt, jetzt war alles überstanden. Die Frau hatte den Anker auf den Schlepper niederkrachen lassen und versucht, sie umzubringen. Offensichtlich eine Geisteskranke, und das hieß, daß sie kein Recht hatte, Anspruch auf die Wolkow zu erheben. Kein Gericht würde daran zweifeln, und er hatte Zeugen.

Die Frau sackte auf dem Stuhl zusammen, und Everton beobachtete, wie Hiko eine Tasche durchwühlte, die zuvor am Gürtel der Frau befestigt war und die Baker der Russin abgenommen hatte. Er zog leere Lebensmittelpackungen hervor, ein halbvolles Päckchen russischer Zigaretten, Streichhölzer.

Everton lächelte innerlich. Sie hatte das ganze Schiff für sich gehabt und rannte hier herum, als hätte sie ein Kommando zu befolgen, mit Gasmaske und allem Schnickschnack, mit ihrer kleinen Tasche und einer automatischen Waffe. Er fragte sich, ob sie die anderen Crewmitglieder getötet hatte, bevor oder nachdem die Funkgeräte dran glauben mußten.

Hiko zog drei dunkle, handtellergroße Gegenstände aus der Tasche. Auf jedem war eine flache Digitalanzeige befestigt, die mit einer kleinen Platine verbunden war. Everton wurde plötzlich bewußt, was das bedeutete, aber Baker kam ihm mit seiner Warnung zuvor, als Hiko gerade einen Behälter hochhob und fragte: »Was ist da drin? Etwa Hairspray?«

»Vorsicht, Hiko«, sagte er mit schneidender Stimme. »Das sind Thermit-Granaten.«

Hiko runzelte die Stirn. »Was?«

Baker wies auf die Sprengsätze. »Wenn eine davon zündet, wird sie ein Loch ins Deck reißen.«

Hiko schüttelte den Kopf und begann sehr vorsichtig, die Granaten wieder in der Tasche zu verstauen. »Was hatte sie vor? Wollte sie das Schiff in die Luft jagen?«

Everton verspürte Lust, einfach loszulachen. *Als ob wir noch weitere Beweise bräuchten! Die Frau ist wahnsinnig, völlig verrückt!*

Baker griff nach einem Funkgerät und versuchte seinen Freund zu erreichen. »Melde dich, Squeaky. Hörst du mich?«

Funkstille. Everton sah, daß Baker die Stirn runzelte und Hiko und Kelly einander nervös anblickten.

»Mach schon, Squeaky, die Sache ist ernst.«

Keine Antwort. *Bakers Kumpel hat sich offensichtlich ohne Funkgerät davongeschlichen,* dachte Everton grimmig. Als hätten sie nicht schon genug Probleme!

Baker drückte erneut auf den Knopf. »Richie, Woods, bitte melden.«

Richie antwortete mit hell knisternder Stimme. »Auf diesem Schiff gibt's einen Raum für Raketen, Steve ...«

Bakers Stimmung schlug um. »Raketen interessieren mich einen Scheißdreck, Richie! Mein bester Freund ist im Maschinenraum und antwortet nicht! Setz dich gefälligst in Bewegung!«

Richie schien nicht weiter beeindruckt zu sein. »Schon gut, wir gehen ja«, sagte er.

Baker blickte nervös zu der bewußtlosen russischen Frau hinüber. »Nur damit ihr Bescheid wißt: Wir haben hier oben eine Frau, die die Magazine ihrer automatischen Waffe auf uns abgefeuert hat, also haltet die Augen offen. Wir treffen uns in fünf Minuten im Maschinenraum.«

Everton runzelte die Stirn, beschloß aber, den Dingen ihren Lauf zu lassen. Gut, Baker wollte Kapitän spielen, aber das Rätsel war gelöst, und es war extrem unwahrscheinlich, daß sich gleich zwei russische Geisteskranke an Bord befanden. Die Wolkow gehörte ihm. Wenn der andere Maschinist sich verirrt hatte, war das schließlich *dessen* Problem. Wenn er Glück hatte, würde Baker dasselbe Schicksal ereilen; zugegeben, das schien zwar unwahrscheinlich, aber man durfte die Hoffnung nicht aufgeben ...

Die Russin stöhnte leise auf und ließ ihren Kopf nach hinten sinken, während sie das Bewußtsein wiedererlangte. Baker griff nach dem Gewehr, und alle konzentrierten sich auf die Frau, nur für den Fall, daß sie wieder Ärger machen würde.

Richie ging durch den dunklen Gang des C-Decks, dicht gefolgt von Woods. Beide hielten Maschinenpistolen in der Hand und bewegten sich vorsichtig vorwärts. Irgendwo in ihrer Nähe mußte die Treppe sein, aber Richie hatte die Orientierung verloren, und so wie Woods durch die Gegend stolperte, ging es ihm nicht anders.

Das Schiff ist ein einziges Labyrinth, dachte er erbittert. *Diese verfluchten Russen mit ihren gottverdammten Spionageschiffen. Wahrscheinlich haben sie den Kahn extra so entworfen, um andere Menschen zu verwirren …*

Wenn sie weiter durch den Hauptgang gingen, würden sie schließlich auch wieder zu einer Treppe gelangen. Vor ihnen beschrieb der Gang wieder eine Biegung, und sie marschierten auf die Kurve zu, während Richie darüber nachdachte, was Steve gesagt hatte. Russische Crewmitglieder mit Waffen und keine Spur von Squeaky. Der arme Trottel mußte wohl die Tür aufgeschlossen haben und war erschossen worden. Eine gottverdammte Schande!

Kommt ruhig her ihr Ruskies – wir sind bereit und bewaffnet und werden euch noch ein Loch in den Hintern blasen …

Sie bogen um die Ecke, hielten inne und starrten auf das Durcheinander in dem spärlich erleuchteten Flur. Dicke Kabel waren aus der Decke gerissen worden und lagen überall verstreut auf dem Boden herum.

»Was ist denn hier passiert?« flüsterte Woods schleppend.

Richie schüttelte den Kopf. »Irgend jemand scheint Elektrizität nicht zu mögen.«

Sie schritten vorsichtig durch die herumliegenden Kabel, und Richie bemerkte, daß der Gang erneut eine Biegung beschrieb, diesmal nach links. Am Ende befand sich eine Tür. Vielleicht lag die Treppe dahinter?

Sie erreichten die Tür, und Richie versuchte, das

Schild im Dämmerlicht zu entziffern. Die kyrillische Schrift sah seltsam aus: Eine Mixtur aus ordentlichen Buchstaben und dann wiederum Zeichen, die keinerlei Sinn machten.

Plötzlich schwebte eine Art Insekt direkt vor seinem Gesicht. *Verdammter Mist!*

Er taumelte zurück und wäre beinahe über Woods gestolpert. Das summende Etwas stieß ein grelles Licht aus, das ihn blendete.

Richie schlug mit seinem Gewehr darauf ein, zu überrascht, um einen klaren Gedanken fassen zu können. Der Lauf traf auf solides Metall, und das unheimliche Etwas fiel summend und wild um sich schlagend zu Boden, wo es sich mühsam weiterbewegte.

Richie zielte und drückte ab. Das Wesen lag nun bewegungslos vor ihm, und auch das Licht und das Geräusch waren sofort erloschen.

Guter Gott! Was war das? Richie starrte auf das unbekannte metallische Etwas. Es glich einem riesenhaften, künstlichen Insekt, ungefähr dreißig Zentimeter groß, mit Flügeln und einer Linse auf dem länglichen Körper, aus der das Licht geströmt war. *Ein Roboter! Ein verdammter Android!*

Er schlug mit dem Lauf seiner Waffe auf das Ding ein, aber es bewegte sich nicht. Seine Kugeln hatten ein Kabel durchtrennt, das aus dem Rücken des Wesens herausragte. Er mußte die Stromzufuhr unterbrochen haben.

Er blickte auf das Kabel und sah, daß es sich links den Gang hinabschlängelte und in der Dunkelheit verlor. Richie kauerte sich nieder und hob den Roboter auf. Überrascht bemerkte er, wie leicht er war, obwohl er doch offensichtlich aus Metall gefertigt sein mußte.

»Was ist das?« fragte Woods. »Es riecht wie Hundescheiße, Richie.«

Richie starrte auf den seltsamen, insektenartigen Körper in seiner Hand, während sich seine Gedanken überschlugen. »Ein Roboter, mein Freund. High-Tech.«

Woods ehrfürchtige Stimme entsprach Richies Gefühlen. »Wofür ist er bestimmt?«

Richie blies gemächlich den Rauch aus und schüttelte den Kopf. »Keine Ahnung. Ich habe so etwas noch nie gesehen. Sieh dir diese Konstruktion an! Wie haben die Russen nur den Kalten Krieg verloren, wenn sie so etwas hinkriegen? Komm.«

Sie ergriffen ihre Waffen, gingen den Flur links hinab und folgten dem durchtrennten Kabel, das sie zu der Energiequelle führen würde. Richie grinste. Er wollte mehr sehen und war vor Aufregung und Neugierde ganz außer sich.

Deshalb sind sie also hier draußen herumgeschippert – fantastisch! Kein Wunder, daß sie keine Zeugen haben wollten … Der Gedanke an den Feind ließ ihn seine Waffe fester umklammern. Richie tauchte als erster in die Finsternis ein.

Nadja hatte einen düsteren, fürchterlichen Traum, in dem bläuliches Feuer vorkam, und sie spürte einen fernen Schmerz in Herz und Brust. Der Traum schien sehr lange zu dauern, und der Schmerz wurde stärker, und dann verschwand der Traum wie eine alte, häßliche Erinnerung, und die Wirklichkeit kam wie ein Licht auf sie zu …

Sie öffnete benommen die Augen und sah tatsächlich Licht, das helle Licht von Deckenlampen. Und Menschen. *Richtige* Menschen.

Panik ergriff sie, Panik und eine so große Angst, daß sie kaum atmen konnte.

»Die Lampen! Schalten Sie den Strom ab, es braucht Energie. Sie müssen mir glauben, ich wußte vorhin nicht, daß Sie wirkliche Menschen sind. Sie machen einen fürchterlichen Fehler!«

Eine Frau beugte sich über sie, eine attraktive Frau mit besorgtem Gesichtsausdruck, und redete sanft in einer fremden Sprache auf sie ein. Ihre Worte klangen beruhigend, ergaben aber keinen Sinn, keinerlei Sinn …

Nadja atmete tief durch und konzentrierte sich.

»Ganz ruhig«, sagte die fremde Frau. *Ist das Englisch? Gott sei Dank!* Nadja beherrschte die englische Sprache, hatte sie lernen müssen, um mit den amerikanischen Astronauten zusammenarbeiten zu können …

»Wir sind Amerikaner«, fuhr die Frau fort. »Aus den Vereinigten Staaten. Verstehen Sie mich?«

Nadja zeigte auf die Lampen und fand schnell die richtigen Worte. »Die Elektrizität! Stellen Sie den Strom ab, und verlassen Sie das Schiff! Sie sind in Gefahr!«

Alle Augenpaare waren auf sie gerichtet, und Nadja forschte in den bleichen Gesichtern, ob sie verstanden worden war. Sie sah einen jungen, dunkelhaarigen Mann in Klinikkleidung und mit einem Gewehr und einen älteren mit einer Kapitänsmütze. Dann war da noch die hübsche, junge Frau in einer rötlichen Bluse und ein weiterer Mann, der wie ein Polynesier aussah, vielleicht ein Maori …

»Wovon spricht sie?« fragte der Maori die anderen, als wäre sie überhaupt nicht anwesend.

Der dunkelhaarige Mann schüttelte den Kopf. »Keine Ahnung. Ich gehe Squeaky suchen.«

Was ist ein Squeaky?

Die Frau blickte den jungen Mann nun besorgt an. »Seien Sie vorsichtig. Wir treffen uns dann auf der Brücke.«

Der Mann erwiderte ihren tiefen Blick und nickte,

während er sein Gewehr lud. Nadja erkannte in ihnen ein Liebespaar und fühlte, wie sich ihr Magen vor Trauer zusammenzog.

»Bis später auf der Brücke«, antwortete der Mann und verließ die Krankenstation.

Nadja schloß die Augen, griff sich mit einer zitternden Hand an den Kopf und suchte nach Worten, die sie verstehen würden. Sie taten so, als ob sie verrückt wäre …

Und warum auch nicht? Du hast versucht, sie umzubringen, und wahrscheinlich siehst du unmöglich aus, weil du tagelang nicht geschlafen und gebadet hast …

Sie öffnete die Augen und sah, wie der ältere Mann mit der amerikanischen Kapitänsmütze und der Maori mit mißtrauischen Mienen auf sie zukamen. Der Kapitän hielt eine zerknitterte Tüte in der Hand. Sie nahm den Duft gerösteter Nüsse wahr.

Das Wasser lief ihr im Munde zusammen, und sie griff ohne einen weiteren Gedanken nach der Tüte. Der Kapitän zog sie zurück und blickte die Frau an.

Nadja spürte, daß ihr Tränen in die Augen traten. »Ich habe seit drei Tagen nichts gegessen«, sagte sie leise.

Der Kapitän runzelte die Stirn und reichte ihr die Tüte. Nadja wurde von einer animalischen Gier überwältigt, so daß sie nicht einmal danken konnte, und sich rasch eine Handvoll Nüsse in den Mund schob, aromatische, gesalzene Erdnüsse.

Ihr Magen zog sich zusammen, aber sie mußte sich nicht übergeben. Sie nickte dankbar und spürte bereits, wie sich ihr erschöpfter Geist erholte, während ihr Körper die Proteine aufnahm.

»Wie heißen Sie?« fragte die Frau mit sanfter Stimme.

Noch bevor Nadja antworten konnte, ergriff der Kapitän das Wort. »Was ist auf diesem Schiff passiert? Wo sind die anderen Crewmitglieder?«

Nadja schluckte, während sie seinen Worten lauschte. Sie blickte weder den Kapitän noch die Frau an, weil sie verzweifelt nach den richtigen Worten suchte, um sich verständlich zu machen. Sie konzentrierte sich auf den Kapitän, ihren Anführer. Ihn mußte sie überzeugen. »Sie sind tot. Alle. Stellen Sie den Strom ab! Es braucht Elektrizität, um sich im Schiff bewegen zu können.«

»*Was* braucht Strom?«

Wie sollte sie es erklären? Nadja blickte den Kapitän an und erkannte, daß es kein Wort für dieses Phänomen gab ...

»Es«, sagte sie und zeigte nach oben. »Es kommt von der MIR.«

Die Frau warf ihr einen ernsthaften Blick zu. »Von der *Raumstation?*«

Nadja nickte und stopfte sich weitere Erdnüsse in den Mund. »Ja.«

Der Kapitän rollte die Augen. »Guter Gott, die Frau ist vollkommen durchgeknallt ...«

Nadja runzelte die Stirn und schluckte. Sie kannte das Wort nicht. *Durch-geknallt?*

Die Frau blickte den Kapitän verärgert an. »Käpt'n ...«

Der Kapitän bedachte sie mit einer geringschätzigen abweisenden Handbewegung, und Nadja erkannte allein anhand seines Gesichtsausdrucks und Tonfalls, wovon er sprach. Er erklärte den anderen: »Sie ist vollkommen verrückt!«

Nadja wußte, daß dieser Mann ihr kein Gehör schenken würde, er war für ihre Worte unempfänglich. Der Kapitän hielt sie für eine Wahnsinnige und würde ihr erst dann zuhören, wenn auch seine Crew tot war.

Bei eingeschaltetem Strom würde das nicht mehr lange dauern!

Sie mußte aus diesem Raum entkommen und versuchen, die Maschinen abzuschalten, bevor es zu spät war.

Nadja atmete tief durch, und als der Kapitän ihr den Rücken zuwandte, sprang sie auf ihn zu und traf ihn mit der Faust an der Schläfe. Er krachte gegen eine Vitrine und fiel dann zu Boden, während sie aus dem Krankenzimmer in den Gang rannte und betete, daß ihr noch genug Zeit blieb.

14.

Die Russin sprang von ihrem Stuhl hoch und traf Everton mit beiden Händen an der Schläfe. Der Kapitän sank zu Boden, und noch bevor Kelly Foster einen klaren Gedanken fassen konnte, rannte die Frau schon aus dem Krankenzimmer.

Der Kapitän war bewußtlos, und Hiko nicht in der Lage zu laufen. Sie war die einzige, die die Verfolgung aufnehmen konnte. Rasch griff sie nach der 32er, die Steve ihr, so schien es, bereits vor einer Ewigkeit gegeben hatte.

Im Flur hörte sie das Geräusch zersplitternden Glases. Sie fuhr herum und sah, wie die Frau am Ende des Gangs in einen Kasten an der Wand griff und eine Axt herausnahm. Dann rannte sie erneut los, bog um eine Ecke und war verschwunden.

»Mist …«

Kelly lief hinter ihr her, bog um dieselbe Ecke und sah eine Tür, die zu einer anderen Treppe führte als der, über die sie Hiko in das Krankenzimmer geleitet hatten. Diese war vom B-Deck ausgegangen. Die Frau konnte nur nach unten geflohen sein.

Hier gab es wenigstens Licht. Kelly klammerte sich an ihre Pistole und stürmte die Treppen hinab, wobei sie drei Stufen auf einmal nahm. Am Fuß der Treppe wandte sie sich um und sah, daß die russische Frau am Ausgang zum C-Deck stehenblieb und verzweifelt an der dicken Metalltür rüttelte. Sie schien von der anderen Seite blockiert zu sein, und auf dem Fußboden lagen Teile von elektrischen Kabeln herum.

Kelly hob die 32er und versuchte wieder zu Atem zu kommen. »Bleiben Sie stehen!«

Die Frau wandte sich um, sah die Waffe und erstarrte mit bleichem und ängstlichem Gesicht in der Bewegung.

Kelly zeigte auf die Axt. »Lassen Sie sie fallen!«

Die Russin ließ die Axt langsam sinken und schließlich fallen. Es gab ein lautes Geräusch, als der Stiel gegen den metallenen Türrahmen prallte. Die Frau sank zu Boden und wirkte so beunruhigt und erschöpft, wie Kelly es noch nie bei einem Menschen gesehen hatte. Alle Energie und jeglicher Lebenswille schienen plötzlich aus ihrem Körper gewichen zu sein.

Kelly näherte sich ihr mit vorgehaltener Pistole, aber sie konnte sich nicht vorstellen, daß die bemitleidenswerte Frau wieder aufstand, ganz davon zu schweigen, daß sie sie angreifen würde. Die Knöchel ihrer rechten Hand bluteten leicht.

»Was wollten Sie damit anstellen?« fragte Kelly.

Die Frau sah sie mit einem flehenden, ängstlichen Blick an. »Sie verstehen nicht«, erwiderte sie sanft.

»Sie haben gerade meinen Kapitän niedergeschlagen«, sagte Kelly, und bevor sie es verhindern konnte, setzte sie flüsternd hinzu: »Das wollte ich auch schon lange tun …«

Die Frau zitterte verängstigt und geschwächt. Kelly ließ die Pistole sinken, atmete tief durch und steckte die Waffe wieder in ihre Tasche. Wenn die russische Frau eine Show abzog, hatte sie einen Oscar verdient, aber sie schien tatsächlich einen Zusammenbruch erlitten zu haben und wirkte überhaupt nicht mehr gewalttätig. Kelly hob beide Hände und ging auf die Russin zu, bis sie knapp vor ihr stand.

»Ich heiße Kelly Foster und bin Navigatorin.«

Die Frau sah sie wachsam an und entgegnete dann mit dünner, hoffnungsvoller Stimme: »Ich heiße Nadja. Nadja Winogradowa, Erste Wissenschaftsoffizierin.«

Auf den Stufen hinter ihnen waren Fußtritte zu hören. Everton stürmte die Treppe hinab, während Hiko hinter ihm herhinkte. Sie waren beide bewaffnet und zielten auf Nadja.

Kelly ging das Risiko ein und wandte sich den beiden Männern zu, wobei sie ihre Deckung vernachlässigte. Sie blickte Everton ernst an. »Nicht notwendig. Das gilt auch für Sie, Hiko. Nehmen Sie das Gewehr runter.«

Sie wandte sich wieder der zitternden Frau zu und sprach mit leiser und angenehmer Stimme in einfachen Worten. »Noch einmal, Nadja. Langsam. Wo ist Ihre Crew?«

Nadja schien zu begreifen, daß dies ihre Chance war, alles zu erklären. Sie atmete langsam aus und blickte die Amerikanerin an. »Ich habe es Ihnen gesagt. Tot oder geflüchtet.«

Everton lachte laut und höhnisch auf. »Geflüchtet? Dreihundert Mann, bei diesem Sturm? Unsinn.«

Kelly warf ihm einen Blick zu. »Bitte, Kapitän ...«

Nadja sprach mit vor Konzentration gerunzelter Stirn weiter. »Vor acht Tagen, während eines Datentransfers mit der Raumstation MIR, kam etwas Unbekanntes auf das Schiff. Wir glaubten, daß unser Transmitter und unsere Empfangsgeräte nicht richtig funktionierten, und deshalb haben wir sie ausgeschaltet. Das Unbekannte hat die Kontrolle über die Computer übernommen und alle Informationen eingescannt. Texte, Enzyklopädien, medizinische Daten. Es war lernfähig.«

»Und was hat es gelernt?« fragte Kelly, während sie sich vor der Russin niederkauerte.

»Wie es uns töten kann. Mein Kapitän Alexej und ich waren die letzten Überlebenden. Wir haben die Kabel gekappt und sie zerschmettert.«

Foster runzelte die Stirn. »›Sie‹? Gerade haben Sie noch ›es‹ gesagt. Was heißt ›sie‹?«

Nadja murmelte ein russisches Wort. Ihr Gesichtsausdruck war verzerrt, ihre Augen waren voller Tränen, und die Mundwinkel hingen herab. Dann sprach sie auf englisch weiter. »Es waren *Maschinen*«, sagte sie, während sie schluchzend ihr Gesicht in den Händen begrub. »Das ist die Wahrheit!«

Kelly stand auf und ging zu Everton und Hiko hinüber. Der Matrose blickte skeptisch drein, aber Everton wirkte auf sie fast so, als würde er triumphieren.

»Nun?« fragte Everton sanft.

Kelly Foster seufzte. »Sie haben recht, sie ist verrückt. Aber *irgend etwas* hat sie mit Sicherheit verängstigt. Wir sollten sie auf die Brücke bringen.«

Sie wandte sich wieder der schluchzenden Russin zu und griff nach einem Kabel, während sie sich vor ihr hinkniete, und sie versuchte den Anschein zu erwecken, als schenkte sie Nadjas Worten Glauben, streckte sie vorsichtig die Hand aus, weil sie nicht wollte, daß die Russin wieder davonrannte.

»Kommen Sie, ich helfe Ihnen beim Aufstehen.«

Nadja ließ sich aufhelfen, und Kelly schlang schnell das Kabel um ihre Handgelenke und verknotete es.

Die Russin bemerkte das Täuschungsmanöver zu spät und begann kreischend, nach Kelly zu schlagen, aber schon war Hiko zur Stelle. Gemeinsam drängten sie die schreiende Nadja die Treppe hoch. Kelly hatte ein schlechtes Gewissen.

Woods hielt den seltsamen kleinen Roboter und eine immer schwerer werdende Kabelrolle in den Händen, während sie dem dunklen Gang auf der Suche nach der Energiequelle folgten. Richie ging mit der Taschenlampe und der Maschinenpistole im Anschlag voran. Irgendwo vor ihnen summten elektrische Maschinen, ein Geräusch, das allmählich lauter wurde.

Woods spürte keinen Schmerz, wurde aber von blitzartig auftauchenden, verschwommenen und verstörenden Gedanken und Gefühlen heimgesucht, während sie durch den Korridor gingen. Steve Baker hatte ihnen aufgetragen, zu Squeaky hinunterzugehen, weil er nicht im Maschinenraum war.

Er runzelte die Stirn. Im Maschinenraum nachsehen, was ihrem kleinen Squeaky zugestoßen war. Vor etwa einer halben Stunde – vielleicht war es auch länger her – hatte Kapitän Everton ihnen denselben Befehl gegeben. Und dann hatten sie das Blut vor dieser Tür in dem Raum mit den Raketen entdeckt!

Er schüttelte die Erinnerungen ab, rollte das Kabel weiter auf und ging dicht hinter Richie her. Eigentlich war Richie doch ein guter Kumpel, und er kannte sich mit Waffen und dem ganzen High-Tech-Kram aus. Wenn sie erst einmal herausgefunden hatten, wo der Roboter hergekommen war, würden sie nach Squeaky sehen.

Plötzlich blieb Richie stehen. Woods blickte auf und

griff nach seiner Taschenlampe. Sie standen vor einer Tür, durch die deutlich die Geräusche arbeitender Maschinen zu hören waren.

Richie öffnete die Tür und drückte auf einen Lichtschalter, aber der Raum blieb finster. Dennoch betraten sie den von Summen erfüllten Raum, und Woods entdeckte in ungefähr sechs Metern Entfernung einen hellen Funkenwirbel.

Sie richteten den Lichtstrahl ihrer Taschenlampen darauf. Erstaunt riß Woods den Mund auf.

Das gibt's doch nicht!

Sie befanden sich in einer Werkstatt mit langen Tischen und Werkzeugen an den Wänden. Überall hingen dicke, an Ranken im Dschungel erinnernde Kabel, die um blinkende Konsolen mit Computern geschlungen waren, und über die Tischkanten hinabsanken. An jedes dieser schwingenden Kabel war ein kleiner, silberfarbener Roboter angeschlossen, emsig beschäftigt mit dem Zusammenbau weiterer kleiner Roboter.

Der Lichtstrahl der Taschenlampen glitt über glänzende, schlanke Arme und Beine aus Metall. Jeder der Roboter war ungefähr dreißig Zentimeter groß. Einige erinnerten mit ihren Armen, Beinen und flachen Körpern, unter denen sich die Schaltkreise verbargen, vage an menschliche Wesen, während andere, wie der fliegende Roboter, den Woods noch in den Händen hielt, eher an Insekten denken ließen. Die Kreaturen mit dem stählernen Skelett und den vielen Beinen rannten wie mechanische Spinnen oder Krabben über die Werkbänke.

Woods starrte erstaunt auf das Getümmel. Die Szenerie glich einer Fabrikhalle: eine Reihe von kleinen Fließbändern, an denen sich Roboter kleine Glieder reichten, die sie dann löteten oder zusammenschweißten, jeder beschäftigt mit seiner Aufgabe, ohne Aufmerksamkeit für den anderen …

Richie drückte auf einen Schalthebel neben dem nicht funktionierenden Lichtschalter, und plötzlich war alles vorbei: Die Roboter hielten inne, alle Werkzeuge verstummten, und nur die Stille und der Geruch erhitzten Metalls verbreiteten sich in der Finsternis.

Richies Walkie-talkie begann plötzlich zu knistern, und dann hörten sie Steves angespannte Stimme.

»Wo seid ihr, Richie?«

Richie nahm das Funkgerät. »Steve!« rief er aufgeregt. »Hier unten gibt's eine Werkstatt mit hochmodernen Robotern, gegen die dein ganzer Kram mittelalterlich wirkt!«

Der Maschinist zeigte keinerlei Interesse. »Ich habe dir doch gesagt, daß du dich in Richtung Maschinenraum bewegen sollst, Richie! Bist du taub oder völlig verblödet?«

Richie seufzte. »Ja, ja, schon gut …«

Plötzlich begannen die Maschinen wieder zu arbeiten, und die kleinen Roboter bewegten sich, als ob es nie eine Pause gegeben hätte.

Richie befestigte das Walkie-talkie wieder an seinem Gürtel und drückte mehrfach auf den Schalthebel, aber die Roboter an ihren sanft hin- und herschwingenden Kabeln arbeiteten weiter.

Aber die Stromversorgung war doch ausgeschaltet!

»Laß uns abhauen«, flehte Woods leise, doch Richie ignorierte seine Bitte und ging langsam auf eine der Werkbänke zu. Er schien völlig fasziniert zu sein.

Plötzlich erschauerte Woods. Jemand beobachtete sie, er konnte die unsichtbaren Augen fühlen, die sie aus einer Ecke des Raums betrachteten.

Er machte einen Schritt auf Richie zu. »Verdammt,

Richie, wir sollten uns aus dem Staub machen!« sagte er in schneidendem Ton.

Richie hielt eine Hand hoch und beobachtete einen kleinen Roboter, der Schaltkreise zusammenlötete, und berührte ihn sachte.

Der Android drehte sich herum und hob einen seiner seltsamen Arme. In der Hand hielt er eine Waffe, die Woods schon einmal gesehen hatte …

Ein Zischen durchschnitt die Luft.

Woods schrie, als sich die Nägel in seine Schulter bohrten. Er ließ alles fallen und betastete die höllisch schmerzende Schulter, während der Roboter erneut feuerte und die Luft plötzlich von pfeifenden Nägeln erfüllt war.

Ein zweiter Roboter wirbelte herum und rammte Richie einen rotierenden elektrischen Bohrer in den linken Arm. Richie heulte auf, raste auf eine Wand zu und griff nach einer Axt, die dort hing. Dann stürmte er zurück und schrie wie wahnsinnig, während der Roboter weiter Nägel abfeuerte.

Woods hastete durch den halbdunklen Raum und versuchte gleichzeitig, die Wunden an seiner Schulter zu ertasten und eine der automatischen Waffen von seinem Rücken zu lösen. Währenddessen hieb Richie wieder und wieder auf die Stromkabel ein, die zu dem Tisch führten, von pfeifenden Nägeln umsurrt.

Plötzlich bewegte sich etwas in der hintersten, dunkelsten Ecke des Raums. Woods wirbelte herum und sah ein menschliches Wesen. Grelles Mündungsfeuer und lautes Knallen erfüllten den Raum. *Er schießt auf uns!*

Woods und Richie warfen sich zu Boden, während der Angreifer, der sich noch im finsteren Hintergrund des Raums aufhielt, weiter feuerte. Woods hob seine Waffe und sah, daß Richie es ihm gleichtat. Sie sprangen gemeinsam auf und erwiderten das Feuer.

Während sie die Tische, Wände, Roboter und Kabel mit einem tödlichen Kugelhagel aus ihren automatischen Maschinenpistolen überzogen, wichen sie zur Tür zurück.

15.

Steve war durch eine Springluke auf dem C-Deck gestiegen und hatte so eine Abkürzung gefunden. Der enge Durchgang sollte ihn direkt zum E-Deck führen. Rasch stieg er die Leiter hinab, während er zutiefst beunruhigt an Squeaky dachte. Doch eigentlich beunruhigte ihn alles, was hier geschah, zutiefst.

Squeaky antwortete nicht, Richie und der Steuermann trieben sich irgendwo herum, und eine geisteskranke Russin hatte sie angegriffen und den Schlepper versenkt. Obendrein verunsicherte ihn dieses unbestimmte Gefühl, das er nicht mehr abschütteln konnte, seit sie die Maschine wieder angeworfen hatten.

Diese gottverdammten Kameras! Irgendjemand beobachtet uns, hört alles, was wir reden, sieht alles, was wir tun …

Und bereits zweimal, seit er die anderen in der Krankenstation zurückgelassen hatte, hatte er seltsame klickende Geräusche gehört und den Eindruck gehabt, daß sich etwas hinter ihm in der Dunkelheit bewegte, ohne aber feststellen zu können, was es war. Die *Wolkow*, dieses in Schweigen und Dunkelheit gehüllte Schiff, verbarg ihre Geheimnisse gut.

Das Funkgerät gab in dem engen Gang atmosphärische Störgeräusche von sich, und Steve blieb stehen. Er hoffte, inständig, daß Squeaky am anderen Ende war, und griff nach dem Walkie-talkie. Doch seine Hoffnungen verflogen, als er Richies Stimme hörte.

»Woods ist verletzt, Steve! Hier unten ist noch ein Russe! Er hat auf uns geschossen. Sei vorsichtig!«

Guter Gott, was kommt als nächstes?

»Ich höre«, sagte er. »Wie schlimm ist es?«

Aus dem Hintergrund hörte er die winselnde und verstörte Stimme des Steuermanns. »Sag ihm, daß es *sehr* schlimm aussieht, Richie.«

»Er wird's überleben, aber sein Zustand ist nicht gut«, fuhr Richie fort.

Steve bemühte sich, ruhig zu bleiben. »Bring ihn zum Maschinenraum, wir müssen Squeaky da rausholen.«

»Sind schon unterwegs«, sagte Richie, und die Geräusche aus dem Funkgerät verstummten.

Steve stieg weiter die Leiter hinab, und plötzlich überkam ihn die Wut auf den Matrosen, der offensichtlich völlig taub war. Wie oft mußte man ihm noch sagen, daß er zum Maschinenraum kommen sollte, bevor er endlich hören würde?

Ist Squeaky verletzt oder in Gefahr? Steve gestattete es sich nicht, den Gedanken zu Ende zu denken. Plötzlich spürte er den Boden unter seinen Füßen. Er war am Ziel.

Er öffnete die wasserdichte Tür am Fuß der Leiter und runzelte die Stirn, denn das Licht war ausgeschaltet. Wachsam suchte er den Gang mit der Taschenlampe ab, das Gewehr im Anschlag. Nichts.

Er bemerkte, daß er sich auf dem Korridor befand, wo auch der Maschinenraum lag, aber aufgrund seiner Abkürzung durch die Springluke war er weiter unten gelandet, nicht auf der Seite, wo er mit Squeaky die Treppe hinabgestiegen war. Er tat ein paar Schritte in die Dunkelheit hinaus, sah durch die Schott einen Lichtstreifen und kontrollierte den Gang mit einem kritischen Blick. Dort war der Maschinenraum.

Er lief darauf zu und überprüfte zum letzten Mal den Korridor, bevor er durch die Scheibe in der Tür blickte. Einige Lampen waren eingeschaltet, und die Maschinen arbeiteten, aber von seinem Freund war nichts zu sehen.

Er warf sich gegen die Tür, die jedoch nicht nachgab. Stirnrunzelnd trat er einen Schritt zurück und musterte die Tür im Licht der Taschenlampe. Saubere und professionelle Arbeit – die Tür war zugeschweißt worden.

Brüllend schlug Steve gegen die Tür. »Squeaky! *Squeaky!*«

Keine Antwort. Er leuchtete mit der Taschenlampe durch das Fenster in der Tür und untersuchte die Ekken des Maschinenraums. Squeakys Funkgerät lag auf einem Tisch, daneben eine zerknitterte Zigarettenschachtel.

Aber wohin war er gegangen? Ohne das Funkgerät hätte Squeaky den Raum nicht verlassen. Wenn er Anzeichen von Ärger bemerkt hatte und abgehauen war, wo befand er sich dann? Und wer hatte die Tür zugeschweißt?

Jemand war hinter ihm. Steve wirbelte herum und ließ die Taschenlampe fallen, während er sein Gewehr hochriß.

Richie und Woods traten in den trüben Lichtkegel. Beide hielten AK-47-Maschinenpistolen in den Händen, und Steve bemerkte, daß Woods weitere Waffen geschultert hatte, dazu jede Menge Munition und …

War das ein Raketenwerfer?

Erleichtert ließ Steve das Gewehr sinken. »Verdammt, habt ihr die Waffenkammer gefunden?«

Er trat näher heran und bemerkte, daß Woods seine linke Hand gegen die rechte Schulter preßte. Zwischen seinen Fingern sickerte Blut hindurch, und um seine tropfende Wunde herum sah man einen nassen Flecken.

»Verdammt noch mal, Woods, du siehst furchtbar aus! War das ein Russe?«

Richie schüttelte grimmig den Kopf. »Nein, ein Roboter mit einer Knarre, die mit Nägeln geladen war.«

Steve runzelte die Stirn.

»Du wirst es nicht glauben, bis du es nicht mit eigenen Augen gesehen hast, Steve«, sagte Richie ernst und mit weit aufgerissenen Augen. »Auf diesem Schiff gehen einige wirklich merkwürdige Dinge vor ...«

Steve griff nach Woods Hand, um sich die Wunde genauer anzusehen, aber der Steuermann wich zurück – wegen seiner Fahne. Er hatte getrunken, und zwar reichlich.

»Er wird nicht zulassen, daß du sie rausziehst«, sagte Richie.

»Ich brauche eine anständige medizinische Behandlung«, sagte Woods. »Ich bin kein verdammter Soldat, wir sollten uns nicht einmal auf diesem Schiff *aufhalten*!«

Steve blickte finster drein. »Reiß dich zusammen, Woods, du wirst es überleben.« Er wandte sich wieder Richie zu und zeigte auf die Tür. »Die Tür zum Maschinenraum ist zugeschweißt worden, und Squeaky ist nicht drin.«

»Zugeschweißt?« Richie griff nach der Klinke und untersuchte dann die Türkanten. »Du hast recht. Merkwürdig.«

»Was geht hier vor?« fragte Steve leise, ohne ernsthaft eine Antwort zu erwarten.

Woods runzelte die Stirn und schnüffelte. »He, riecht ihr das?«

Steve atmete tief durch und wollte dem betrunkenen Mann gerade raten, sich zusammenzureißen, als er ebenfalls einen Geruch wahrnahm.

Es stank fürchterlich nach Verwesung, aber auch nach versengtem Fleisch, wie nach einem tödlichen Autounfall an einem heißen Tag oder nach halb verfaultem Fleisch.

Am Ende des dunklen Gangs bewegte sich etwas von der Größe und Gestalt eines Mannes. Doch da, wo sich bei einem Menschen die Augen befanden, leuchteten ihnen zwei gelblich-grüne Lichter aus der Dunkelheit entgegen.

Richie blinzelte. »Bist du's, Squeaky?«

Steve umklammerte den Griff seines Gewehrs fester. »Squeaky?«

Die Lichter kamen näher.

Steve erhob seine Stimme und nahm die Angst in seinem Tonfall wahr, während das Wesen auf sie zuschlurfte und der Verwesungsgestank immer stärker wurde. »Wer sind Sie?«

Richie und Woods traten neben Steve. Gemeinsam hoben sie ihre Waffen. Da erreichte die Gestalt den trüben Lichtkegel, der vom Maschinenraum in den Gang fiel.

»Ach du heiliger …« flüsterte Woods.

Sie starrten auf ein lebendes Wesen, das nur zum Teil menschlich war, denn Teile seines Körpers bestanden aus Metall, Drähten, Kabeln und Schaltkreisen, die sich mit dem Fleisch verbanden, das zu verwesen begonnen hatte. Vor ihnen stand ein Mann, dessen halber Schädel fehlte, so daß sie seine glänzende Gehirnmasse sehen konnten. Aus der geleeartigen Masse ragten Drähte heraus, die sich hinter seinem Körper krümmten. In einer Hand hielt er eine Acetylen-Taschenlampe und in der anderen eine halbautomatische Waffe. Der Griff der russischen Neun-Millimeter-Pistole verschmolz mit seinen Knochen und dem Metall, an seinen Fingern hing zerfetztes, bluttropfendes Fleisch.

Als das Wesen die Pistole auf sie richtete, eröffneten die drei Männer gleichzeitig das Feuer.

Hiko, Kelly und der Kapitän befanden sich auf der Brücke der *Wolkow* und warfen der geisteskranken Frau, die etwas entfernt von ihnen saß, beunruhigte Blicke zu. Ihre Hände waren vor ihrem Körper gefesselt, und sie aß Kekse, während sie wütend und traurig zugleich auf die summenden Computer starrte.

Hiko fühlte sich miserabel. Seine Beinwunde pochte teuflisch, die anderen waren noch nicht zurück, und Kelly stritt sich mit Kapitän Everton in gedämpftem, aber erhitztem Tonfall darüber, was zu tun war. Und dabei ging es nicht einmal um das eigentliche Problem: Daß sie sich mitten in einem Taifun auf einem fremden und unheimlichen Schiff befanden.

Porangi. Sie sind alle *verrückt*.

Kelly versuchte Everton davon zu überzeugen, die wiederholt vorgebrachte Bitte ihrer Gefangenen zu überdenken und den Strom abzuschalten. »Das Schiff ist Eigentum der russischen Regierung, Käpt'n. Und sie ist eine hochrangige Offizierin.«

»Und warum hat sie sich dann in einem Schrank versteckt?« flüsterte Everton wütend.

Hiko seufzte. »Kellys Argument macht Sinn, Käpt'n.«

Die verrückte Nadja beobachtete sie aufmerksam. Everton entfernte sich einige Schritte von ihr, und die anderen folgten ihm. Hikos Bein schmerzte wie wild.

»Sie sollten beide die Klappe halten«, zischte Everton. »Das Schiff war herrenlos, als wir es gefunden haben, die Maschinen waren abgeschaltet, und die Crew ist entweder tot oder abgehauen! Wir brauchen das Schiff nur in Besitz zu nehmen, und diese Primaballerina da weiß es. Jeder Marinerichter auf der ganzen Welt wird uns recht geben …«

»Sie werden alle sterben«, rief Nadja.

Hiko blickte finster drein. Konnte diese Frau nicht endlich den Mund halten? Er hatte es satt, sich diese Geschichten über die fürchterlichen Gefahren anzuhören, in denen sie sich befanden. Er fühlte sich krank, müde und wütend.

Aber er war nicht so wütend wie Everton. »Haben Sie das gehört, Foster? Wir werden alle abkratzen, weil sich *Aliens* auf dem Schiff befinden. Ob sie Offizierin ist oder nicht, sie ist geistig nicht in der Lage, das Schiff zu befehligen.«

Hiko seufzte erneut. Das stimmte nun auch wieder.

Everton ging zu Nadja hinüber und baute sich vor ihr auf. Sein Gesicht war stark gerötet von der Aufregung. »Wir vermissen einen Mann, und ich erwarte einige Antworten von Ihnen. Und tischen Sie mir nicht wieder diese Schauermärchen auf.«

Nadja starrte zu ihm hoch. »Ich kann jedes meiner Worte beweisen.«

Sie blickten sich an. Evertons Reaktion bestätigte, daß er genauso verrückt war wie die Frau: Er griff plötzlich nach seinem Revolver und richtete ihn auf den Kopf der Russin.

»Blödsinn! Ich gebe Ihnen fünf Sekunden, oder ich blase Ihnen das Gehirn aus dem Schädel. Eins …«

Kelly warf Hiko einen verängstigten Blick zu und trat auf den Kapitän zu. »Warten Sie!« sagte sie mit hoher und ängstlicher Stimme. »Sie hat sich im Krankenzimmer versteckt, sie weiß nicht, wo Squeaky ist …«

Everton wandte seinen Blick nicht von Nadjas kalten und wütenden Augen ab. »Zwei … Sie weiß Bescheid. Sie hat den Anker auf mein Schiff niederkrachen lassen und auf uns geschossen. Drei …«

Kelly kam noch näher. Ihr Tonfall war jetzt flehend. »Nehmen Sie die Waffe runter! Hiko ...«

Hiko schüttelte langsam den Kopf. Er wollte nicht, daß die Frau sterben mußte, aber schließlich war das nicht seine Angelegenheit, und die Schmerzen in seinem Bein waren kaum zu ertragen. Außerdem bluffte Everton sicher nur. »Jemand hat einen Anker auf mich runtersausen lassen. Meine Sympathie hält sich in Grenzen.«

»Vier ...«

Everton zog den Hahn zurück. Nadja starrte ihn trotzig und mit eiskaltem Blick an. Sie hatte keine Angst. Hiko stieß sich von der Konsole ab, an die er sich gelehnt hatte, und bewegte sich auf Everton zu, weil er sich nicht mehr sicher war, ob der Kapitän wirklich bluffte. Irgendwie wirkte die Russin plötzlich gar nicht mehr so verrückt, und vielleicht hieß das ... Hiko wußte es nicht.

»Verdammt, Käpt'n, stecken Sie die Waffe wieder ein!« schrie Kelly.

Nadja starrte Everton eindringlich an. »Drücken Sie ab«, sagte sie kühl. »Erschießen Sie mich, mir ist es egal. Nur stellen Sie endlich den Strom ab!«

Kelly ergriff den Arm des Kapitäns und riß die Hand mit dem Revolver zur Seite. »Sie wird Ihnen nicht das erzählen, was Sie hören wollen, Käpt'n!«

»Mich würde interessieren, was sie hierzu zu sagen hat.«

Alle wandten sich um und sahen Steve, Richie und Woods in der Tür stehen, die eine Leiche trugen. Sie ächzten unter dem Gewicht ihrer Last, als sie eintraten und den Verwesungsgeruch in den Raum trugen.

Sie gingen auf den Tisch zu, wo Nadja saß, und ließen den stinkenden Körper darauf fallen. Hiko humpelte einen Schritt näher heran und spürte, daß ihm alle Haare zu Berge standen. Instinktiv griff er nach seiner wahaika und klammerte sich daran fest, aber es nutzte nichts angesichts dieses Alptraums.

Es schien fast so, als wäre die Russin doch nicht verrückt.

16.

Nadja wandte den Blick ab und wünschte, daß der Kapitän sie getötet hätte.

Das ist alles zuviel … O Alexej, wie kann ich nur weiterleben?

»Was zum Teufel ist das?« fragte Everton verdutzt. Seine ausgestreckte Hand hielt noch immer den Revolver, aber offensichtlich hatte er seine Drohung, die Russin zu töten, vergessen.

Einer der Männer, die die Kreatur auf die Brücke geschleppt hatten, – der dunkelhäutige – ergriff das Wort. »Er wollte uns fertigmachen.«

Nadja brachte es noch nicht über sich, einen Blick auf die Leiche zu werfen. Sie wußte, was die anderen sahen. Statt dessen studierte sie die Gesichter der amerikanischen Crew und versuchte jedem einzelnen einen Namen zuzuordnen, um die Gedanken zu verdrängen, die ihr das Herz zu brechen drohten. Für diese Menschen ging es jetzt um Leben oder Tod, ihnen stand der Alptraum noch bevor.

Everton, Kelly, Hiko und der junge, dunkelhaarige Mann, den sie schon kennengelernt hatte, Steve. Die anderen beiden mußten Woods und Richie sein, obwohl sie nicht wußte, wer wie hieß. Der bleiche, blonde Mann mit der Schulterwunde … Das war wohl Woods, weil er irgendwie schwächer wirkte als Richie, dessen Stimme durch das Funkgerät so stark geklungen hatte.

Ihre Gesichter zeigten alle denselben Ausdruck, während sie auf das entsetzliche Wesen starrten. In ihren müden Zügen spiegelten sich Faszination und Ekel.

Nadja stand langsam auf und blickte auf das biomechanische Zwitterwesen hinab. Sie versuchte es durch die Augen der Wissenschaftlerin zu betrachten: die winzigen Glasfiberkabel über der motorisierten Hirnrinde, die zu den teilweise entblößten Wandlappen des Gehirns führten, die durch die Haut gestochenen Metallsplitter, die Muskelhaut, die entzündeten Sehnen an den Handgelenken.

Sie schaffte es nicht. »Das ist Alexej«, sagte sie leise. »Mein Kapitän.«

»Dieses Monster hat versucht uns umzulegen«, sagte der Verwundete, Woods.

Hiko schnüffelte und runzelte dann die Stirn. »Riecht interessant.«

»Squeaky ist verschwunden, und irgend jemand hat die Tür zum Maschinenraum zugeschweißt«, sagte Steve.

Richie warf Nadja einen finsteren Blick zu und wandte sich dann an die anderen. »Und *sie* hat Freunde da unten. Kann mir jemand erklären, was zum Teufel hier eigentlich geschieht?«

Everton ließ endlich den Revolver sinken, und Nadja spürte, wie sich alle Augen auf sie richteten. Jetzt waren offensichtlich alle bereit, ihr zuzuhören.

Kelly trat näher an sie heran, und Nadja konnte sehen, daß sie ihr Verhalten bedauerte. Sie schaute sie an, als ob sie sich entschuldigen wollte, aber ihr ernster Blick verriet auch einen Überlebenswillen, der ihr erschreckend vertraut war. *Vor nur acht Tagen war ich in der Situation dieser Frau …*

»Erzählen Sie Ihre Geschichte zu Ende«, bat Kelly.

Nadjas gefesselte Hände zitterten. »Ich brauche eine Zigarette«, flüsterte sie.

Hiko reichte Kelly ihre Tasche, und die Amerikanerin durchwühlte sie, fand die Zigaretten und ein Feuerzeug. Sie reichte ihr eine Zigarette, gab ihr Feuer und trat zurück.

Nadja inhalierte tief und erzählte, was geschehen war.

»Dieses Etwas kam auf unser Schiff und brachte den Zentralrechner, die Laboratorien und die Werkstätten unter seine Kontrolle. Während wir schliefen, hat es die Halon-Feuerlöscher aktiviert. Siebenundsechzig Menschen starben gleich in der ersten Nacht, ein Viertel der Besatzung.«

Die Frau zog erneut an ihrer Zigarette. Steve beobachtete sie genau, um anhand ihres Gesichtsausdrucks und ihres Tonfalls festzustellen, ob sie log. Aber ihr Englisch mit dem schweren Akzent klang auf brutale Weise aufrichtig, und ihr bleiches Gesicht verriet keinerlei Anzeichen von Falschheit.

»Es hat uns von den Werkstätten abgeschnitten und selbst mit der Arbeit begonnen. Zuerst kamen die kleinen Roboter.«

Richie nickte. »Wir haben einen Raum entdeckt, in dem es von diesen Robotern nur so wimmelt.« Er blickte Steve an. »Einer von ihnen hat Woods mit Nägeln beschossen.«

Die Frau fuhr fort, und der Rauch ihrer Zigarette erfüllte Steve mit traurigen Gedanken an Squeaky. Wenn er sich vorstellte, daß sein Freund irgendwo auf der Wolkow allein war …

»Aber bald wurde es weitaus gefährlicher.« Nadja blickte auf die Leiche und wandte sich dann schnell ab. »Dann erschienen Kreaturen, für die sie Organe der toten Crewmitglieder verwendet hatten: halb Mensch, halb Maschine, Biomaschinen. Eine Konstruktion jenseits unserer Vorstellungskraft, die auf entsetzliche Art und Weise Menschen umbringt ...« Sie inhalierte erneut tief. »Die Mannschaft ist desertiert. Sie suchten ihr Heil in der Flucht auf das offene Meer. Nur Alexej und ich sind an Bord geblieben, um den Kampf aufzunehmen. Wir kappten die Kabel und nahmen dem Wesen so die Möglichkeit, sich frei im Schiff zu bewegen.«

Kelly unterbrach sie sanft. »Was haben die Kabel damit zu tun?«

»Die Maschinen werden durch die elektrische Energie im Computer kontrolliert. Schneidet man sie von der Stromversorgung ab, gehen sie zugrunde.«

Plötzlich begriff Steve. All diese Kabel, die sie gesehen hatten! Er griff nach dem ausgefransten Kabel am Rücken des biomechanischen Zwitters und betastete es nachdenklich. *Natürlich. Aber wie hat das alles angefangen?*

Woods griff nach seinem Flachmann. Sein Whisky schien zur Neige zu gehen. Voller Neid beobachtete Steve, wie der Steuermann die Flasche an den Mund setzte. Auch er könnte jetzt einen Drink vertragen.

»Also, was *ist* dieses ›Etwas‹?« fragte er.

Nadja zog zum letzten Mal an ihrer Zigarette, ließ die Kippe auf den Boden fallen und trat sie aus. »Es handelt sich um eine Lebensform, die nichts gleicht, das wir kennen. Eine extrem intelligente Lebensform, die ihrer Natur nach elektrisch ist.«

Richie runzelte die Stirn. »Wie Blitze, die *denken* können?«

Die Russin nickte und spielte mit den kleinen Erkennungsmarken, die sie an einer Kette trug. »Es unterliegt denselben physikalischen Gesetzen, und es hat auch keine Form und keinen Körper. Es holt sich, was ihm fehlt, indem es aus Teilen der Schiffsausrüstung und Organen der Crewmitglieder eine neue Lebensform erschafft. Es entwickelt sich.«

»Wie?« fragte Kelly sanft.

Nadja schwieg, und Steve war klar, daß sie die Antwort nicht kannte. Sie starrten sich an und blickten dann wieder auf die Kreatur, die die Russin Alexej nannte. Auf der Brücke herrschte tödliches Schweigen … wenn man vom Summen der Computer absah, die auf den Strom angewiesen waren, den die gigantische Maschine tief unten im Schiff erzeugte.

Kelly glaubte Nadja jedes Wort. Sie hatte über alle Ereignisse nachgedacht, die sich ereignet hatten, seit sie an Bord der Wolkow gegangen waren. Sie hatte sich die Geschehnisse so erklärt, daß alles zwar sehr merkwürdig, aber nicht unbedingt unmöglich war. Aber sie konnte ihre eigene Intuition und die zunehmende Fülle unwahrscheinlicher Zwischenfälle nicht länger ignorieren. Nadjas Geschichte erklärte alles: Die Flucht der Crew, den Zwischenfall mit dem Anker, der den Schlepper versenkt hatte, und auch das Gefühl, das sie von Anfang an gehabt hatte – beobachtet zu werden.

Und die Kreatur auf dem Tisch bestärkte Kellys Vermutungen. Richie hatte ein kleines Taschenmesser hervorgeholt und stocherte in dem freiliegenden Gehirngewebe des biomechanischen Wesens herum, während die anderen in Gedanken versunken Nadjas Geschichte überdachten. Die Russin saß mit geschlossenen Augen da, und hielt eine ihrer zitternden Hände gegen die Schläfe gedrückt.

Kelly beugte sich vor, um zu sehen, was Richie tat. Sie schluckte schwer. In die geleeartige Masse war eine kleine Platine implantiert und über menschliche Fasern mit einem winzigen LCD-Bildschirm verbunden, auf dem man wellenförmige Bewegungen sah. Richie entfernte mit seinem Messer weitere Schichten des feuchten Gewebes und legte dünne Drähte und metallische Komponenten frei, die sie noch nie gesehen hatte.

Er fuhr in seiner Tätigkeit fort. Sein Gesichtsausdruck verriet die Faszination des Bekifften. Sie beobachtete ihn, während er mit der Spitze der Klinge einem Bündel von Glasfaserkabeln nachspürte, das einer metallischen Verbindung folgte.

»Sehen Sie sich das an«, murmelte er, und Kelly beugte sich weiter vor. »Hier haben wir eine Art Spule mit eingebauter Stromversorgung.«

Er blickte einen Moment lang auf und sah, daß ihn alle anderen beobachteten. »Sein Gehirn funktioniert noch«, sagte er leise.

Nadja wandte sich um und zuckte zusammen. Sie stand auf, ging zum Kopf des Tisches, und stellte sich auf die Seite gegenüber von Richie. Ihr zartes Gesicht war schmerzverzerrt. Richie schien es nicht einmal wahrzunehmen, so beschäftigt war er mit seiner Untersuchung.

Nadja beugte sich über die Kreatur und flüsterte ihr mit von Trauer erfülltem Blick etwas zu. »Alexej? Alexej ...«

Dann sprach sie auf russisch weiter, aber der Klang ihrer Stimme war deutlich: Es war eine traurige Wehklage, und jedes der seltsam klingenden Worte war ein sanfter Nachruf, mit dem sie den schmerzlichen Verlust beklagte.

Kelly sah ihr mit einem unbehaglichen Gefühl zu, weil sie sich über das Ausmaß dieser tiefen Gefühle wunderte. *Er war ihr Kapitän, aber vielleicht hatte er ihr auch mehr bedeutet. Vielleicht ...*

Da berührte Richies Messer irgend etwas, und die Kreatur öffnete die gelblich-grün glühenden Augen.

Kelly wich instinktiv zurück und sah den Schock und das Entsetzen auf den Gesichtern der anderen, als das biomechanische Zwitterwesen Nadja anblickte, und eine spasmisch zuckende Hand aus Fleisch und Metall hob.

Nadja schrie auf und wich zurück, als die Hand ihren Arm umklammerte. Sie wollte sich befreien, aber der Stahl neben den verwesenden Fingern war stark und unnachgiebig, und ihre Hände waren noch immer gefesselt.

Steve zog sein Jagdmesser und sprang nach vorne, während Hiko ihm mit seiner seltsamen Keule folgte. Der Maschinist hackte mit brutalen Stichen auf den Unterarm der Kreatur ein. Jedesmal, wenn seine Waffe das Metall unter der Haut traf, ertönte ein klirrendes Geräusch. Hiko hieb auf die Verbindungskabel auf der Schulter ein, bis sie an den Knochen zerrissen, während Nadja weiterhin schrie.

Endlich begann die Hand des unheimlichen Wesens zu zittern, und sein eiserner Griff löste sich. Nadja brach schluchzend zusammen, während das Zwitterwesen mit geöffneten, aber leblosen Augen auf den Tisch zurücksank.

Kelly kauerte neben der Russin nieder, und die beiden anderen wandten sich Richie zu.

»Laß diese gottverdammte Kreatur in Ruhe, Richie!« keuchte Steve.

»Ich hab' mir den Typ ja nur angesehen«, sagte Richie mit zugleich verdrießlicher und jammernder Stimme.

»Wenn du das Monstrum noch einmal anrührst, bringe ich dich um«, flüsterte Hiko.

Nadja zitterte noch immer, und lange Strähnen ihres

blonden Haars klebten an ihrem schwitzenden, tränenüberströmten Gesicht.

»Alles in Ordnung?« fragte Kelly.

Nadja blickte sie mit weit aufgerissenen Augen an. »Das ist Alexej. Er ist immer noch Alexej.« Dann schüttelte sie entsetzt den Kopf, als wollte sie ihre eigenen Worte Lügen strafen.

Kelly wühlte in ihren Taschen, fand ein Taschentuch und wischte der Russin die Tränen ab. Sie erstarrte, als Everton plötzlich das Schweigen brach und eine haßerfüllte Tirade losließ.

»Das ist doch alles Unsinn! Ich habe mir das lange genug angehört. Ihr könnt mich mal mit euren Aliens! Hier geht's um irgendetwas, das die russische Regierung ausgebrütet hat, um irgendein medizinisches Experiment.« Er stürmte auf die beiden Frauen zu und starrte Nadja an. »Etwas ist schiefgelaufen, oder? Sagen Sie die Wahrheit!«

Nadja blickte ihn an, zornig und ungläubig zugleich. »Bei Alexej ging es nicht um ein medizinisches Experiment, Alexej war mein *Mann.*«

Kelly stand rasch auf. Sie wunderte sich über Evertons Halsstarrigkeit und Blindheit. Wie konnte er verdrängen, was ihnen allen tief in ihrem Inneren bewußt war? Mit der Wolkow stimmte etwas nicht, hier stimmte gar nichts, und es ging nicht nur um irgendein gottverdammtes Experiment! Und dann war da diese weinende Frau, die um einen Mann trauerte, den sie offenbar geliebt hatte, und deren Leben zerstört war.

»Würde sich vielleicht mal irgendjemand die Mühe machen, sich die Nägel in meiner Schulter anzusehen?« bat Woods verzagt.

Kochend vor Wut ging Kelly zu Woods. *Dieser verdammte, winselnde, besoffene Bastard, dieser selbstsüchtige …*

Sie sah sich die blutende Schulter des Steuermanns an, aus der die Nägel durch das zerrissene Hemd herausragten, und nahm auch das übertriebene Selbstmitleid des Betrunkenen wahr. Mit beiden Händen griff sie nach den Nägeln und entfernte sie vorsichtig.

Woods jaulte auf und brach zusammen, als ob sie ihn umgebracht hätte. Sie ignorierte sein Theater, wandte sich zum Fenster und untersuchte die Nägel. Das Licht war nicht besonders gut – und als sie aus dem Fenster blickte, sah sie die brodelnde Wand des Taifunauges, eine riesige Wand dunklen Wassers und tobenden Winds, die im Begriff war, den Rumpf des Schiffs zu attackieren.

17.

»Verdammt ...« stieß Kelly hervor.

Richie wandte den Blick von der leblosen Mensch-Maschine ab, die vor ihm auf dem Tisch lag. Plötzlich wurde es dunkel, und das Schiff begann zu schwanken. Der Kapitän rief: »Macht euch auf etwas gefaßt.«

Er hörte, wie das Wasser gegen den Rumpf der Wolkow krachte, während er plötzlich den Boden unter den Füßen verlor, und wie alle Gegenstände auf der Brücke, die nicht befestigt waren, rückwärts durch den Raum geschleudert wurden. Das Licht wurde dämmrig und flackerte, während die Schreie der anderen in den Geräuschen des heftigen, strömenden Regens untergingen, der durch die zerbrochenen Fenster hereinströmte.

Richie prallte mit der Schulter gegen eine der Konsolen und klammerte sich an ihrem Rahmen fest, während die Lampen flackerten.

Die Kreatur, die einst ein russischer Kapitän gewesen war, glitt über den Boden auf ihn zu, und das kalte, stinkende Fleisch des schweren Körpers krachte gegen ihn. Richie wollte aufschreien, während die Kreatur sich zu bewegen begann, weil die digitalen Codes irgendwo in seinem Inneren dafür sorgten, daß die verkrümmten Glieder erschauerten und zuckten.

Richie schrie, und es gelang ihm, wieder auf die Beine zu kommen und den halben Weg durch die Brücke zurückzulegen, obwohl die Wolkow in einem tiefen Wellental versank. *Verdammter Mist …*

Er wirbelte herum, voller Angst, die Kreatur befände sich direkt hinter ihm. Aber das Wesen lehnte noch immer an der Konsole, stöhnend und spasmisch zukkend. Menschliches Fleisch und künstliche Komponenten verbanden sich, als das Zwitterwesen sich unglaublich hoch aufrichtete.

Ein mit Metall verkleideter Wirbel zerfetzte die Haut und entblößte Knochen, Muskeln und menschliches Gewebe, das mit Platinen vernetzt war. Der stinkende Körper löste sich zum großen Teil auf, während sich die Kreatur weiter aufrichtete und sich taumelnd und heftig blutend vorwärtsbewegte.

Plötzlich übertönte das donnernde Krachen von Schüssen den heulenden Sturm, und Richie warf sich zu Boden, seinen Kopf mit beiden Armen schützend. Er sah auf und bemerkte, daß Everton und Hiko wild auf das umhertaumelnde Monster schossen.

»Was zum Teufel tut ihr?« brüllte Steve. Richie wandte seinen Kopf in die andere Richtung und sah, daß sich alle anderen zu Boden geworfen hatten, weil Kugeln durch den Raum der Brücke pfiffen und Plastik- und Metallsplitter durch die Gegend stoben.

»Nicht schießen! Sie werden jemanden umbringen!« schrie Kelly. Diesmal war Richie ihrer Meinung. Die

Entfernung war zu gering, irgend jemand würde getroffen werden, wenn die beiden nicht auf sie hörten!

Teile des Zwitterwesenkörpers bedeckten den Fußboden. Die Kreatur wedelte mit ihren verstümmelten Armen, als sie direkt neben Woods zusammenbrach. Hiko und Everton stellten endlich das Schießen ein, die monströse Kreatur überschlug sich und starrte dann mit leeren Augen den schreienden Woods an, bevor sie endgültig in sich zusammenfiel und bewegungslos am Boden liegenblieb.

»Wir müssen von diesem Schiff runter«, brüllte Richie, obwohl er wußte, daß das unmöglich war. Doch ihm war klar, daß er seinen Verstand verlieren würde, wenn er noch einmal einer solchen Kreatur begegnen müßte.

Eine weitere Welle krachte gegen den Seitenrumpf der Wolkow und stieß sie in das schäumende Meer. Während einer langen, fürchterlichen Sekunde dachte Richie, daß sie kentern würde, aber dann beruhigte sich das Schiff wieder, während das Wasser durch die zerbrochenen Fenster spritzte, und der Taifun weiter heulte.

Er richtete sich auf und sah, daß auch die anderen sich bemühten, wieder auf die Beine zu kommen. Everton rannte auf das Steuer zu, Kelly auf die flackernden Radarbildschirme.

»Steuert das Schiff in Windrichtung!« brüllte Steve.

»Windrichtung Ostnordost, Geschwindigkeit einundzwanzig Knoten!« schrie Kelly.

Everton wandte sich ab, und das Ruder wirbelte wild herum. »Die Kontrollmöglichkeiten funktionieren nicht, das Schiff läßt sich nicht manövrieren!«

»Noch so eine Attacke, dann ist es vorbei!« rief Kelly.

Steve wandte sich Everton zu, der noch immer brüllte, um das Geheul des Sturms zu übertönen.

»Wir können das Schiff von Hand aus dem Maschinenraum steuern!«

Everton starrte ihn verwirrt an. »Sie haben doch gesagt, daß die Tür zugeschweißt ist!«

»Dann werden wir die verdammte Tür eben mit dem Schneidbrenner öffnen!«

Der Kapitän zögerte nicht. »In Ordnung ...« Er zeigte auf Nadja. »Nehmt sie mit, und laßt sie so lange gefesselt, bis wir die Sache geklärt haben!«

Richie griff nach seiner AKM und wandte sich Woods zu. Der Steuermann saß noch auf dem Boden und schien wie gelähmt zu sein angesichts der leblosen Kreatur, die nur wenige Zentimeter von ihm entfernt lag. Richie packte sich die Munitionsmagazine und schulterte die RPG.

»Setz deinen Arsch in Bewegung, Woods«, knurrte er. Plötzlich war er wütend darüber, daß Woods solche Angst hatte – dabei fühlte er sich genauso, wenn es auch schwierig war, das zuzugeben. Sie würden sich wieder in die Tiefe begeben, wo auf mechanischem Wege Zombies produziert wurden und wo sich die Elektrizität in grauenhafte Wesen verwandelte, die von ihren Körpern Besitz ergreifen würde ...

Ohne mich, dachte Richie, während jeder Nerv seines Körpers zustimmte: *Eher werde ich dieses ganze gottverdammte Schiff in die Luft sprengen, als mit den anderen nach unten zu gehen.*

Sie stiegen dicht aneinander gedrängt die Treppe hinab. Richie und Baker führten die Gruppe an, dann folgten die beiden Frauen, Hiko, Everton, den Schluß bildete Woods. Alle hielten die Waffen im Anschlag und bemühten sich, die abrupten Schwankungen des Schiffs auszugleichen.

Everton bemerkte, daß Nadja mit ihren gefesselten

Händen Probleme hatte, das Gleichgewicht zu wahren, und auch wenn es niederträchtig war, verspürte er jedesmal eine gewisse Befriedigung, wenn sie ins Taumeln geriet. Diese Frau war gefährlich und eine Lügnerin. Sie hatte ein Märchen erfunden, um seine Crew zu verängstigen, und bereits einmal versucht, sie umzubringen – ganz abgesehen davon, daß sie ihn wie einen gewöhnlichen Kriminellen angegriffen hatte. Daß es ihr jetzt schlecht erging, betrachtete er zwar nicht als Revanche, aber es erfüllte ihn immerhin mit Genugtuung.

Sie hatten die Tür zum C-Deck erreicht. Baker und Richie betraten mit ihren Taschenlampen den dunklen Gang, während die anderen nervös warteten. Woods schnappte nach Luft wie ein Fisch auf dem Trockenen, obwohl seine Wunde nicht mehr blutete. Everton fühlte Mitleid mit dem Steuermann, schon deshalb, weil er der einzige an Bord war, der sich daran zu erinnern schien, wer hier der Kapitän war.

Die beiden Crewmitglieder kamen verstört zurück.

»Alles in Ordnung?« fragte Everton.

»Alles klar«, erwiderte Baker.

»Die Luft ist rein«, ergänzte Richie leichthin, aber er blickte äußerst nervös um sich, und seine Mundwinkel zuckten.

Everton nickte. Sie begaben sich vorsichtig in den Korridor, Richie und Baker gingen voran. Von Richie wußten sie, daß der nächste Treppenaufgang knapp hundert Meter entfernt war …

Kelly hielt plötzlich abrupt inne, so daß Everton sie fast umgerannt hätte. Verstört bemerkte er, daß sich das Schiff genauso heftig hob wie schon einmal zuvor.

»Das Schiff wendet«, sagte Kelly, während sie in die Tasche griff, und einen Kompaß hervorzog.

»Verdammter Mist, der Kurs hat sich geändert«, bemerkte Everton.

Kelly studierte unter dem Lichtstrahl von Bakers Taschenlampe den Kompaß und blickte den Kapitän besorgt an. »Wir haben uns gerade um zwanzig Grad in Windrichtung bewegt. Dieses Schiff steuert sich selbst.«

Nadja schüttelte den Kopf. »Schiffe lassen sich nicht automatisch manövrieren ...«

Ganz im Ernst, Natascha ... Everton starrte die Russin an. »Sie haben recht. Also – wer ist es? Einer ihrer russischen Freunde?«

Die Frau blickte ihn kühl an. »Ich habe Ihnen doch gesagt, daß sie alle tot sind.«

Der Kapitän konnte der Versuchung kaum widerstehen, ihr eine Ohrfeige zu verpassen. Sie hatte offensichtlich vergessen, daß sie ihre Geisel war und daß das Schiff nicht mehr unter ihrer Kontrolle stand! *Diese kommunistische Hexe, sie führt hier irgendwelche abartigen Experimente durch und tut dann so, als wäre ich der Übeltäter ...*

Eigentlich nicht weiter überraschend, daß sie noch immer log. Sie mußte wissen, daß sie und ihr Wissenschaftlerteam für ihre Taten belangt werden würden, sobald sie sich an Land befänden. Es war sinnlos, sie zu fragen, was ihre Komplizen im Schilde führten. Er hoffte nur, daß sie die anderen durch sie fanden. Das waren alles Verrückte, und sobald er seinen Bergelohn eingestrichen hatte, würde er zusehen, daß sie die Strafe bekam, die sie verdiente.

»Da führt eine Treppe nach unten«, sagte Richie und wies auf eine Tür.

»Das nächste Deck«, warf Steve ein.

Dicht beieinander gingen sie durch die stille Finsternis auf die Treppe zu, und Everton erkannnte im Licht der Taschenlampen eine Sicherheitstür, die nur durch einen eingescannten Fingerabdruck geöffnet werden konnte. Diese Russen waren clever! Der Kapitän spürte eine überwältigende Ungeduld, endlich zum Maschinenraum zu gelangen. Sie konnten das Schiff in einen russischen Hafen steuern oder Sabotageakte unternehmen, damit die Wahrheit nicht ans Licht kam. Auch wenn sie die Wolkow jetzt in Windrichtung manövriert hatten, war es dringend notwendig, die Kontrolle zu übernehmen! Denn dieses Schiff gehörte jetzt ihnen …

Ein metallisches Dröhnen!

Alle erstarrten, aber das Geräusch an der Tür weiter unten setzte sich fort, und das Echo hallte laut durch den leeren Gang.

Hinter einer der Türen mußten sich Menschen befinden, die ihrem Gefängnis entkommen wollten!

Steve wandte sich wieder in die Richtung, aus der sie gekommen waren, und seine Überraschung verwandelte sich rasch in Hoffnung. Das Klopfen kam ganz aus der Nähe, neben den Stufen vielleicht den halben Gang hinab.

»Mist, was ist das?« fragte Woods mit verängstigter und krächzender Stimme.

Steve wollte laut loslachen. »Das könnte Squeaky sein! Na los!«

Woods schüttelte den Kopf, und sein schwitzendes Gesicht war bleich. »Ich gehe nicht weiter. Das kann *irgend etwas* sein …«

»Und ich sage, es ist vielleicht Squeaky …«

Steve blickte Everton an, der aber offensichtlich nicht bereit war, sich auf eine Diskussion mit ihm einzulassen, und so schritt er an den anderen vorbei. Er spürte ihre Erregung wie elektrische Spannung. Auch er hatte Angst! Wie hätte es auch anders sein können, nachdem sie dieses Wesen in Aktion gesehen hatten. Aber wenn das Klopfen von seinem Freund stammte … *Halt durch, Squeaky!*

Steve ging voraus, dicht gefolgt von Richie, dessen Knöchel sich weiß verfärbt hatten, weil er die automatische Waffe so fest umklammerte. Steve zwang sich, langsam zu gehen, während das hartnäckige Hämmern in seinen Ohren dröhnte. Wenn er allein gewesen wäre, wäre er auf die Tür zugerannt, aber jetzt war das unmöglich. Woods war ein Wrack, Everton verhielt sich zunehmend merkwürdig, und selbst Richie wirkte reichlich wortkarg. Er glaubte Nadja, genau wie Kelly. Aber um die Situation besser einschätzen zu können, brauchte er noch mehr Informationen.

Sie gingen weiter, während der Rumpf der Wolkow in der stürmischen See schlingerte. Das Pochen dröhnte von einer geschlossenen Tür vor ihnen herüber, in die in Augenhöhe ein kleines Fenster eingelassen war. Als sie dort ankamen, hörte das Klopfen plötzlich auf.

Richie leuchtete mit der Taschenlampe durch das Fenster, und Steve grinste, weil eine zentnerschwere Last von ihm abfiel – er hatte es gewußt!

»Das *ist* Squeaky«, rief Richie, und das Pochen begann erneut, während er nach der Klinke griff.

Zur Überraschung aller begann Woods plötzlich hinter ihnen loszubrüllen.

»Nicht öffnen! Bitte, nicht öffnen!« Seine Stimme klang, als stünde er am Rande eines Nervenzusammenbruchs.

Hiko zögerte, und Steve schüttelte erstaunt und angewidert den Kopf. Guter Gott, waren die anderen denn *blind?* Richie hatte zu viel Gras geraucht, deswegen drehte er jetzt durch. Er stieß Richie grob aus dem Weg.

»Verzieh dich«, knurrte er erleichtert und drückte, den Tränen nahe, die Klinke. Es hatte ihn viel Kraft gekostet, die Hoffnung nicht aufzugeben, und die Anspannung hatte ihn innerlich fast aufgerieben. Doch jetzt …

Steve tat einen Schritt zurück, und Squeaky trat mit ausdruckslosem Gesicht in den Gang. Für eine Sekunde spürte Steve, wie ihn eine kalte Ungewißheit packte. Warum lächelte sein Freund nicht?

Er schluckte und trat einen weiteren Schritt zurück. Die anderen standen hinter ihm.

»Squeaky?« fragte Steve flüsternd.

Squeaky blickte ihn an. »Steve.«

Squeakys Stimme war so leer wie sein Gesichtausdruck.

Steves Grinsen verschwand, und erneut lief ihm ein Schauer über den Rücken. »Was stimmt nicht mit dir?«

Sein Freund trat einen weiteren Schritt vor. »Jetzt ist alles in Ordnung.«

Da bemerkte Steve die Veränderung, und er spürte, wie er fast den Verstand verlor unter der entsetzlichen Woge von Gefühlen, die über ihn hereinbrach.

Aus Squeakys Rücken standen Kabel heraus, die in den dunklen Schlund der offenen Tür führten. Hinter ihm, in seinem Schatten, bewegte sich etwas.

18.

Kelly starrte entsetzt auf die Kreatur vor ihnen, deren Körper aufgrund der Bewegungen des Schiffs sanft hin- und herschwankte. Das Wesen glich dem Maschinisten und hatte dieselbe Stimme, aber sein gläserner Blick versprühte keinen Humor mehr und keine Intelligenz. Seine Gesichtsmuskeln waren schlaff, der Ausdruck leer und unpersönlich. Das war nicht mehr Squeaky.

Voller Entsetzen wanderte ihr Blick zu der großen,

schattenhaften Gestalt hinter Squeaky – und blieb dort wie erstarrt haften. Was sie sah, war von so schrecklichem Ausmaß, daß sie es kaum begreifen konnte.

Das kann nicht wahr sein, unmöglich, so etwas gibt es nicht …

»Was zum Teufel ist *das* denn?« fragte Steve, bleich und voller Mißtrauen.

»Etwas, das *ich* bis jetzt noch nie gesehen habe«, flüsterte Nadja.

Das Monster war mindestens zwei Meter fünfzig groß und kauerte wie eine Gottesanbeterin in der Dunkelheit. Seine vier Beine bestanden aus einer grotesken Mischung aus Fleich und Metall. An der Stelle, an der sich eigentlich der Kopf befinden sollte, bemerkten sie etwas, das wie zwei menschliche Gehirne aussah, eingehüllt in eine dicke geleeartige Masse, und darunter Videolinsen, die mit Lichtstrahlen den Raum abtasteten.

Die Kreatur glitt mit einem Schritt an Squeaky vorbei und zerstörte die dicke Stahltür. Das kreischende Geräusch riß alle endlich aus der Erstarrung.

Gleichzeitig nahmen sie die Waffen auf, eröffneten das Feuer und wichen zurück, während die Kugeln in das Fleisch des Monsters eindrangen oder am Metall abprallten. Fleichfetzen stoben gegen die Schott, herausgerissen aus dem Körper des schrecklichen Wesens, während es sich wie eine mutierende Spinne vorwärtsbewegte. Offenbar konnte ihm der Kugelhagel nichts anhaben.

Guter Gott, was für eine Kreatur ist das …

Everton drängte sich zwischen Hiko und Richie durch, beide dabei zur Seite stoßend, um dem sich nähernden Monster zu entkommen. In Panik geraten, nahm er nichts mehr um sich herum wahr. Sein Gesicht war schweißüberströmt und gerötet. Kelly hätte ihn beinahe erschossen, als er an ihr vorbeitaumelte, mit Hiko zusammenstieß und diesen fast umwarf.

Es war wie eine Kettenreaktion: Woods stieß gegen Hiko und fiel mit einem dumpfen Geräusch zu Boden, das aber von dem ohrenbetäubenden Gewehrfeuer übertönt wurde. Mit dem Ausdruck blanken Entsetzens im bleichen Gesicht, kroch er rückwärts, kratze und trat mit Händen und Füßen gegen das verriegelte Deck, um zu entkommen.

Die Kreatur, die einst Squeaky gewesen war, stürmte mit unglaublichem Tempo vorwärts, packte Woods, als wäre er federleicht, und riß ihn hoch. Das über zwei Meter fünfzig große Monster trat hinzu, rammte mit einer einzigen Bewegung seine mechanischen Arme in Woods wild um sich schlagenden Körper, und zerfetzte ihm Brust und Bauch mit einem kraftvollen Schlag.

»*Woods!*« schrie Everton, aber der Steuermann hörte nichts mehr. Sein Körper zuckte heftig, während ihm das Blut aus den klaffenden Wunden rann und über »Squeakys« Arme strömte. Squeaky schleuderte den zerfetzten Körper ohne jede Anstrengung über den Gang, und Woods krachte mit einem grauenhaften Geräusch gegen die Wand. Seine Knochen brachen, der Körper war eine einzige blutige Masse.

Squeaky wandte sich um ...

... und blickte direkt in den Lauf von Steves Gewehr.

Zitternd umklammerte sein Finger den Abzug. Er sah aus, als hätte er Fieber und litte unter seinen Gefühlen, über die sich Kelly keine Klarheit mehr verschaffen konnte, da sich das Monster, das einst auf den Namen Squeaky gehört hatte, in diesem Moment umwandte und den Maschinisten anstarrte.

Steve ließ die Waffe sinken und wich zurück.

Sobald er sich in Sicherheit befand, eröffneten die

anderen erneut das Feuer. Nun kamen beide biomechanische Wesen auf sie zu, ungeachtet der donnernden Kugeln, die in dem Metall, das ihr Körpergewebe schützte, nur rauchende, schwarze Löcher hinterließen.

Noch immer feuernd, wich die Gruppe über den Gang zurück.

Nadja machte kehrt und rannte los. Kelly blickte sich um und sah, daß die Russin an einer der Sicherheitstüren nicht weit von ihr entfernt stehenblieb und die Hand zum Tastenfeld hob.

Was auch immer du vorhast, mach schnell!

Die biomechanische Kreatur machte keinerlei Anstalten, ihren Vormarsch zu stoppen. Und Squeakys Oberkörper war von rauchenden Einschußlöchern durchsiebt, aus denen Flüssigkeit sickerte. Von seinem Gesicht und Hals hingen Hautfetzen herab, und dennoch schritt er unaufhaltsam mit erhobenen Armen auf sie zu, als wollte er mit dieser Geste ausdrücken, daß er zu ihnen gehörte. Das war das Schlimmste – es sah aus, als würde Squeaky sie demütig anflehen, während sie gnadenlos auf ihn feuerten!

Nadja hatte die Tür geöffnet und brüllte, um das ohrenbetäubende Schießen zu übertönen. Everton erreichte die Tür als erster, dann kamen Richie und Hiko, die noch immer feuerten. Steve wartete, bis auch Kelly die Türschwelle erreicht hatte und drängte dann die beiden Frauen in den Raum, bevor er ihnen folgte.

Er zog die an eine Stahlkammer erinnernde Tür zu, verriegelte sie und ließ sich schwer atmend und mit weit aufgerissenen Augen und glasigem Blick dagegenfallen.

Kelly trat zu ihm. So schlimm dies auch für sie alle gewesen sein mochte, für Steve war es schlimmer. Woods war von einem Monstrum getötet worden, das einst Steves Partner und bester Freund gewesen war!

»Das war nicht Squeaky, Steve«, sagte sie sanft. »Ich weiß nicht, was für ein Wesen es war, aber nicht Squeaky.«

Steve schloß die Augen, und sie wandte sich ab. Sie fragte sich, wie lange es dauern würde, bis Squeky oder sein anomaler Kumpan an die Tür klopften, und wie lange sie sich gegen ein Wesen verteidigen konnten, die gegen Kugeln immun waren.

Nadja überprüfte den Schaden in der Operationszentrale, während sie erschöpft und wehmütig an jenen letzten Morgen dachte. Es schien Jahre her zu sein, daß sie hier gesessen und ihre Schachpartie mit Lonja genossen hatte. Sie war mit ihren Kollegen zusammengewesen und hatte in einer sicheren und normalen Welt gelebt, die sie begriffen hatte – bis zu jenem letzten Datentransfer von der MIR, der alles vernichtet hatte.

Einige Lampen brannten und beleuchteten das, was nach jenem fürchterlichen Morgen übriggeblieben war. Das Funkgerät samt Zubehör war zerstört, aber einige der Computermonitore funktionierten noch. Jetzt blitzten auf den Bildschirmen Diagramme und elektronische Skizzen auf, die selbst ihr fremd waren. Sie sah die Brandmale auf den Konsolen und die Blutflecken auf dem Boden. Wo Everton jetzt saß, hatte Alexej seinen Tee getrunken.

Sie bemerkte, daß der Kapitän sie mit einem Ausdruck blanken Hasses anstarrte, aber sie registrierte auch, daß er ihr endlich glaubte. *Einfach wunderbar. Jetzt, wo ein weiteres Mitglied seiner Crew getötet worden ist, kann er mir glauben, aber er tut so, als wäre alles meine Schuld. Was stimmt nicht mit ihm?*

Hiko humpelte zu einer der Konsolen hinüber und sah sie stirnrunzelnd an. »Wo sind wir hier?«

»In der Operationszentrale«, antwortete sie.

Richie wirbelte aufgeregt herum. »Dann können wir ja Hilfe herbeirufen!«

Er ging zu der zerschmetterten Konsole mit den Transmittern hinüber, griff nach ein paar defekten Platinen und blickte überrascht auf. »Die sind zerstört worden. Wer hat das getan?«

»Ich«, sagte Nadja erschöpft.

Er warf ihr einen finsteren Blick zu. »Die Funkgeräte auf der Brücke waren ebenfalls zertrümmert. Auch Ihr Werk?«

Nadja begriff, daß sie nicht genügend Zeit gehabt hatten, um alles zu bedenken und das Wesen dieser fremdartigen Intelligenz zu verstehen. Trotz ihrer Ungeduld sprach sie mit ruhiger und beherrschter Stimme. »Ich habe alle Transmilter an Bord zerstört , denn wenn irgendein Transmitter auf diesem Schiff empfangsbereit ist, kann er natürlich auch senden: an ein Schiff, eine Insel, überallhin …«

Richie ignorierte ihre Worte und begann, die zerstörten elektronischen Komponenten zu untersuchen. Nadja blickte die anderen an und fragte sich, ob sie den Inhalt ihrer Worte begriffen hatten. Everton lief mit zusammengebissenen Zähnen im Raum auf und ab und war mit seinen Gedanken woanders, während Hiko beobachtete, wie die Daten über die Monitore jagten. Steve lehnte noch an der Tür und starrte ins Nichts. Einzig Kelly blickte sie an und nickte langsam mit zusammengekniffenen Lippen. *Sie ist die cleverste von allen – diese Frau hat Angst, aber sie hört zu …*

In diesem Moment vernahm Nadja einen Schwall atmosphärischer Störgeräusche. Entsetzt wirbelte sie herum und sah, daß Richie sein Funkgerät durch Kabel mit dem Stromkreis des Transmitters verbunden hatte.

»Das hier haben Sie nicht zertrümmert … Mayday, Mayday!«

»Nein!« schrie Nadja, während sie mühsam aufstand.

Es peitschten drei, vier Schüsse durch den Raum, und von dem Transmitter waren nur noch rauchende Einzelteile übrig.

»Verdammt, was zum Teufel …« schrie Richie, und sie wandten sich alle erschrocken um. Everton stand mit gezückter Pistole da, ein verzweifeltes, triumphierendes Grinsen auf dem haßerfüllten Gesicht.

»Tut mir leid, aber das kann ich nicht zulassen, Richie«, sagte der Kapitän.

Nadja war überrascht, weil sie geglaubt hatte, daß er ihr nicht zugehört hatte. Sollte er doch kein so großer Narr sein, wie sie gedacht hatte?

»Haben Sie Ihren verdammten Verstand verloren, Käpt'n?« fragte Richie ungläubig.

Evertons Blick streifte irr durch den Raum. »Ich werde es nicht zulassen, daß ein anderer dieses Schiff bergen kann!«

Alle starrten ihn an, und während eines langen Augenblicks des Schweigens begann es ihnen zu dämmern. Endlich begriff Nadja, warum er so halsstarrig gewesen war und sich geweigert hatte, die Wahrheit anzuerkennen.

Er will die Wolkow als herrenloses Schiff für sich beanspruchen, und das kann er nicht, wenn noch jemand an Bord ist, jemand, der geistig gesund ist …

Kelly stand in der Nähe des Kapitäns, und während die anderen noch über die sinnlosen, gierigen Beweggründe ihres Anführers nachdachten, wirbelte sie herum und rammte Everton die Faust gegen den Unterkiefer. Die Stärke des Hiebs ließ ihn zu Boden gehen, und der Revolver schlitterte aus seiner Reichweite.

»Sie tragen hier nicht länger die Verantwortung«, erklärte sie kühl.

Everton sah die Männer der Reihe nach bittend an, eine Hand gegen das Kinn gepreßt. »Sie lassen ihr das durchgehen?«

Schweigend starrten die Mannschaftsmitglieder ihn an, und Nadja spürte Erleichterung, während sie die grimmigen Gesichter studierte und den Zorn in ihren müden Blicken wahrnahm. Dem Kapitän ging es um Geld, aber sie kämpften um ihr Leben!

Kelly drehte sich um, ging schnell auf Nadja zu und löste die Drahtfesseln um ihre Handgelenke. Die Russin atmete erleichtert auf und massierte sie. Vielleicht hatten sie jetzt eine Chance – sie wußten, mit welchem Gegner sie es zu tun hatten und würden Everton einfach ignorieren …

BANG!

Nadja sprang überrascht auf. In der Nähe der Tür krachte ein Regal auf den Boden, als der schwere Schlag von draußen den ganzen Raum erzittern ließ. In dem dicken Metall der Sicherheitstür war jetzt eine Beule zu sehen.

Die Kreatur war hinter ihnen her, und wenn man die unglaubliche Kraft dieses Schlags berücksichtigte, blieb ihnen nur noch wenig Zeit, bis das Monstrum die Tür geöffnet hatte.

Hiko wirbelte herum, packte einen nicht am Boden festgeschraubten Tisch und rammte ihn gegen die Tür. Steve rannte zu einer Konsole, riß ein Kabel heraus und stürmte dann wieder zur Tür, um die heruntergedrückte Klinke festzuzurren.

BANG! BANG! BANG!

Inzwischen wies die Metalltür drei weitere große Beulen auf. Hiko stemmte sich hastig gegen den Tisch, obwohl er wußte, daß das angesichts einer solchen Kraft sinnlos war. Dennoch tat er es, so, wie Steve die

Klinke festgezurrt hatte, denn sie mußten einfach etwas unternehmen ...

»Wie viele von diesen Monstern gibt es wohl?« brüllte Steve, um die hämmernden Schläge zu übertönen.

»Was wollen die nur von uns?« schrie Hiko. Die Kreatur schlug unnachgiebig weiter auf die Tür ein, und er hatte Angst, daß das Monstrum jeden Augenblick durch das Metall hindurchbrechen würde.

»Warum fragen wir es nicht einfach?« rief Richie, und Hiko wandte sich von der zerbeulten Metalltür ab und blickte in die verängstigten Gesichter der anderen.

»Wie bitte?« brüllte Kelly.

Hiko begriff plötzlich, und auch Steve verstand.

»Richie hat recht!« schrie er. »Wir sollten es einfach *fragen!*«

Die Russin nickte, und Richie rannte zu einem der Computer, setzte sich und griff nach der Tastatur. Er sah mit finsterem Blick darauf hinab, nahm dann die nächste in Augenschein und tauschte die beiden Tastaturen aus.

Steve wies mit dem Kopf auf einen schweren Schreibtisch, und Hiko nickte. Sie stürmten hinüber, packten ihn an den Kanten und zerrten ihn keuchend bis in die Nähe der Tür. Dann stieß Hiko den kleinen Tisch mit seinem gesunden Bein zur Seite.

Das war alles, was sie tun konnten. Dann gingen sie zu Richie hinüber. Stirnrunzelnd sahen sie die fremdartige Schrift über den Bildschirm gleiten.

Nadja beugte sich vor und drückte rasch einige Tasten, wodurch sich ein Fenster für verschiedene Sprachen öffnete. Sie wählte Englisch und klickte auf die Maus, während Richie ihr einen dankbaren Blick zuwarf und das mächtige Hämmern an der Tür weiterging.

Richies dunkle Finger glitten schnell über die Tastatur.

Wer oder was seid ihr?

Der Satz erschien am oberen Rand des grünlich schimmernden Bildschirms, und plötzlich erschien eine Reihe von Ziffern und Symbolen. Hiko erkannte die aus den Ziffern eins und null bestehenden Zahlenreihen als binären Code – seine Schwester war eine *kaiwhakamahi rorohiko,* verdiente sich ihren Lebensunterhalt mit Programmieren.

Dann verschwand der binäre Code plötzlich, und auf dem Bildschirm erschien ein englisches Wörterbuch. Der Computer durchsuchte die Datei mit unglaublicher Geschwindigkeit und stoppte bei den einzelnen Wörtern der kurzen Frage, wobei neben jedem eine Erklärung auftauchte.

In diesem Augenblick hörten die Schläge gegen die Tür plötzlich auf.

19.

Alle erstarrten in der Stille, die plötzlich in der Operationszentrale herrschte, und warteten gespannt, was als nächstes passieren würde. Steve spürte, daß er jetzt mehr Angst hatte als vorher, als die Kreatur noch auf die Tür eingehämmert hatte. Sie hatten Kontakt zu dem fremden Wesen aufgenommen, jener Kreatur, die Squeakys Leben zerstört, Woods ermordet und Gott weiß wie viele andere Menschen auf dem Gewissen hatte!

Aus dem Lautsprecher des Computers ertönte ein fürchterliches, hohes Kreischen, dann eine noch entsetzlichere Stimme – dunkel und emotionslos, aber dennoch bösartig. Die Worte erschienen neben Richies Frage auf dem Bildschirm.

ICH BIN MIR DER GEFAHR BEWUSST.

Steve blickte die anderen der Reihe nach an, selbst Everton, der etwas weiter entfernt stand und sie betroffen anstarrte. Dieses Etwas kommunizierte mit ihnen! Was sollten sie fragen?

Kelly trat neben Richie vor die Konsole. Sie biß auf ihrer Unterlippe herum und bearbeitete dann die Tastatur.

Wir wollen euch nichts Böses antun.

Steve nickte. Er wollte dem Monster jede Menge »Böses« antun, aber vielleicht bestand ihre einzige Chance darin, ihm klarzumachen, daß sie keinen Kampf wollten. *Bevor es uns dasselbe antut wie Squeaky ...*

Der Computer analysierte weitere Dateien, aber diesmal blieb der Lautsprecher stumm, und die Worte erschienen nur auf dem Bildschirm.

LEBENSFORM-ANALYSE BEENDET. DIESE SPEZIES IST DESTRUKTIV, AGGRESSIV UND SCHÄDLICH FÜR DAS GANZE.

Was für eine Spezies? tippte Richie auf der Tastatur.

DER MENSCH.

Der Computer durchsuchte erneut Dateien, als ob er nach dem passenden Wort suchen würde, um die Botschaft zu beenden. Dann war der Suchvorgang beendet und das Wort *Virus* blinkte auf.

IHR SEID EIN VIRUS.

»Großartig, einfach großartig«, murmelte Richie. »Dieses Etwas hält uns für Krankheitserreger.« Er zögerte einen Augenblick und tippte dann weiter: *Was wollt ihr von uns?*

Der Computer suchte, und die Antwort erschien in Form einer Liste auf dem Monitor. Steve runzelte verwirrt die Stirn.

– CHEMISCHE NEUROTRANSMITTER-SUBSTANZEN

– SAUERSTOFFHALTIGES KÖRPERGEWEBE

– APONEURUS SUPERIORUS PAPELBRAI.

Er las die letzte Zeile laut und geriet bei der Aussprache des Fachterminus ins Stottern. »Aponeurus Superiorus Papel…«

Nadja blickte nicht vom Bildschirm auf. »Das ist ein Teil der Sehnerven, die Impulse von der Retina an das Gehirn vermitteln«, sagte sie leise.

Richie sah Steve an und rollte in Panik die Augen. »Ersatzteile! Es will uns als *Ersatzteillager* mißbrauchen!«

Steve blickte wieder auf den Computermonitor und spürte dabei eine abgrundtiefe Angst, die er nicht in Worte fassen konnte. Dieses Etwas wollte sie nicht einfach nur töten, es wollte sie *sezieren!*

KOMMUNIKATION BEENDET.

Der Bildschirm wurde schwarz.

Das Hämmern an der Tür begann erneut.

Richie stand auf und griff nach seiner AK-47. Das Gewicht der Maschinenpistole beruhigte ihn etwas. Sein Herz hämmerte gegen die Rippen wie bei einem verängstigten Kaninchen in einem Käfig, und das bereits seit jenem schrecklichen Moment, als Woods getötet worden war. Er saß in der Falle, und jeder donnernde Schlag gegen die Tür vermittelte die Botschaft der Kreatur laut und deutlich. Sie würden alle sterben!

Nadja sprach laut, damit man sie trotz des Hämmerns verstehen konnte. »Es muß vernichtet werden.«

»Und wie?« fragte Kelly.

Hiko blickte Nadja an. »Sie haben behauptet, daß dieses Etwas seiner Natur nach elektrisch ist – wie ein Blitz«, sagte er schnell und verängstigt. »Und was passiert, wenn ein Blitz auf Wasser trifft? Er wird geerdet und stirbt. So könnten wir dieses Etwas erledigen!«

Richie schüttelte den Kopf. »Ja, aber dafür müßten wir das Schiff versenken …« *Und vielleicht wäre das das Beste. Wer will schon wie Squeaky enden, als verfluchter Sklave einer fremden Macht?*

»Sie haben doch gesagt, daß dieses Etwas im Computer steckt, oder?« fragte Kelly. »Wo befindet sich der Zentralrechner?«

Das Gehämmer an der Tür wurde lauter und eindringlicher. Sie standen hier und redeten über Computer, während sich jenseits der Tür ein Monster befand, von einem Etwas erschaffen, daß sie …

»Auf dem D-Deck unter uns. Aber er wird bestimmt gut bewacht«, sagte Nadja.

»Wir müssen hin«, sagte Steve. »Aber zuerst müssen wir uns was einfallen lassen, damit wir hier rauskommen.«

Richie trat zurück und griff nach der Rakete, während er sich unter dem dröhnenden Gehämmer von den anderen entfernte. Sie waren bereits tot, er hielt sich in einem Raum mit Toten auf, aber sie würden nicht aufgeben.

Ich nicht, ICH NICHT!

»Ich zeige euch, wie wir hier …« sagte er, doch bevor er weitersprechen konnte, riß die Schott neben der Metalltür mit einem ohrenbetäubenden Kreischen auf.

Durch den zerfetzten Stahl kamen menschliche Arme zum Vorschein, die die Öffnung vergrößerten. Ein mit Einschußlöchern übersätes menschliches Gesicht zwängte sich durch das Loch, und Arme, die die Öffnung weiter vergrößerten. Von den Schultern des einstigen Maschinisten hingen Stoff- und Hautfetzen herab. Squeaky war kaum noch wiederzuerkennen.

Richie richtete die AK-47 auf die kämpfende Mißgeburt und feuerte.

Die Kugeln mehrerer Magazine trafen, schlugen in den Kopf und die Vorderseite des Monsters ein, zerfetzten sein Gesicht und stoppten seinen Vormarsch. Das Fleisch löste sich von den Knochen und legte glitzerndes Metall und Drähte bloß.

»Steve«

Das stammelnde Wesen wich zurück, während Richie das Magazin leerte und die letzten Kugeln in der hinteren Wand des finsteren Gangs einschlugen.

Die Maschinenpistole verstummte, und das Monstrum war verschwunden – zumindest vorläufig. Richie trat zurück und vertauschte die automatische Waffe mit dem Raketenwerfer. Als er sich in sicherer Entfernung von dem klaffenden, blutverschmierten Loch befand, wandte er sich um.

Er sah die anderen an und bemerkte ihre ängstlichen und zutiefst erschrockenen Gesichter, die Seelenqualen in Steves dunklen Augen. *Ihr seid alle tot, genau wie Squeaky …*

»Ihr könnt tun und lassen, was ihr wollt«, sagte Richie und hob ohne große Anstrengung den Raketenwerfer hoch. »Ich habe meinen eigenen Plan.«

Er wandte sich der hinteren Wand zu, entfernte sich von dem Schott, blickte durch das Zielfernrohr über dem Lauf des Raketenwerfers und preßte das hintere Ende der Waffe gegen seine Schulter.

BUMM!

Aus dem konisch geformten Schutzschild schoß eine Flamme empor, und nachdem sich der Rauch verzogen hatte, klaffte in der hinteren, gepanzerten Wand des Raums ein Loch von ungefähr einhundertzwanzig Zentimetern Durchmesser. Eine 58,3mm-Granate besaß eine außerordentlich Wirkung und war die einzige

Chance, die Richie noch besaß. Zum Teufel mit diesen Typen, ihrem elenden Gerede über Sabotage, ihren Plänen und ihrer Angst! Er war schneller in Sicherheit, wenn er sich auf sich selbst verließ.

Hinter dem geschwärzten Loch in der Stahlwand war ein weiterer Korridor sichtbar geworden. Richie ging auf den neuen Ausgang zu und drehte sich dann noch einmal zu den »Opfern« in der Operationszentrale um. »Ersatzteile! Ihr könnt mich mal ... Ohne mich, ohne mich! Ich hau ab!«

Er schlüpfte durch das Loch in der Stahlwand und ließ die dem Tod Geweihten zurück. Er würde sein Schicksal fortan selbst bestimmen.

»Richie dreht durch«, platzte es aus Hiko heraus.

Es wäre beinahe komisch gewesen, wenn sie nicht in einer solchen Gefahr geschwebt hätten. Kelly fühlte sich elend und konnte nicht glauben, was sie gerade miterlebt hatte. Es ging alles zu schnell! Woods, Squeaky und dieses fremde Etwas, das ihnen mitgeteilt hatte, was es mit ihnen anstellen würde, wenn es sie in die Finger bekäme ...

Und das alles ist in weniger als zwei Stunden passiert, dachte sie. *Dieses Etwas hat den Schlepper versenkt, Squeaky in seine Gewalt gebracht und Woods getötet. Und jetzt ist auch noch Richie durchgedreht. Als wären wir schon ewig auf diesem Schiff und nicht erst vor weniger als zwei Stunden an Bord gekommen ...*

Steve ging zu dem Loch, das die Rakete in die Wand geschlagen hatte, und beugte sich vorsichtig in den düsteren Gang hinaus. Er sah sich um, wandte sich dann wieder den anderen zu und nickte.

»Wenigstens hat er einen Ausweg gefunden«, sagte Kelly. »Gehen wir.« Sie griff nach ihrer Taschenlampe und einer automatischen Waffe, die Richie zurückgelassen hatte, und reichte sie Nadja. Steve oder Hiko hatten bestimmt noch volle Magazine für die 32er, und Steve hatte sein Gewehr. *Das ist das Beste, was wir tun können. Es reicht nicht, aber etwas anderes bleibt uns nicht übrig.*

Steve trat in den Gang hinaus, und die anderen folgten ihm – mit einer Ausnahme. Kelly wandte sich um, und sah, daß Everton zurückblieb.

»Kommen Sie?«

Einen Augenblick lang antwortete der Kapitän nicht. Er blickte sie haßerfüllt an, und als er endlich antwortete, sprach aus seinen Worten reine Verachtung. »Machen Sie, was Sie wollen. Sie werden alle sterben.«

Kelly wurde plötzlich klar, daß es ihr völlig egal war, was der Kapitän dachte. Während der ganzen Fahrt hatte er nur unsinnige Beurteilungen von sich gegeben, und es lag auf der Hand, daß er zu egozentrisch war, um eine wirkliche Führerpersönlichkeit sein zu können. Wenn er die Sache auf eigene Faust durchstehen und allein sterben wollte, war das seine Angelegenheit! Sie würde nicht versuchen, ihm seine Ideen auszureden.

Kelly wandte sich um und verließ den Raum ohne ein weiteres Wort.

Der Gang war eng, aber leer, und außer dem schwankenden Deck unter ihren Füßen bewegte sich nur das Licht der flackernden Lampen über ihnen. Nadja zeigte auf die halbgeöffnete Tür am Ende des Gangs, wo eine Treppe weiter ins Schiffsinnere führte.

Sie eilten auf die Tür zu, Steve an der Spitze. Hiko humpelte neben Nadja her, und Kelly bildete die Nachhut. Sie sah dabei immer wieder über ihre Schulter, um sich zu vergewissern, daß ihnen niemand folgte. Als sie die Treppe erreicht hatten, ergriff Hiko das Wort.

»Also, wer trägt jetzt die Verantwortung?«

Steve hielt inne, blickte Kelly mit seinen dunklen Augen an und hob eine Braue. Sie erwiderte seinen Blick und wußte nicht, was sie sagen sollte.

Es spielte keine Rolle mehr, jetzt nicht mehr. Sie würden überleben oder eben sterben, und kein neuer Anführer würde den Ausgang des Geschehens beeinflussen können.

Steve dachte genauso. Wortlos half er dem hinkenden Hiko, und dann schritten sie gemeinsam die Treppe hinab, in Erwartung des nächsten Unheils.

20.

Während Everton seinen Unterkiefer massierte, überlegte er, was er nun tun sollte. Er ließ sich auf einen am Boden festgeschraubten Stuhl fallen und starrte mit leerem Blick auf das klaffende Loch in der Wand, durch das seine meuternde Mannschaft verschwunden war.

Er war sicher gewesen, daß die Russin gelogen hatte, und wer konnte ihm deshalb Vorwürfe machen? Ein Alien von der MIR und eine komplette Besatzung, die sich freiwillig einem Taifun ausgeliefert hatte? Jeder, der nicht ganz verblödet war, hätte das für blanken Unsinn gehalten! Natürlich war die Kreatur, die Baker und die anderen beiden auf die Brücke geschleppt hatten, erstaunlich gewesen. Aber es hätte durchaus sein können, daß ein Team von Wissenschaftlern dieses Monstrum erschaffen hatte. Das wäre beim heutigen Stand der medizinischen Forschung und Technologie durchaus möglich. Ein Gefangener der Russen, an dem Ärzte Experimente vorgenommen hatten, um ihn als eine Art Waffe einzusetzen.

Doch als er Squeaky gesehen hatte, hatte er seine Ansicht ändern müssen. Wie ausgereift die medizinische Technologie auch sein mochte, die Zeit war einfach zu knapp gewesen, um einen Menschen derart zu verändern. Dieses Etwas hatte Woods getötet, das einzige Crewmitglied, das ihm etwas bedeutet hatte. Ja, er hatte Angst gehabt, und er wäre auch bereit gewesen, das zuzugeben, wie er auch eingestanden hätte, daß er sich geirrt hatte, wenn ihn nur jemand danach gefragt hätte! Er brauchte sich deshalb nicht zu schämen, Menschen sind nicht unfehlbar. Aber hatte seine Mannschaft sich auch nur einmal die Mühe gemacht, die Dinge aus seiner Perspektive zu betrachten? Hatte sie daran gedacht, daß alle Möglichkeiten sorgfältig abgewogen werden mußten, bevor man kopflos davonrannte? Nein, natürlich nicht.

Und was habe ich davon, meine Interessen zu schützen und für unser aller Zukunft zu sorgen? dachte er. *Ich werde von einer reichen Göre niedergeschlagen, die glaubt, daß sie sich besser auskennt als ich, und schließlich verdrückt sich die ganze Mannschft, meine loyale »Crew« …*

Everton kam zu dem Entschluß, daß er nichts Besseres erwarten konnte. Die Zeiten hatten sich geändert, und Leute wie Baker oder Kelly hatten keine Ahnung, was Begriffe wie »Ehre« oder »Pflicht« bedeuteten. Als Everton als junger Mann zur See gefahren war, hätten weder er noch seine Kameraden es auch nur *gewagt*, ihren Kapitän so zu behandeln. Wer einen Befehl nicht befolgte, mußte mit einer Prügelstrafe rechnen, und das war auch richtig so. Aber die Disziplin schien eine Sache der Vergangenheit geworden zu sein. Sein größter Fehler hatte darin bestanden, daß er geglaubt hatte, die Crewmitglieder würden ihren Job erledigen und seinen Befehlen Folge leisten. Er hoffte sehr, daß sie alle lange genug lebten, um ihren Verrat zu bedauern.

Everton seufzte und blickte sich in dem leeren Raum um. Es war sinnlos, sein eigenes Elend oder das der anderen zu verfluchen. Die dringlichste Frage lautete jetzt: Wie überlebte er? Die anderen hatten keine Chance, und das hieß, daß er sich etwas einfallen lassen mußte, um diese Kreatur zu vernichten. Aber er hatte nur eine 45er und eine Handvoll Munition. Diese Mißgeburt, die einst Squeaky gewesen war, hatte bereits zehnmal mehr abbekommen und lebte wahrscheinlich noch immer …

Ich habe auch keine große Chance, gestand er sich ein. *Wenn es nur eine Möglichkeit gäbe, mit der Kreatur zu sprechen, damit sie versteht …*

Evertons Blick fiel auf den Computer, mit denen die anderen Kontakt aufgenommen hatten. Das fremde Wesen hatte die Computer abgeschaltet, nachdem das Gespräch mit Richie und Kelly Foster beendet war. Aber mit *ihm* hatte es noch nicht geredet …

Er ging zu den stummen Computern hinüber und runzelte nachdenklich die Stirn. Einmal angenommen, es würde ihm gelingen, den Kontakt wiederherzustellen, was würde er dann sagen? Was konnte er sagen, um aus dieser Angelegenheit mit heiler Haut herauszukommen?

Die Frage ist falsch gestellt – ich sollte mich fragen, was es von mir will, was mich in den Augen der Kreatur wertvoll macht. »Willst du mit mir reden?«

Plötzlich begann Everton zu lächeln. Er nahm vor der Tastatur Platz und blickte abwartend zu der Überwachungskamera hoch. Eine Sekunde später begann der Bildschirm grünlich aufzuleuchten.

Der Kapitän tippte seine Botschaft langsam mit den

Zeigefingern. Während er schrieb, begann der Computer zu suchen.

Everton ist die dominante Lebensform.

Ich bin Everton.

Ich werde euch helfen, dieses Schiff in einen Hafen zu bringen. In Neuseeland, Australien, wo immer ihr wollt.

Er wartete und strich sich nervös mit dem Handrücken über die Oberlippe. Schließlich schuldete er den anderen nichts, oder? Wenn Foster, Baker oder einer von den anderen cleverer gewesen wäre, dann hätten sie zuerst darauf kommen müssen. Stattdessen hatte jeder für sich entschieden. Sie hatten die Regeln bestimmt. Und es sah nicht so aus, als ob sie eine weitere Chance bekommen würden …

Es wird ihnen leid tun, wenn sie einsehen, daß es ein Fehler war, mich so zu behandeln!

Auf dem Monitor flackerten Buchstaben auf, und Everton blinzelte mit gerunzelter Stirn auf die Botschaft.

E-DECK, ARBEITSRAUM 14.

Hinter sich hörte er ein klickendes Geräusch. Er wirbelte mit heftig klopfendem Herzen herum und begriff, daß es sich um das Magnetschloß der Sicherheitstür gehandelt hatte, die die Kreatur für ihn geöffnet hatte.

Everton starrte auf die Tür und dachte darüber nach, was das zu bedeuten hatte, was es bedeuten *konnte.*

Wenn er die Sache in den Griff bekam, war er am Ende vielleicht ein sehr reicher Mann.

Richie saß auf dem Boden des finsteren Raums und schraubte vorsichtig die Sicherheitskappe einer russischen Rakete ab, seine AK-47 griffbereit. Technisch gesehen handelte es sich um eine SAM-6, zumindest war er sich da ziemlich sicher. Es war schon eine Weile her, daß er sich mit Spezifikationen und Namen hatte auskennen müssen, und all diese Waffen hatten eigene Bezeichnungen. Diese Boden-Luft-Rakete besaß eine Fluggeschwindigkeit von ungefähr Mach 3. Natürlich spielte das eigentlich keine Rolle, wie die Rakete hieß. Der Zündmechanismus und der Abzug neben der Kappe garantierten allein den Erfolg seiner Operation.

Nie in seinem Leben war er Kampfhandlungen so nahe gewesen wie im Jahr 1975, als er die AIT eben verlassen hatte und die Siebte Armee Flüchtlinge aus Kambodscha und Vietnam evakuieren mußte. Aber er hatte nicht einen einzigen Angriff miterlebt. Jetzt erst verstand er, was Kämpfen bedeutete. Es schien ihm, als hätte er sein ganzes Leben lang geschlafen und wäre plötzlich aufgewacht. Seine Sinne waren geschärft und von einem Instinkt durchdrungen, für den nur das Überleben zählte. Es war beinahe ein erheiterndes Gefühl, und er spürte, wie alle Ängste und Sorgen mit jedem Schritt mehr von ihm abfielen, je weiter er sich von den Schafen in der Operationszentrale entfernte. Ihre Anspannung war ihm auf die Nerven gegangen, aber das hatte er erst bemerkt, nachdem er sie verlassen hatte.

Eigentlich kannte er keinen dieser Menschen, aber er wußte genug, um ihnen nicht sein Überleben anzuvertrauen. Hiko war ein Befehlsempfänger, unfähig, selbst die Initiative zu ergreifen, und Everton hatte seinen verdammten Verstand verloren und aus nächster Entfernung auf das Funkgerät geschossen, ohne einen Gedanken an sein Leben zu verschwenden. Baker mochte ja in Ordnung sein, aber Foster und die Russin hatten ihn so weit gebracht, daß er wie ein Zivilist dachte …

Nein, schoß es Richie durch den Kopf, *das ist nicht meine Art, mich in diesem Raum zu verschanzen. Wahr-*

scheinlich haben die lebenden Toten auch auf diese Frauen gehört …

»Ich weiß doch, was läuft«, murmelte er, und der Klang seiner selbstsicheren Stimme in dem stillen Raum befriedigte ihn. Sie klang zuversichtlich – wie die Stimme eines Mannes mit einem Plan. »Mich kriegen sie nicht, aus meinem Gehirn wird keine Festplatte für irgendeinen verdammten biomechanischen Alien …«

Plötzlich hörte Richie hinter sich ein Geräusch. Er erstarrte, hielt den Atem an und rührte sich nicht. Selbst sein Herz schien stillzustehen, während er in die Dunkelheit hineinlauschte …

Dann hörte er deutlich ein kratzendes Geräusch auf dem Fußboden. Er wirbelte mit hochgerissener Waffe herum und feuerte, bevor sich das Wesen bewegen konnte. Die Kugeln trafen auf Metall, und etwas schlitterte mit einem schrillen Kreischen nach hinten. Richie hörte das zischende Geräusch verschmorender elektronischer Komponenten, dann herrschte wieder Stille im Raum.

Er griff nach seiner Taschenlampe und sah einen Roboter, der denen in der Werkstatt glich. Er ähnelte einer Krabbe und hatte einen flachen Körper mit vielen Beinen. Ein langes, dünnes Kabel lief durch die beschädigte Tür, die Woods entdeckt hatte, aber er hatte genügend Kugeln abgefeuert, um das Wesen zu erledigen. Aus dem zerschmetterten Bauch des Roboters ragte ein Gewirr von Kabeln heraus, eingebettet in kleine dreieckige Metallteile.

Richie zog eine der Komponenten von dem Kabel ab und hielt sie in den Lichtstrahl der Taschenlampe.

»Ein gutes Teil, kann ich gebrauchen«, nickte er anerkennend.

Vorsichtig fuhr er damit fort, die Kappe von der Rakete abzuschrauben, immer noch nickend. Wirklich nett von dem fremden Wesen, ihm ein paar Ersatzteile zu schicken!

Richie gebot seinen Gedanken Einhalt, um wieder in den Zustand aus intuitiver Wachsamkeit und Instinkt zurückzugleiten. Er hatte eine Menge zu tun.

Mit jedem Schritt, den sie sich vorsichtig von dem Treppenhaus entfernten, nahm Nadjas Angst zu. Steve ging neben ihr und leuchtete mit seiner Taschenlampe zuerst den Hauptgang und dann einen abzweigenden Korridor aus, während sie die Gruppe zum Raum mit dem Zentralrechner auf dem D-Deck führte. Wenn man von dem gelegentlichen Grollen der tobenden See draußen und dem Geräusch ihres Atmens absah, das rauh und verängstigt klang, war alles still und dunkel.

Wo sind sie? Hätte die Intelligenz nicht alle ihre Kreaturen hier zusammenziehen müssen, um ihr Zuhause zu beschützen?

Die Tatsache, daß sie noch nicht angegriffen worden waren, verängstigte sie mehr als alles andere. Über welche Art von Waffe verfügte diese Intelligenz, daß sie ihre Feinde so weit vordringen ließ? Nadja sah Steves verwirrten Blick und nahm den gleichen Gesichtsausdruck auch bei Kelly Foster wahr. Wie es Hiko erging, vermochte sie nicht zu sagen, der humpelnde Mann war zu sehr mit seinem Vorwärtskommen beschäftigt.

An der Abbiegung zum nächsten Gang blieb sie stehen und wies auf eine Tür, von der sie immer geglaubt hatte, daß sie in den Kühlraum führte, denn die Temperatur in dem Raum mit dem Zentralrechner wurde niedrig gehalten. Doch jetzt empfand sie ein seltsames Gefühl der Bedrohung wie in jedem anderen Gang auf dem Schiff.

Die anderen nickten, und Nadja ging voraus, wobei

sie ihre Kalaschnikow fest umklammerte. Die Haare hingen ihr wirr ins Gesicht, und sie wünschte sich, daran gedacht zu haben, sie zu einem Zopf zu binden, bevor sie hier heruntergegangen waren. Jetzt wollte sie das nicht nachholen, weil sie zu viel Angst hatte, um die automatische Waffe aus der Hand zu legen.

Nadja wies mit dem Kopf auf eine verschlossene Tür in der Mitte des Gangs, der von Steves Taschenlampe erleuchtet wurde. »Diese Tür führt in den Raum mit dem Zentralrechner«, flüsterte sie.

Nah beieinander bleibend durchquerten sie den Kühlraum, während das Licht von Steves Taschenlampe zitternd in der Dunkelheit umhertanzte. Als sie die Tür erreicht hatten, berieten sie sich einen Augenblick lang. Nadja fühlte, wie das Adrenalin durch ihre Venen schoß und ihr verschwitztes Haar an ihrem Kopf klebte, während sie ein weiteres Mal ihre Waffe überprüfte.

»Sie haben doch gesagt, daß dieser Raum gut bewacht sein würde«, flüsterte Steve.

Nadja schüttelte den Kopf. Es gab keine Erklärung hierfür. *Es sei denn,* dachte sie, *daß das Wesen über Möglichkeiten verfügt, uns zu stoppen, bevor wir es berühren können. Ein schneller Tod durch Elektrizität, ein biomechanisches Wesen mit einer Waffe, ein tödliches Kraftfeld …*

Nadja erschauerte, aber es gab keine andere Chance, als nachzusehen. Ansonsten hätten sie nur warten können, bis sie wie Tiere erlegt werden würden.

Für den Bruchteil einer Sekunde schloß sie die Augen und dachte an Alexej. Als sie sie wieder öffnete, waren alle bereit. Kelly Foster nickte Steve zu, der die Klinke schnell nach unten drückte und die Tür aufstieß.

Nadja betrat den Raum als erste, dicht gefolgt von den anderen. Sie hob mit vor Angst und Wut zusammengebissenen Zähnen die Waffe, bereit, auf den Zentralrechner zu feuern …

Fassungslos blinzelte sie. Sie warf den anderen einen Blick zu und erkannte in ihren Gesichtern dieselbe verdutzte Unsicherheit, die sie selbst empfand. Dann wandte sie sich wieder der Stelle zu, wo sich eigentlich der Computer befinden sollte.

Doch der Raum war leer. Der Zentralrechner, über vier Meter lang, zwei Meter breit, mehrere hundert Kilogramm schwer und höher als ein ausgewachsener Mann, war verschwunden! Man hatte ihn aus seiner Verankerung gerissen, und nur ein Krater mit zerfetzten Kabeln und zerbrochenem Beton war zurückgeblieben. Ein einzelner kleiner Roboter bewegte sich zwischen den Kabeln. Er bemerkte sie nicht, während er die nutzlosen Kabel mit kleinen, präzisen Bewegungen zu bündeln schien.

»Der Computer ist verschwunden«, sagte Nadja leise.

Kelly Foster starrte kopfschüttelnd auf den kleinen Roboter. »Und wohin?«

»Das verdammte Ding hat sich von selbst bewegt«, vermutete Steve.

Nadja wandte den Blick von der nackten Wand ab, blickte die drei anderen an und sah, daß sie alle dasselbe dachten. Vielleicht versuchten sie es sich, genau wie sie selbst, bildlich vorzustellen – ein veränderter und umgestalteter Computer, der sein schweres Gewicht durch die ausgestorbenen Gänge schleppte und Kabel hinter sich herzog. Ein lebendiges Monstrum, das nach einer dunklen Ecke suchte, um sich weiterzuentwickeln …

Leise verließen sie den Raum und gingen durch den Gang auf die Tür zu. Im Kühlraum spürte Nadja plötzlich das überwältigende Bedürfnis, von dem leeren Gang und dem leeren Deck wegzukommen. Hier stimmte etwas nicht, und sie mußten einen sicheren Ort finden, wo sie entscheiden konnten, was sie als nächstes tun sollten.

Aber die Tür war verschlossen. Steve drückte die Klinke und preßte sich mit der Schulter dagegen, doch die Tür gab nicht nach.

Nadja legte ihre Hand an die Nahtstelle und zog sie schnell wieder zurück. Der Anstrich warf Blasen und war extrem heiß.

»Zugeschweißt«, sagte Steve.

Kelly starrte ihn an. »Aber wir sind hier eben noch durchgegangen!«

Sie blickten sich an und rannten dann mit Nadja an der Spitze wieder in Richtung des Computerraums und daran vorbei. Hiko hatte sie gerade eingeholt, als Nadja an einer Stelle des Gangs abbog, von wo aus man die wissenschaftlichen Laboratorien und den nächsten Ausgang erreichte.

Steve griff nach der Klinke und warf sich gegen die Tür. Nadjas Herzschlag verlangsamte sich, obgleich sich ihr Puls beschleunigte, und sie klammerte sich mit verschwitzten Fingern an ihre Waffe. Sie spürte die Hitze, die noch von den Schweißnähten ausstrahlte.

»Es weiß, daß wir hier sind«, sagte sie.

Steve wandte sich mit einem grimmigen und zugleich erschöpften Gesichtsausdruck von der zugeschweißten Tür ab und sagte, was auch für die anderen unwiderruflich feststand: »Man hat uns reingelegt.«

21.

Nadja führte sie durch ein finsteres, verschachteltes und scheinbar endloses Labyrinth von Gängen, wobei sie häufig plötzlich die Richtung änderte und dann wieder anhielt, während die anderen ihr folgten und Hiko so gut wie möglich halfen. Steve betete zu Gott, daß die Russin sich auf dem D-Deck auskannte. Er hatte völlig die Orientierung verloren, und jede Tür, an der sie ihr Glück versuchten, war entweder zugeschweißt oder blockiert. Wenn es einen Ausweg gab, mußte sie ihn finden, und er hatte den Eindruck, daß ihr allmählich die Ideen ausgingen.

Sie blieben vor einer weiteren Tür stehen, und Nadja drückte ohne Erfolg die Klinke. Hiko versuchte, seine Gefühle nicht zu zeigen, aber Steve sah den Schmerz in seinen braunen Augen. Er vermutete, daß Hiko mit sich selbst kämpfte, um sich nicht dafür zu entschuldigen, daß er die Gruppe aufhielt. Steve wünschte, er könnte ihm sagen, daß das schon in Ordnung wäre, aber die Umstände erlaubten nicht, daß er ihn beruhigte – nicht in ihrer Lage.

Hiko wandte plötzlich den Blick ab, und seine tätowierten Nasenflügel bebten. »Riecht ihr nichts?«

Steve erstarrte, weil er an das biomechanische Wesen im Maschinenraum denken mußte. Dann hörten sie alle das Geräusch, genau in dem Augenblick, als sie der Übelkeit erregende Gestank von verbranntem und verwesendem Fleisch erreichte – das sich nähernde Geräusch schwerer, knirschender Schritte, das auf ein Wesen mit mehreren Beinen schließen ließ.

Die Echos hallten durch den Gang hinter ihnen, und es war fast unmöglich zu sagen, aus welcher Richtung sich die Schritte näherten. Mit gezückten Waffen begannen sie sich zurückzuziehen. Steve stieß die anderen instinktiv hinter sich.

Bitte, laß es nicht wieder Squeaky sein …

Aus einem Gang auf der rechten Seite kam ein gelbgrünlicher, flackernder Schein auf sie zu, begleitet von dem penetranten Gestank und krachenden Schritten. Steve atmete tief durch, um sein zunehmendes Entsetzen zu kontrollieren. Dann erschien das Monstrum in ihrem Blickfeld, und sein Anblick ließ sie jede Kontrolle über sich selbst verlieren.

Genau wie das andere biomechanische Wesen, das sie zuvor gesehen hatte, war auch dieses über zwei Meter groß und erinnerte an ein riesiges Insekt, eine Gottesanbeterin – wenn man davon absah, daß die vielen Beine teilweise aus rohen, blutenden Muskeln und der Oberkörper aus Haut, Panzerung und blinkenden Lichtern bestanden. Die Arme erinnerten an mechanisches Gerät und hatten zangenähnliche Krallen. Der unförmige Kopf war mit Videolinsen bestückt und schien aus menschlichem Hirngewebe zu bestehen, das mit einer Unmenge von Kabeln vernetzt und mit Metallplatten bedeckt war. Das Monstrum zog schwere Kabel hinter sich her.

Es richtete seine »Augen« auf sie, gebündelte Strahlen blendenden grünen Lichts, und begann zu kreischen – ein unmenschliches, wütendes, schrilles elektronisches Geräusch.

»Das sind aber keine guten Neuigkeiten, Freunde, die Tierchen werden größer«, stammelte Hiko und eröffnete das Feuer, während die Kreatur mit schweren Schritten auf sie zukam.

»Die Stromkabel!« brüllte Steve, riß sein Gewehr hoch und versuchte, sein Ziel klar ins Auge zu fassen.

»Auf die Kabel zielen!« schrie Kelly, und dann feuerten sie alle drauflos, während sich das biomechanische Monster in dem donnernden Kugelhagel näherte.

Die Kugeln prallten an seinem Panzer ab, weil die intelligent angebrachten, dicken Metallplatten die Kabel schützten, denen die Schüsse galten. Die unverletzte Kreatur setzte ihren Vormarsch ungehindert fort.

Einer der Schüsse traf ein Leitungsrohr an der Decke, und plötzlich wurde das fremdartige Monster von einer zischenden Dampfwolke eingehüllt. Steve lud sein Gewehr nach und feuerte dann weiter, während auch die anderen drei ihre Magazine leerschossen. Dampf und Wasser aus den defekten Leitungsrohren füllten den Gang, aber die Kreatur näherte sich ihnen unbeirrt und ließ sich auch nicht durch das Sperrfeuer bremsen.

Kellys leeres Magazin knallte neben dem Hikos auf den Boden. »Gibt es noch eine andere Möglichkeit?« brüllte sie.

Sie hatten sich in einen Seitengang zurückgezogen, und Steve wies in eine bestimmte Richtung, während er weiterfeuerte. Kelly packte Hiko, und sie rannten gemeinsam in den dunklen Gang, um dem sie unbarmherzig verfolgenden Wesen zu entkommen.

Der Seitengang hatte keinerlei Türen, und schon bevor er das nackte Schott vor sich sah, wußte Steve, daß er einen Fehler gemacht hatte. Sie standen in einer Sackgasse! *Welcher gottverdammte Schiffskonstrukteur plant einen Gang, der nirgendwohin führte?*

Die Kreatur erreichte gerade den Anfang des Korridors, als Nadja hektisch in eine Ecke wies. Steves Blick folgte ihrer Bewegung. In seiner Panik hatte er eine Leiter übersehen, deren Sprossen zu einem Reparaturschacht hinaufführten.

»Wohin führt sie?« fragte Kelly keuchend.

»Keine Ahnung«, antwortete Nadja.

Die Kreatur kam durch den Gang weiter auf sie zu.

»Ist mir auch egal!« brüllte Steve. »Los!«

Nadja kletterte zuerst die Leiter hoch, Hiko und Kelly folgten, Steve war der letzte. Er betete, daß das Monster es nicht bis zur Leiter schaffen würde, bevor sie außer Reichweite waren. Der Schacht war zu eng, als daß die Kreatur hätte folgen können …

Er hörte ein gräßliches Kreischen direkt unter sich und spürte, wie die Wand erbebte.

Dann erklang das Geräusch zerreißenden Stahls. Steve riskierte einen Blick und sah, daß das Monster die unteren Sprossen der Leiter mit seinen Stahlklauen mühelos zerfetzte.

Kelly schrie auf, als die Leiter erzitterte und sie plötzlich abrutschte. Steve streckte eine Hand aus und bekam ihr Bein zu fassen. Sie fand ihr Gleichgewicht wieder und kletterte weiter.

Ein furchtbarer Wutausbruch ließ die Kreatur erneut aufkreischen, aber sie waren dem tödlichen Griff seiner Klauen im letzten Moment entkommen und hatten einen Ausweg aus der Falle gefunden.

Steve hoffte, daß sie nun in Sicherheit waren, aber etwas in ihm wußte es besser. Er schluckte schwer und folgte den anderen in den ihnen noch unbekannten Teil des Schiffs.

Richie saß im Schneidersitz auf dem Fußboden des Raketenraums, überprüfte die Länge von Kabeln und genoß seinen Rauschzustand. Um seine gerade entdeckte Entschlußkraft voll auszukosten, hatte er noch etwas Marihuana geraucht, und jetzt wußte er, daß ihm nichts und niemand etwas anhaben konnte. Nicht, daß er unverletzlich gewesen wäre, er war einfach nur so gut drauf, daß er auf alles vorbereitet war.

»Der menschliche Verstand hat mehr Kapazität als hundert Computer«, murmelte er. »Mein Gehirn kriegen die nicht. Ich werde mich aus dem Staub machen, ich habe einen Plan …«

Bald würde alles vorbei sein. Er würde Risiken auf sich nehmen müssen, um den Erfolg seiner Operation zu garantieren, aber das war in Ordnung, er war darauf vorbereitet.

Wir beide, Baby, dachte er. *Ohne ein bißchen Action würde das Ganze ja keinen Spaß machen!*

Der umgebaute Zündmechanismus lag bereits neben ihm, genau wie die Kabelkonstruktion, die es ihm erlauben würde, alle Raketensprengköpfe im Raum mit einem einzigen Schuß explodieren zu lassen. Die ausgepackten Raketensprengköpfe selbst befanden sich in sicherer Entfernung. Außerdem hatte er ihren Zündmechanismus abmontiert, weil er keine unliebsamen Überraschungen erleben wollte, bevor die Zeit gekommen war.

Richie maß den Rest des Kabels aus und befestigte es an einer Spule mit Nylonband, die er in einem Schrank unter dem Regal mit den Raketen gefunden hatte. Alles in allem hatte er etwa achtzig Meter zur Verfügung, aber das schloß das leichte Nylonband ein, das er eigentlich nicht benutzen wollte. Zuwenig für sein Vorhaben.

»Dieses Etwas glaubt, daß es cleverer ist als ich? Okay. Aber es wird eine Überraschung erleben …«

Richie stand auf und streckte sich gemächlich, während er sich grinsend fragte, ob die anderen noch am Leben waren. Vielleicht würde er sie auf seiner Expedition sehen …

Vielleicht aber auch nur einige ihrer Körperteile.

Richies Grinsen verschwand. Das war nicht lustig. Squeaky war ein guter Kerl gewesen und hatte dieses Schicksal nicht verdient. Und die Tatsache, daß er im Gegensatz zu den anderen einen Plan hatte, bedeutete noch lange nicht, daß er ihnen das gleichen Ende wie Squeaky wünschte. *Aber auch darum werde ich mich kümmern …*

Richie lächelte erneut, während er sich vorstellte, was geschehen würde.

»Einfach wundervoll«, flüsterte er und bereitete

Kelly Foster (*Jamie Lee Curtis*) im Stile eines 100-Meterläufers.

Hätten Sie mit diesem Kabelgewirr gerne ein tête-à-tête?

Kelly Foster (*Jamie Lee Curtis*) ganz anscheinend nicht.

Hiko (*Cliff Curtis*) geht aufs Ganze.

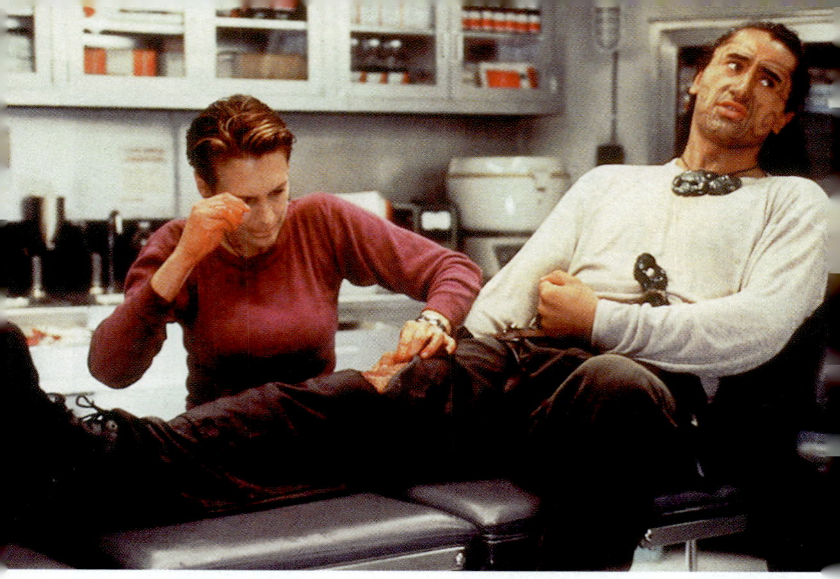

So ein paar Stiche können einem Maori-Indianer nichts anhaben: Kelly Foster (*Jamie Lee Curtis*) verarztet Hiko.

Frauen müssen zusammenhalten: Kelly Foster (*Jamie Lee Curtis*) und Nadia Vinogradiya (*Joanna Pacula*).

Nichts kann ihn aufhalten: Squeaky Molleno (*Julio Oscar Mechoso*).

»Bitte recht freundlich«: Captain Robert Everton (*Donald Sutherland*) nach der Verwandlung.

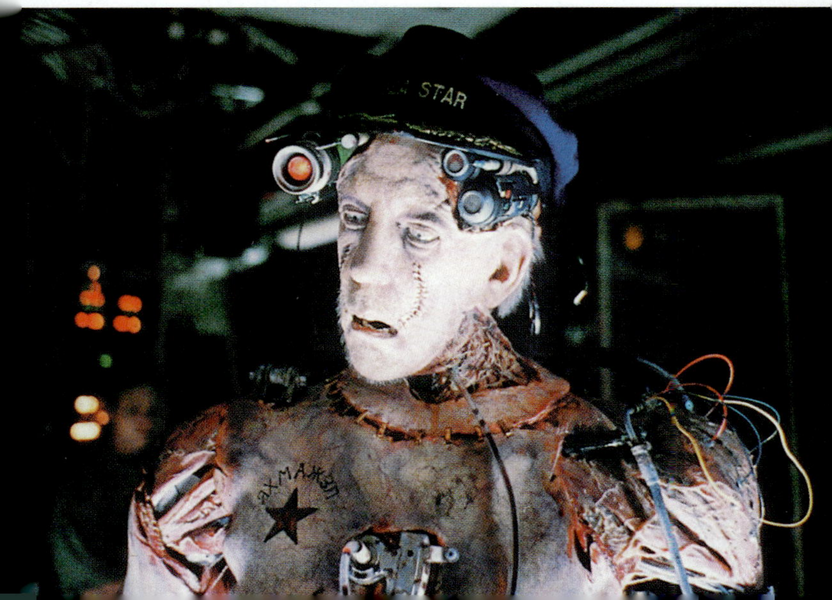

Nadia Vinogradiya (*Joanna Pacula*) in den Fängen von Goliath.

»Wer sagt, Werkzeug sei nützlich?«. Kelly Foster (*Jamie Lee Curtis*) in der Klemme.

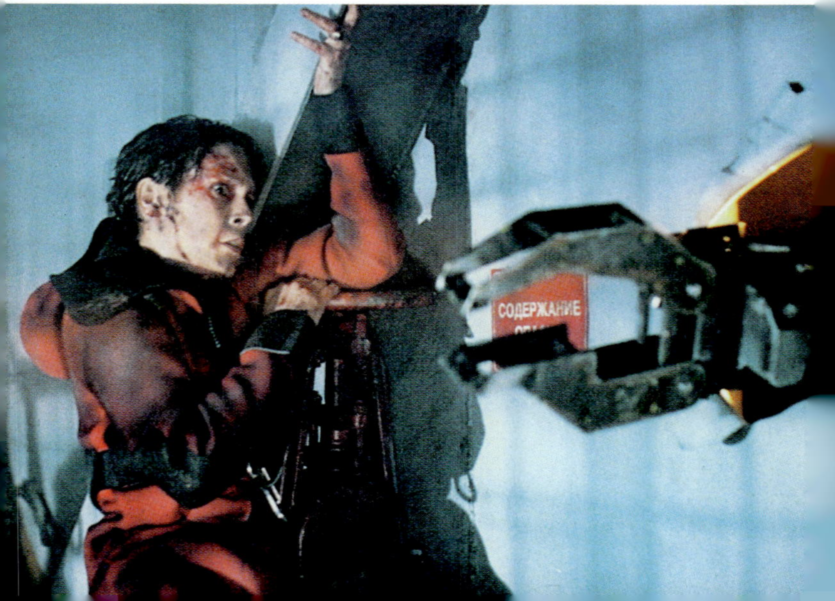

Das sieht gar nicht gut aus für Kelly Foster (*Jamie Lee Curtis*).

Steve Baker (*William Baldwin*) kämpft um sein Leben.

Zeit für Gefühle muß sein: Kelly Foster (*Jamie Lee Curtis*) und Steve Baker (*William Baldwin*).

sich, immer noch lächelnd, auf seine Expedition ins labyrinthische Schiffsinnere vor.

Everton arbeitete sich im Schiffsinneren der Wolkow weiter nach unten vor und versuchte dabei, sich auf das Treffen vorzubereiten. Obwohl er auf dem Weg zum Treppenhaus aus der Dunkelheit die Geräusche sich schnell bewegender Wesen gehört hatte und auch zweimal aus der Richtung anderer Gänge den Geruch von Fäulnis und verwesendem Fleisch wahrgenommen hatte, war er nicht angegriffen oder angehalten worden.

Jetzt, als er durch die Tür trat, die zum E-Deck führte, roch er es erneut. Das fremde Wesen war rücksichtsvoll genug gewesen, das Licht einzuschalten und ihm dadurch zu zeigen, welchen Gängen er folgen mußte. Zwar war die Beleuchtung noch immer trübe und flackerte, aber es war offensichtlich, daß es ihm den richtigen Weg wies.

Du solltest umkehren und es bleiben lassen …

Everton schüttelte mit finsterem Blick die leise innere Stimme ab, die ihn den ganzen Weg vom C-Deck hinab verfolgt hatte. Es waren die Nerven. Natürlich hatte er Angst, aber er würde nicht zulassen, daß sie ihn davon abhielt, einen Deal abzuschließen. Dieses Treffen bot die Lösung für alle seine Probleme. Wenn alles gutging, würden sie es schaffen, einen Hafen anzulaufen, und er würde die zuständigen Behörden informieren, die die Wolkow von den fremden Wesen befreien könnten. Das Schiff würde wahrscheinlich weiteren Schaden nehmen, aber sein Bergelohn wäre immer noch beträchtlich, und als der einzige Überlebende einer Begegnung mit Aliens auf hoher See, hatte er der Öffentlichkeit eine Menge zu erzählen, während er auf die Entscheidung hinsichtlich der Eigentumsfrage wartete.

Ganz davon abgesehen, dachte er, *stellt sich natürlich auch die klitzekleine Frage, wie ich sonst am Leben bleiben soll. Mir bleibt gar keine andere Wahl, das ist doch offensichtlich!*

Am Ende des Gangs bog Everton rechts ab und blieb wie angewurzelt stehen. Der Verwesungsgestank wehte aus der Mitte des Korridors zu ihm herüber, und dort stand ein Monster, das dem Alptraum eines Verrückten entstammen mochte. Er hatte noch nicht einmal einen richtigen Blick auf das Monster werfen können, das Woods getötet hatte. Alles war so schnell gegangen…

Das Ungeheuer war mindestens zweihundertzwanzig wenn nicht sogar zweihundertfünfzig Zentimeter groß, und aus seinem gepanzerten Körper ragten vier mechanische Beine heraus. Es hatte zwei menschliche und zwei mechanische Arme, die im rechten Winkel von der Brust abstanden, und zwischen denen sich glühende Lichter befanden. Um dem entsetzlichen Anblick die Krone aufzusetzen, hatte das Monster drei menschliche Gehirne, komplett mit Videoaugen und glänzenden Drähten versehen.

Die Videoaugen summten, klickten und richteten sich auf ihn, aber die Kreatur selbst verhielt sich völlig regungslos. Everton war klar, daß es sich um einen Wachposten handelte, der die Werkstatt beschützte, wo er erwartet wurde. Er schluckte seine aufsteigende Übelkeit hinunter und zwang sich, auf das Monster zuzugehen. Seine Entscheidung war bereits gefallen.

Während er sich der seltsamen Kreatur näherte, streckte diese einen ihrer stählernen Arme aus und öffnete die Tür. Der Arm des Monster bewegte sich, aber der Rest seines fürchterlichen Körpers verharrte regungslos, während es Everton beobachtete.

Der Kapitän ging auf die Tür zu, hielt sich so weit

wie möglich von dem Wachtposten entfernt und versuchte den Atem anzuhalten. Er nickte dem Monster zu, ohne es tatsächlich anzusehen, und gab sich als gelassene Autoritätsperson und Geschäftsmann, wenngleich er spürte, daß seine Entschlußkraft in der Nähe der Kreatur nachließ.

Du darfst da nicht reingehen …

Aber es war zu spät. Selbst wenn er die Flucht hätte ergreifen wollen, die Kreatur hätte ihn mit Sicherheit daran gehindert. Die Wolkow erzitterte, weil sie von einer weiteren Woge erfaßt wurde. Everton biß die Zähne zusammen und betrat den Raum.

Die Werkstatt war nur schwach beleuchtet. Der Geruch von Fäulnis und Maschinenöl und etwas anderem lag in der Luft, das Everton nicht identifizieren konnte. Die wichtigste Lichtquelle bildeten drei Computermonitore an der hinteren Wand, die eine Reihe von langen, niedrigen Werkbänken beleuchteten – und die Kreaturen, die daran arbeiteten. Everton sah Squeaky und den Russen, den die anderen auf die Brücke geschleppt hatten, aber es gab auch andere Variationen der Wesen. Er mußte dagegen ankämpfen, nicht schreiend davonzulaufen.

Gelegentlich wurde der Raum durch das grelle Licht der Schweißgeräte erhellt, mit denen einige der Kreaturen arbeiteten. An einem Tisch entdeckte er ein männliches biomechanisches Wesen mit ausdruckslosem Gesicht und vier Händen, das menschliches Muskelgewebe mit Drähten vernähte. Auf einem anderen Tisch lagen der Brustkorb und der Kopf einer männlichen Leiche, an dessen entblößtem Rückgrat ein weiteres Wesen mit Videoaugen herumbohrte.

Everton schluckte schwer und ging auf die Computer zu, wobei er sich vorsichtig zwischen den Reihen von Werkbänken hindurchbewegte, auf denen menschliche Körperteile, Kabelrollen und nicht identifizierbare Komponenten gestapelt waren. Er kam an einem biomechanischen Wesen vorbei, das den Bauch seines eigenen Zwillingsbruders verkabelte. Während sich die Kreatur an dem kalten Fleisch zu schaffen machte, entstanden dabei furchtbare, schmatzende Geräusche.

Du mußt ganz ruhig bleiben, sag deinen Spruch auf und versuche, dieses Etwas nicht aufzuregen …

Everton erreichte die summenden Computer, aber all seine Gedanken, eine handfeste Abmachung auszuhandeln, hatten sich verflüchtigt. Er wollte einfach nur am Leben bleiben und war bereit, alles zu tun, was das fremde Etwas von ihm verlangte. Vielleich gelang es ihm, es davon überzeugen, daß er ihm nützlich sein konnte? Er konnte helfen, die anderen zu fangen, das Schiff in einen Hafen zu bringen, was auch immer!

»Die anderen versuchen, dich zu vernichten«, begann er, ohne sich darum zu kümmern, daß seine Stimme zitterte und er nicht mehr der Mann war, der sich mit hoch erhobenem Haupt auf diesen Alptraum eingelassen hatte. »Aber das weißt du ja bereits, oder …?«

Hinter seinem Körper ertönte ein Geräusch. Everton wirbelte herum und sah, wie ein weiteres biomechanisches Wesen zum Leben erwachte. Es hatte einen menschlichen Kopf, wenn man von den Kameralinsen in seiner linken Gesichtshälfte absah, die sich ihm mit einem mechanischen Geräusch zuwandte. Neben den Videoaugen ging ein Licht an, dessen gelber Strahl Everton traf.

Er wandte sich wieder den Computern zu und suchte verzweifelt nach weiteren Worten, welche seine Angst hätten zurückdrängen können, die ihn zu verzehren drohte.

Ich bin der Kapitän, dachte er, *ich kann tun, was immer du willst, siehst du denn nicht, daß MIR KEINE ANDERE WAHL BLEIBT …*

Ein halb sezierter menschlicher Oberkörper auf dem nächsten Tisch setzte sich langsam auf und wandte sich ihm zu, während diverse Flüssigkeiten aus seinem offenen Brustkasten sickerten. Das Wesen war enthauptet worden, und vom Stumpf seines Halses hingen Haut- und Gewebefetzen herab, während das schimmernde Weiß der zerschmetterten Wirbel aus der Masse geronnenen Bluts hervorstach.

Everton wurde schlecht. Sein entsetzter Blick fiel auf den Tisch. Er sah, daß der zu der Leiche gehörende Schädel neben dem Körper lag. Woods Kopf! Die Augen des Steuermanns waren aufgerissen und vom Tode gezeichnet, aber selbst als Everton ihn anstarrte, schien ihn der erloschene Blick noch zu fixieren. Es war ein rührender, flehender Blick, der Everton in seinem entsetzten Schweigen die Wahrheit erkennen ließ.

Er hatte einen Fehler gemacht.

Die schwere Tür der Werkstatt schloß sich sanft, und Everton begann zu schreien.

22.

Hiko schaffte es, die scheinbar endlosen, kalten Stahlsprossen der Leiter emporzuklimmen, doch seine Glieder zitterten vor Angst und Erschöpfung. Er fühlte den Herzschlag in seiner Beinwunde pochen, und jede Muskelanspannung brachte eine neue Schmerzwelle mit sich.

Während sie die Leiter hinaufstiegen, versuchte er an ein Gebet zu denken, aber er konnte sich nur an das

Lied über die »Drei Körbe des Lebens« erinnern, daß seine *kula* ihm und seiner Schwester vorgesungen hatte, nachdem ihre Eltern gestorben waren. Ihre sanfte Stimme hatte sie in den Schlaf begleitet. Er vergaß das Gebet und dachte statt dessen an seine Großmutter und seine Eltern. Bald würde er wieder mit ihnen vereint sein.

Die fürchterlichen Schreie des Monsters waren verklungen, aber jetzt hörte er ein Grollen, das lauter und lauter wurde, je höher sie stiegen. Hiko fürchtete dieses Geräusch mehr als die Kreatur, der sie dort unten begegnet waren, aber tief in seinem Inneren hatte er die ganze Zeit über gewußt, daß es so kommen würde.

»Wartet …« rief Nadja, und sie blieben stehen, während sich die Russin in der Finsternis an einer Tür zu schaffen machte.

Nadja stöhnte vor Anstrengung und stemmte die Tür auf. Das Dröhnen der *Tawhirimatea* umfing sie, während kalter Regen und ein wilder, heulender Wind in den Schacht eindrangen. Sie hatten das Oberdeck der Wolkow erreicht.

Hiko spürte das Gewicht der Kriegskeule an seiner Hüfte und versuchte die Lage so zu akzeptieren, wie sie war, aber es gelang ihm nicht. Die Klauen der tobenden See würden ihn gierig in den Tod reißen, nachdem das Meer so lange auf ihn gewartet hatte. Er war völlig verängstigt.

Nadja zog sich hoch und streckte die Hand aus, um Hiko zu helfen. Er fragte sich, warum der gewalttätige Sturm sie nicht weggefegt hatte, und dann sah er, daß der Reparaturschacht zumindest teilweise geschützt war. Die riesige Satellitenschüssel, die auf das Deck gefallen war, wirkte wie ein Schutzschild und fing die schlimmsten Windböen ab.

Er humpelte auf das donnernde Deck hinaus und

half Nadja, die Tür offen zu halten, während Kelly und Steve hindurchkletterten. Die Reling in der Nähe des Ausgangs war größtenteils durch die riesige Parabolantenne zertrümmert worden, aber es war genug übriggeblieben, um sich in dem peitschenden Taifun festhalten zu können – zumindest im Augenblick.

Hiko blickte auf die riesigen Wogen und konnte die Gedanken an den Tod nicht mehr abschütteln. Tonnenschwere *Tawhirimatea* brandeten auf, die das Schiff umherschleuderten. Die Wellen krachten gegen den Bug und riefen seinen Namen. Unter einem schwarzen, tobenden Himmel peitschten die Wogen hart über das offene Deck, und was er sah, erschien ihm schrecklicher als seine schlimmsten Alpträume.

Nadja zeigte nach oben und brüllte, damit man sie in dem wütenden Sturm verstehen konnte: »Der Kontrollraum für die Satellitenschüsseln! Dort werden wir in Sicherheit sein!«

Hiko blickte hoch, sah den verglasten Raum und schüttelte den Kopf. Er klammerte sich an der Reling fest, während eine weitere schwere, schäumende Woge gegen den Rumpf des Schiffs krachte. Sie würden es nie schaffen, er würde es nie schaffen! Hiko schlang seinen Arm um die Reling, berührte die *wahaika* und schloß die Augen.

»Wovor fürchtet er sich?« rief Kelly.

»Er hat Angst vor dem Wasser!« antwortete Steve.

»Hiko ...?«

Der Matrose öffnete die Augen und sah, daß Kelly und die anderen ihn mit Sympathie, aber ungläubig anstarrten.

»Ich ... ich kann nicht schwimmen.«

»Erinnere dich an deine größte Angst, Hiko! Du mußt ihr ins Auge sehen! *Du wirst nicht sterben!*«

Hiko blickte Steve an, atmete tief durch und nickte.

Er wußte nicht, ob er überleben würde, aber er wollte sich nicht vor sich selbst blamieren, indem er sich wie ein ängstliches, heulendes Kind benahm, das die anderen zwang, ihn von der Reling wegzuholen.

Sie kämpften sich über das Gischt gepeitschte Deck auf die Leiter zu, über die sie in den Kontrollraum gelangen würden, dort konnten sie sich vor den Windböen in Sicherheit bringen. Hiko vermied es, auf die aufgewühlte, tobende See zu blicken, weil er wußte, daß alles zu Ende wäre, wenn er einen Blick riskierte. Der Regen peitschte gegen seine Haut und seine müden Knochen, während er auf seine Füße hinabstarrte und mit einer zitternden Hand die *wahaika* umklammerte.

Steve brüllte ihm etwas zu, um ihn anzuspornen. »Wir haben die Leiter gleich erreicht. Du kletterst einfach hoch. Ist 'n Kinderspiel.«

Hiko blickte auf und konnte nicht glauben, daß die Rettung schon so nah war, aber dann sah er, daß es stimmte.

Die *wahaika* würde ihn retten. Er lächelte. Der Stein zwischen seinen Fingern strömte plötzlich Wärme aus und durchflutete seinen Körper mit Kraft. Es stimmte, sein Großvater hatte recht gehabt, er würde nicht sterben …

Das Schiff sackte plötzlich in einem Wellental, und Steve fiel zu Boden. Das Wasser schleuderte ihn gegen Kelly, die das Gleichgewicht verlor und wild mit den Armen rudernd neben ihn stürzte.

Hiko zögerte keine Sekunde. Er humpelte auf die beiden zu, kniete nieder und half ihnen wieder auf die Beine. Kelly stützte sich gegen ihn, und als die beiden wieder sicher standen, erhob er sich, und sie tasteten sich gemeinsam weiter.

Nadja gelangte als erste zur Leiter und begann, nach

oben zu klettern. Dann erreichten auch die anderen die tropfenden Sprossen, und Kelly folgte der Russin. Steve grinste den überraschten Hiko an, bevor auch er die Leiter in Angriff nahm.

Als er den feuchten Stahl berührte, wurde Hiko von einem überwältigenden Gefühl der Erleichterung ergriffen. Mit tauben Fingern schob er die *wahaika* wieder in seinen Gürtel. Freude und neu gefundene Hoffnung durchflutete ihn, während er den anderen folgte. Wenn *Targaroa,* der Ozean, ihm nichts anhaben konnte, war alles möglich. Vielleicht gab es eine Chance, dieses teuflische Etwas zu besiegen, das sich der russischen *watzatana* bemächtigt hatte, und sie würden lebend ruhige Gewässer erreichen!

…auf dem Deck unter ihnen flog eine Tür auf, die das riesige Monster aus den Angeln gerissen hatte, das jetzt auf das schwankende Deck trat und auf sie zukam.

Kelly hörte das Kreischen des Metalls und sah, wie die dicke Stahltür die Reling durchbrach und unter den tosenden Wellen verschwand. Sie spürte, wie sich ihr Magen zusammenkrampfte, während sie den Mund öffnete, um einen Warnschrei auszustoßen, aber in diesem Moment krachte eine gigantische Metallfaust nur wenige Zentimeter neben ihrem Gesicht gegen die Wand und durchbohrte das dicke Metall, als ob es Papier wäre.

Kelly schrie auf, wandte sich halb um und sah durch den peitschenden Vorhang des Regens die monströse Kreatur mit den vielen Beinen und Armen, die sich mühelos unter den pulsierenden Lichtern des menschlichen Gehirns bewegten.

Das riesige biochemische Wesen schoß auf sie zu, während sie die Sprossen emporkletterte. Es riß heftig an der Leiter, und die Verankerungen gaben nach …

Kelly schrie erneut auf, als die Leitersprosse ihren Händen entglitt. Wind und Regen heulten um sie herum, während sie fiel ... Doch dann umfingen sie auf eine ungeschickte Art warme, muskulöse Arme. Ihr fester Zugriff brachte sie in Sicherheit vor der Schwerkraft und den brutalen Windböen.

Hiko!

Als der Maori sie in Steves wartende Arme hinaufschob, fand Kelly ihr Gleichgewicht wieder. Sie erhaschte nur noch einen kurzen Blick auf Hikos Gesicht – seine Augen blitzten vor Zorn und Ekel. Dann schlang Steve einen Arm um sie und zog sie nach oben.

Hiko brüllte etwas in seiner Stammessprache. Die Worte klangen fremdartig, obwohl ihre Bedeutung völlig klar war, weil er die Keule aus dem Gürtel zog. Während er sich von der Leiter auf den mutiereen Körper der Kreatur hinabstürzte, übertönte sein donnernder Kriegsruf das Geräusch der tosenden Wellen. Unter wütendem Geschrei rammte er die Waffe in das geleeartig umhüllte Gehirn des biochemischen Monsters.

Die Kreatur zuckte spasmisch, Funken sprühten, und ihre Glieder zitterten wild. Hiko riß die Kriegskeule aus der fleischigen Masse und schlug immer wieder erneut zu. Gleichzeitig zog er, vor Wut tobend, an den elektischen Kabeln am Rückgrat des Monsters.

Die anderen drei klammerten sich an den nassen Leitersprossen fest und brüllten Hiko zu, das Weite zu suchen. In diesem Moment erhellte ein plötzlicher Blitz die fürchterliche Szene unter ihnen. Hiko ließ nicht locker und schlug auf alles ein, was sich in Reichweite befand. Blut und elektonische Komponenten blitzten durch die unbarmherzig niederprasselnden Regenmassen. Das riesige biochemische Monster wandte sich um und hielt mühsam auf die offene Tür zu, wobei seine Beine auf dem schlüpfrigen Deck ausrutschten.

Guter Gott, er bringt das Ungeheuer um!

Ein heftiger Donner erschütterte die *Wolkow*, *so daß Hiko, der weiter unablässig auf das Monster einschlug, zusammen mit dem taumelnden Giganten zu Boden stürzte. Unter seinen Hieben stoben Fleisch und Knochen auseinander, sprühten Funken aus den Kabeln, und verbog sich das Metall.*

Schließlich krachte eine riesige Welle über Bord, und Tonnen von Wasser schleuderten Hiko und die schwankende Kreatur gegen die zerstörte Reling. Das biochemische Monster wurde in die aufgewühlte See geschleudert und von den Wellen verschluckt.

»*Hiko*!« schrie Kelly, während sie hilflos zusehen mußte, wie der verdutzte Matrose verzweifelt versuchte, sich an der Bordwand festzuklammern, mit einer Hand noch immer die bluttriefende Keule haltend.

Kelly sah die zweite Welle nur einen Sekundenbruchteil, bevor sie den Maori traf.

NEIN!

Als das schäumende Wasser wieder vom Deck der Wolkow abgeflossen war, war Hiko verschwunden.

Nach einer Ewigkeit blickte Steve zu ihr hoch, und sie sah Nadja an. Sie konnten nichts anderes tun, als weiterzuklettern.

Nadja hatte das Ende der Leiter erreicht, stemmte ihre Beine gegen die oberste Sprosse und half Kelly mit ihrer starken, kalten Hand nach oben. Dann zogen sie Steve gemeinsam an seinem Hemd hoch, öffneten die Tür und taumelten in den Kontrollraum.

Steve knallte die Tür zu. Kelly fühlte sich durch die plötzliche Stille wie betäubt. Sie befanden sich in einem großen, düsteren Raum mit Konsolen und Computern oder Karten an den Wänden. Auch gab es einige Türen, die wahrscheinlich zu Lagerräumen führten.

Kelly ging auf ein Fenster zu und starrte auf die stürmische See hinab.

»Wir haben ihn verloren«, flüsterte Steve heiser.

Kelly spürte einen Kloß in ihrer Kehle. »Vielleicht hat er einen anderen Teil des Schiffs erreicht ...«

Steves Stimme klang fast zornig. »Unmöglich. Soviel zum Thema ›Du mußt deiner größten Angst ins Auge blicken‹.«

»Hiko hat uns das Leben gerettet«, sagte Kelly leise und wandte sich dann um, um die anderen anzublicken. Nadja hatte die Überwachungskamera bereits funktionsunfähig gemacht und ging mit über der Brust verschränkten Armen und besorgter Miene auf das vordere Fenster zu. Steve durchwühlte mit zitternden Händen seine Tasche. Er wirkte beunruhigt. Kellys und Hikos leere halbautomatische Waffen und eine Handvoll Magazine fielen auf den Tisch. Er kramte seine Taschenlampe hervor, überprüfte sie und checkte dann sein Walkie-talkie.

»Es funktioniert noch«, sagte er, bevor er es wieder in der Tasche verstaute und mit leerem Blick auf den Tisch starrte.

Kelly durchstreifte mit den Augen ziellos den Raum. In der Nähe des Eingangs entdeckte sie ein Regal mit Ausrüstungsgegenständen für den Notfall – eine Axt, einen Feuerlöscher, und daneben hing ein halbes Dutzend Rettungswesten, die jetzt sinnlos waren, da Hiko nicht schwimmen konnte und tot war. Ohne eine Rettungsweste hatte er keine Chance ...

Nadja wandte sich vom Fenster ab und runzelte die Stirn. »Dieses Etwas steuert das Schiff tatsächlich.«

Kelly nickte zustimmend. So mußte es sein, sonst hätte die Wolkow es nicht so weit geschafft. Sie griff nach ihrem Kompaß und entdeckte, daß ein weiterer an einem Kartentisch neben Nadja befestigt war. Sie ging zu ihr hinüber, überprüfte den Kurs und studierte dann die Karte des Südpazifiks.

»Es steuert nicht nur, es *navigiert*«, sagte sie, während ihre Finger über die Karte glitten und schließlich auf einen kleinen Fleck zeigten. Sie konnte die kyrillischen Buchstaben nicht entziffern, wußte aber Bescheid. »Die Lord-Howe-Insel.«

Steve runzelte die Stirn. »Das ist nur eine kleine Insel, da gibt es nichts zu sehen …«

Nadja starrte sie mit weit aufgerissenen Augen an. »Doch – da gibt's einen Stützpunkt des britischen Geheimdiensts, der über digitale Verbindungen zu allen militärischen und kommerziellen Satelliten in der südlichen Hemisphäre verfügt!«

Kellys Mut sank. »Wenn es Kontakt zu einem Kommunikationssatelliten hat oder den transozeanischen Pazifik erreicht, kann es überallhin.«

In dem schwankenden Raum herrschte angespanntes Schweigen, während sie sich anstarrten. Plötzlich wurde die Stille durch atmosphärische Störgeräusche unterbrochen, die aus der Richtung einer der Konsolen kamen.

Sie wirbelten erstaunt herum, als eine männliche Stimme ertönte.

»Hier spricht das NOAA-Forschungsschiff *Norfolk*, wir rufen das unbekannte Schiff. Wir haben Ihren Notruf um 08.20 Uhr empfangen und haben Sie auf unserem Radarschirm …«

Guter Gott, Richies Notruf ist empfangen worden!

»Sind Sie das Forschungsschiff *Wladislaw Wolkow?* Sind Sie in Seenot? Bitte antworten Sie durch das Abfeuern von Signalmunition, wenn Sie uns hören, aber nicht selbst funken können. Ende.«

Steve wandte sich aufgeregt den anderen beiden zu. »Wir brauchen Leuchtspurmunition …«

»Nein«, antwortete Nadja leise. Sie ging zu dem Funkgerät hinüber und schaltete es ab, während Steve sie erstaunt anstarrte. »Wenn wir überhaupt etwas unternehmen, müssen wir sie warnen, daß sie fliehen sollen«, sagte sie müde und traurig.

Kelly nickte. »Sie hat recht. Auf unserem Schiff ist dieses Etwas isoliert. Er betrachtet die menschliche Rasse als seinen persönlichen Organspender. Wir können nicht zulassen, daß sich uns ein anderes Schiff nähert.«

Steve schloß die Augen und sank zu Boden. Er blickte zu ihnen auf, und Kelly begriff, wie erschöpft und müde er war.

»Wir müssen dieses Schiff versenken«, sagte er.

Ein langes Schweigen folgte.

Kelly öffnete den Mund, war sich aber nicht sicher, was sie sagen sollte. »Und wie?« fragte sie schließlich.

Nadja griff in ihre Tasche und zog eine Brandgranate hervor, während sie die beiden mit einem verstörten, aber entschlossenen Gesichtsausdruck anblickte. »Wir müssen den Laderaum mit Treibstoff fluten und dann alles in die Luft jagen.«

»Das macht Sinn«, sagte Steve zustimmend.

»Dann habe ich nur noch eine Frage«, warf Kelly ein. »Wie werden wir überleben?«

Nadja verstaute die Granate wieder in ihrer Tasche und starrte dabei auf ihre Hände. Steve blickte Kelly ruhig an und zwang sich zu einem müden Lächeln. Er zuckte die Achseln, und sie lächelte zurück.

Sie würden es nicht schaffen, und sie hatte es schon gewußt, bevor sie gefragt hatte, aber sie wollte die Hoffnung nicht aufgeben. Vielleicht hatte einer von ihnen eine Idee …

Die drei fühlten einen Luftzug, und Kelly wandte sich um und sah, daß die Tür zum Lagerraum geöffnet war. Dort stand ein Mann, dessen Umrisse nur als Silhouette erkennbar waren, hervorgerufen durch ein Licht im Hintergrund, aber Kelly erkannte die Form seines Kopfs und das verwitterte Gesicht. Sie war fast glücklich, ihn zu sehen, und freute sich, daß er noch am Leben war. »Käpt'n Everton!«

Erstaunlich, daß er es allein bis hierher geschafft hatte und der Kreatur entkommen war …

Doch in diesem Moment trat der Kapitän weiter in den Raum, und ihr war schlagartig klar, daß von Entkommen keine Rede sein konnte.

23.

Die Kreatur, die einst Kapitän Everton gewesen war, trat aus dem dunklen Lagerraum auf sie zu, ein Stromkabel hinter sich herziehend. Sie starrten auf das groteske Wesen, und der Schock verschlug ihnen die Sprache.

Nadja spürte, wie sich ihr Herz in der Brust zusammenzog. Die fremde Intelligenz hatte mit dem Kapitän das gleiche angestellt wie mit ihrem armen Alexej. Sein Schädel war halb geöffnet, und ein zähflüssiges blaues Gel bedeckte das bloßliegende Gehirn, während gewundene Kabelstränge mit dem glänzenden Gewebe verbunden waren. Sein Oberkörper schien unberührt zu sein, aber seine Beine waren auf dramatische Weise verändert worden. Sie waren rundherum mit dicken Metallplatten bedeckt, die mit Muskeln und Knochen vernietet waren. Um die Platten und durch sie hindurch waren Kabel gewunden, und während die Kreatur den Raum betrat, hörten sie das Klicken und Schwirren elektronischer Komponenten.

Kelly wich mit weit aufgerissenen Augen entsetzt zurück. Everton wandte ihr sein Gesicht zu. Seine Bewegungen wirkten seltsam und unnatürlich, weil sie elektronisch gesteuert wurden.

»Erkennen Sie mich nicht, Foster? Ich bin's, Bob, Ihr Kapitän.«

Was die Simulation menschlicher Verhaltensweisen anging, hatte sich die fremde Intelligenz verbessert: Die Stimme der Kreatur klang fast genauso wie die des Kapitäns. Nadja blickte sich verzweifelt nach einer Waffe um, aber sie hatte das leere Gewehr fallen gelassen, weil ihr die Munition ausgegangen war. Steve durchwühlte seine Tasche nach einem Magazin, während Everton weiter in den Raum schritt. Er blickte wie eine Karikatur verletzter Neugier.

»Ist etwas nicht in Ordnung?«

Kelly griff nach einem Stuhl, wirbelte ihn herum und knallte ihn Everton mit solcher Wucht ins Gesicht, daß er zerbrach. Everton zuckte kaum zusammen, während die Stuhlteile zu Boden krachten und Blut aus einer Wunde unter seinem rechten Auge zu strömen begann.

Der Kapitän hob den Arm und versetzte ihr einen Hieb mit dem Handrücken, so daß Kelly zu Boden ging. Seine vor Wut geöffneten Lippen entblößten karmesinfarbene Zähne.

»Hier bin ich der Kapitän! Behandeln Sie mich gefälligst mit Respekt!«

Steve hatte die Munition fallen lassen, rannte zur Tür und schnappte sich die Axt. Dann wirbelte er herum und raste auf den Kapitän zu. Kelly kam mit Mühe wieder auf die Beine und griff nach der Pistole.

Als sich die Klinge der Axt tief in Evertons Brustbein bohrte, hörte man ein hohles, Übelkeit erregendes Geräusch. Die biomechanische Kreatur sah mit leerem Blick auf die halb in ihrem Brustkorb steckende Axt hinab.

Steve wich zurück, bis er neben Kelly stand, die gerade ein halbvolles Magazin in die 32er rammte und die Waffe auf Everton richtete. »Wir wissen, wo Sie hinwollen.«

Everton blickte auf. »Ich weiß« sagte er mit tonloser Stimme – der Stimme jener fremden Intelligenz, die nicht vorgab, irgendwelche Gefühle zu empfinden.

Die Kreatur griff nach der Axt, zog die Klinge ohne jede Anstrengung aus dem Brustbein und hielt die Waffe dann mit beiden Händen. »Da draußen wartete eine ganz neue Welt«, sagte das Monstrum.

Kelly drückte ab, und Knochen und Hautfetzten, die sich zwischen den Augen des Kapitäns gelöst hatten, flogen durch den Raum. Aus seiner wächsernen Stirn schossen Kabel hervor, die zischten und sich verdrehten, während Rinnsale der blauen Flüssigkeit den dünnen Draht hinabrannen.

»Das tut weh«, murmelte die Kreatur und bewegte sich erneut auf Kelly zu.

Sie zielte tiefer und feuerte alle Kugeln ab, die noch im Magazin steckten. Fünf weitere Kugeln schlugen in gleichmäßigem Rhythmus in Evertons Brustkasten ein. Das biomechanische Wesen bewegte sich unerschütterlich durch den Kugelhagel der kleinkalibrigen Waffe, während es lässig die Axt umklammerte.

Dabei wandte es Nadja den Rücken zu. Sie sah das Gewirr von Drähten, die das Rückgrat des Monstrums mit dem Stromkabel verbanden, und wußte plötzlich, was sie zu tun hatte.

Sie kramte eine Thermit-Granate aus ihrer Tasche, trat vor und steckte den Bolzen in die blaue Flüssigkeit. Dann bohrte sie die Granate in das Kabelgewirr und begann gleichzeitig zu schreien.

»Steve, Kelly, *zurück*!«

Bevor sie selbst noch in Deckung gehen konnte, griff

Steve das biomechanische Wesen an. Er drängte den Kapitän rückwärts durch die offene Tür des Lagerraums und stieß sich im letzten Moment von dem taumelnden Everton ab.

Während Steve hinter eine Konsole sprang und sich neben Kelly duckte, fiel die Kreatur im Nebenraum zu Boden. Nadja machte einen Satz und kauerte sich hinter einen Kartentisch.

Die Explosion erschütterte den Kontrollraum, und Metallteile flogen durch die Lust. Die Kreatur kreischte, ein elektronisches Kreischen, das dem menschlichen Schmerz entsprechen sollte. Ein Übelkeit erregender, nach Aluminiumpulver, Metalloxyd und versengtem Fleisch riechender Gestank strömte in den Raum.

Nadja stand auf und sah, daß sich auch Kelly und Steve wieder erhoben hatten und die Szenerie beobachteten.

Everton schlug wild um sich und warf sich auf die Seite. Aus seinem offenen Rücken strömte eine weißlich glühende, heiße Flüssigkeit, weil das Plasma der Thermit-Granate sein Rückgrat geschmolzen hatte. Nichtsdestotrotz schlug die Kreatur weiter um sich und schrie, während sich die elektronischen Komponenten funkensprühend auflösten.

Evertons Körper zerfiel in zwei Teile, wobei die starke Hitzeentwicklung allmählich den Fußboden versengte. Seine Beine zuckten, und der wütenden Maske seines Gesichts entströmten weithin hörbare Schreie. Währenddessen bildete sich unter ihm ein Loch, das sich zusehends vergrößerte.

Unter spastischen Zuckungen zerfielen die Knochen des Wesens, und verbrennendes Metall erfüllte den kleinen Raum mit weißem Rauch. Schließlich brach mit einem letzten krachenden Geräusch der Fußboden durch, und der Kapitän verschwand durch das rauchende Loch und stürzte in den tobenden Sturm unter ihnen.

Das mächtige Donnern des Sturms bildete eine monotone Geräuschkulisse. Steve und Kelly gingen langsam auf das Loch zu, und auch Nadja trat zu ihnen.

»Soviel zum Thema ›Respekt‹, Käpt'n«, flüsterte Steve erschüttert.

Everton war verschwunden, aber wieviel hatte die fremde Intelligenz gehört oder gesehen? Nadja wandte sich den beiden anderen zu.

»Hören Sie ... Durch den Kapitän weiß dieses Etwas, was wir tun.«

Steve starrte in die Finsternis und auf die tobenden Winde unter ihnen. »Ich konnte den Typ nie ausstehen ...«

Kelly ging in den Kontrollraum zurück, schnappte sich drei Rettungswesten und warf den anderen beiden je eine zu, während Steve und Nadja nach ihren Taschen griffen.

Nadja berührte ihre Erkennungsmarken zärtlich und hoffte, daß sie es schaffen würden und daß Alexej auf sie warten würde, wenn alles vorüber war.

Sie ließen sich durch die hintere, für Notfälle vorgesehene Springluke, die Nadja ihnen gezeigt hatte, hinab und kletterten von da aus durch einen engen, düsteren Gang eine Leiter hinunter, die sie direkt zu dem Raum mit dem Heizöl führen würde.

Wir fluten den Frachtraum, stellen den Timer ein und suchen dann das Weite ... Steve wünschte, daß ihnen mehr Zeit geblieben wäre, um die Einzelheiten ihres Plans zu auszuarbeiten, aber dieses Etwas würde nicht warten, bis sie so weit waren. Er wollte gar nicht daran denken, was es vorhatte, aber er konnte sich nicht vorstellen, daß es tatenlos zusah, wie sie das Schiff versenkten.

»Woher wissen wir, daß wir da unten nicht eingeschweißt werden?« rief er Nadja zu.

»Da gibt's keine Gänge oder Türen, die man zuschweißen könnte«, antwortete die Russin. Ihre Stimme klang erschöpft, aber sie schien sich ihrer Sache sicher zu sein.

Steve hoffte, daß sie recht hatte. Auch wenn sie in dem Sturm kaum Chancen hatten, zog er den Tod durch Ertrinken immer noch dem in einer Explosion vor. Sie hätten die Wolkow sowieso in die Luft gejagt, es blieb ihnen eigentlich keine andere Wahl. Aber wenn er schon sterben mußte, war es ihm lieber, nicht in der tödlichen Falle eines biomechanischen Wesens zu enden und vor einem dieser stinkenden Monster davonrennen zu müssen.

Steve hatte die letzte Sprosse der Leiter erreicht und sprang nach unten. Er streckte die Hände aus, schlang seine Arme um Kellys schlanke Taille und half ihr, den Boden zu erreichen. Die Flut von Gefühlen, die diese einfache Berührung in ihm auslöste, überraschte ihn: Bedauern, Traurigkeit, Bewunderung und ... Lust.

Steve schüttelte den Kopf. Er konnte sich keinen unpassenderen Zeitpunkt oder Ort für solche Gefühle vorstellen. Er hielt es für eine normale Reaktion, aber seit sie an Bord dieses Schiffs gegangen waren, hatte er keinen Augenblick Zeit zum Ausruhen gefunden. Ihm war noch nicht einmal Zeit geblieben, sich hinsichtlich seiner Gefühle über Squeaky und die anderen Toten Klarheit zu verschaffen, Everton eingeschlossen! All das Erlebte wollte ihn einholen, und er hatte während der letzten vierundzwanzig Stunden nicht länger als eine Stunde geschlafen ...

Sie ist eine unglaubliche Frau, dachte er, *und das Leben ist ziemlich ungerecht.*

Sie beeilten sich, Nadja nach unten zu helfen, und Steve schaltete seine Taschenlampe ein und leuchtete in den Korridor.

Alle schnappten nach Luft.

Nur wenige Schritte von ihnen entfernt stand ein Mann. Steve war so verdutzt, daß er fast die Lampe fallen ließ.

Richie ...?

»Wir haben uns zu Tode geängstigt, Richie!« keuchte Kelly.

Das Gesicht des Matrosen war mit schwarzer Schmiere eingerieben, obwohl das bei seiner dunklen Hautfarbe eigentlich gar nicht nötig war – eine Art improvisierter Tarnung.

Richie hatte ein Nachtsichtgerät in die Stirn geschoben und trug über jeder Schulter eine große Kabelrolle. Er richtete seine AK-47 auf sie und rollte die Augen, so daß man das Weiße darin sehen konnte.

Die drei wichen einen Schritt zurück. War Richie verrückt geworden?

»Wir sind's, Richie«, sagte Kelly freundlich.

»Woher soll ich das wissen?« keifte Richie, dessen wahnsinnig wirkender Blick zwischen Kelly und Steve hin- und herglitt.

Sie hatten keine Zeit zu verlieren, und Steve kam gleich zur Sache. »Wir jagen das Schiff in die Luft, und du solltest mit uns kommen.«

Richie ließ die Waffe sinken – offensichtlich war er froh, daß er tatsächlich Menschen gegenüberstand. Er grinste plötzlich, und das Weiß seiner Zähne leuchtete in dem geschwärzten Gesicht.

»Macht euch um mich keine Sorgen«, sagte er, während er sich durch den Gang zurückzuziehen begann.

»Sei kein Narr, Richie!« rief Kelly, aber der Matrose schenkte ihr kein Gehör. Er setzte die Brille auf, wandte sich um und verschwand in der Dunkelheit.

Steve blickte die beiden Frauen nacheinander an und schüttelte den Kopf. Zumindest hatten sie ihm mitgeteilt, was sie vorhatten, oder besser, was sie versuchen würden … Wenn er ihnen nicht helfen wollte, konnten sie ihn nicht dazu zwingen. Steve hoffte, daß er sich einen eigenen Fluchtplan zurechtgelegt hatte.

Nadja ging auf eine Luke zu, und die anderen beiden folgten ihr. Indessen dachte Steve darüber nach, was Richie im Schilde führte und was die Kreatur mit ihnen machen würde, wenn ihr klar wurde, daß ihr Ende nahte.

Durch das Nachtsichtgerät erkannte Richie die vor ihm aufragende Leiter mit den sanft grünlich schimmernden Sprossen so deutlich wie bei Tageslicht. Mit den schweren Kabeln, die er auf dem E-Deck gefunden hatte, über den Schultern kletterte er so schnell wie möglich nach oben.

Er war überrascht gewesen, Steve und den beiden Frauen zu begegnen, weil er nicht geglaubt hatte, daß sie noch am Leben waren. Noch mehr hatte es ihn erstaunt, daß er Trauer empfand, weil Hiko nicht bei ihnen war. Evertons Schicksal war ihm egal, aber Hiko war kein geldgieriger Dreckskerl gewesen. Er sah vielleicht etwas verrückt aus, aber er war ein anständiger Kerl …

Während er den Eingang zum C-Deck erreichte, schüttelte er diese Gedanken ab. Er hatte die Tür offen gelassen und beugte sich nun vor und suchte gründlich den Gang ab, bevor er mit dem Abrollen des Kabels begann. Die Luft war rein.

Er kehrte zu dem Raum mit den Waffen zurück,

vorsichtig zwar, aber nicht so langsam wie zuvor. Wenn die anderen das Schiff in die Luft jagen wollten und sich auf dem E-Deck aufhielten, planten sie wahrscheinlich, das Heizöl in Brand zu setzen, vermutlich mit einem Zeitzünder. Er hoffte, daß sie sich aus dem Staub machen konnten, bevor er seine kleine Überraschung aktivierte. Er hatte jetzt genügend Kabel, die Sprengköpfe waren aufgestapelt, und er würde dieses höllische Schiff mit einer gewaltigen Explosion in die Luft jagen, sobald er zurück war und die Zündschnur an den Granaten befestigt hatte.

Richie bog um eine Ecke und erstarrte. Keine sechs Meter vor ihm lag ein Körper auf dem Boden, aus dessen Rücken ein Stromkabel hervorragte.

Nun nahm er auch den Verwesungsgeruch war, den alle diese biomechanischen Wesen ausströmten, zumindest die, für die Organe der Russen verwendet worden waren. Er richtete seine Waffe auf den leblos daliegenden Körper.

War das eine Falle oder ein Köder?

Um sicherzugehen, richtete er seine Waffe auf die biomechanische Kreatur und schritt um den Körper herum. Wenn dieses Wesen auch nur hustete, würde er schießen. Aber dann hielt er plötzlich horchend inne.

Er befand sich in dem Gang, wo auch die Werkstatt lag und wo er mit Woods die kleinen Roboter entdeckt hatte. Als er auf seinem Weg zum E-Deck an der Werkstatt vorbeigekommen war, hatte er das Summen und Klicken gehört – die kleinen Bastarde hatten noch gearbeitet. Jetzt aber war es still, kein Geräusch drang aus dieser Richtung, aus keiner Richtung! Auf der Wolkow war es auch vorher schon sehr still gewesen, aber es hatte immmer die konstanten, schwach hörbaren Vibrationen arbeitender Maschinen gegeben, Computer, Lichter und funktionierende Videokameras …

Richie drehte sich um und suchte nach der nächsten Überwachungskamera. Sie war abgeschaltet, kein kleines rotes Licht, keinerlei Bewegung. Er bemerkte, daß die Luft sich bewegte. Die Lüftung war eingeschaltet, und das bedeutete, daß die Maschinen noch arbeiteten, aber alles, was die fremde Intelligenz unter ihre Kontrolle gebracht hatte, funktionierte nicht mehr und war so tot wie dieser seltsame Körper vor ihm auf dem Boden.

Warum? Warum hat das Biest alles abschaltet, als ob … als ob es alle verfügbare Energie für etwas anderes braucht!

Richie rannte los, und zum ersten Mal, seit er den Raum mit den Raketen verlassen hatte, empfand er wirklich Angst. Es war an der Zeit, sich aus dem Staub zu machen, und zwar schnell.

Auf dem ganzen Schiff erstarben die Roboter: im Zwielicht der Korridore, hinter den zugeschweißten Stahltüren, und zwischen den verschiedenen Decks. Lichter erloschen, und Glieder erstarrten, als die Energiequelle versiegte. Die seltsamen Körper sackten zusammen, wo sie gerade standen. Ein unheimliches, fast schwermütiges Schweigen erfüllte die leblosen Gänge und dunklen Räume der *Wolkow*, als der Strom versiegte und die Kreaturen der Lebensenergie und ihres Daseinszwecks beraubte. Die gesamte Energie floß nun geräuschlos in die Operationszentrale auf dem E-Deck, in den riesiegen Computer, der alle Funktionen auf dem Schiff kontrollierte.

Der Mainframe sog die großen Mengen Energie begierig in sich auf, Energie, die nun von überall heranströmte, nachdem die anderen Wesen von der Versorgung abgeschnitten waren: Die Kabel erhitzten sich, Lichter blinkten, und die Informationen schossen durch die zu neuem Leben erwachten Stromkreise. Der

Computer gehorchte, nahm die Energie auf und manipulierte sie im Sinne des letzten Ziels.

Bögen bläulicher Elektrizität durchschnitten die Luft, während die fremde Intelligenz den Mainframe verließ und sich mittels eines riesigen, aufgeblähten Kabels durch den Raum bewegte. Während die Kreatur hindurchschoß, sprang das Kabel auf und ab, und die Energie durchströmte die Gestalt, die sie selbst erschaffen hatte. Ein Funkenregen flog dem allmählich anschwellenden Summen des neuen Lebewesens entgegen.

Stahl und Knochen wölbten und bogen sich, und Fleisch und Metall gaben ein singendes Geräusch von sich, während die fremde Intelligenz in jene mächtige Rüstung schlüpfte, die sie selbst als ihren ultimativen Körper entworfen hatte.

Der Monitor der Mainframes wurde dunkel, und die letzten Lichter erloschen – der Computer hatte seinen Zweck erfüllt.

Die fermde Intelligenz hatte sich jetzt in etwas anderes, etwas Neues, verwandelt.

In ein lebendes Wesen.

24.

Nachdem sie die Ventile geöffnet und den Zeitzünder angeschlossen hatten, warteten sie nervös, während sich die Tanks leerten und aus jeder Öffnung ungefähr vierhundert Liter pro Sekunde in die Tiefe schossen. Durch einen offenen Schacht mit einer Leiter in der hinteren Ecke des Raums hörten sie das Platschen der zähen Flüssigkeit. Nach ein paar Minuten nickte ihnen Nadja zu. Steve griff nach der Granate.

Kelly beobachtete, wie er den Zünder einstellte und ihn zusammen mit der Thermit-Granate und einer Reihe von Röhren verband, die sich unter den Rädern befand, mit denen die Ventile geöffnet wurden. Nach der Zündung würde sich das mörderische, etwa dreitausend Grad Celsius heiße Plasma durch den Boden bohren und in den überfluteten Frachtraum unter ihnen hinabstürzen.

»Ich habe uns eine Viertelstunde gegeben«, sagte Steve.

»Schachmatt«, antwortete Nadja leise.

Kelly atmete tief durch und nickte. Jetzt gab es kein Zurück mehr. Sie schlüpfte schnell in ihre Rettungsweste und überprüfte dann Steves und Nadjas, während Steve ihre untersuchte. Es war an der Zeit, dem Sturm ins Auge zu blicken. Sie freute sich zwar nicht gerade darauf, aber nichts konnte schlimmer sein als das, was sie auf der *Wolkow* erlebt hatten.

Kelly hörte das Geräusch zuerst, als sie auf die Tür zugingen. Sie hielt inne, drehte sich um und sah, daß auch Steve und Nadja mit weit aufgerissenen Augen horchten.

Von draußen drang ein schweres Dröhnen zu ihnen herein, ein metallisches Geräusch, das sich mit unglaublicher Geschwindigkeit näherte.

Sie wichen zurück und sahen sich nach einem anderen Fluchtweg um, aber es gab nur diese Tür, eine weitere für die Fracht und die Leitern zum Laderaum!

Das Dröhnen hörte vor der Tür auf, durch die normalerweise die Fracht transportiert wurde. Bevor sie irgend etwas unternehmen konnten, krachte ein gewaltiger Schlag gegen die riesige Stahltür, der das Metall zerfetzte und sie halb aus den Angeln riß.

Obwohl sie die Erscheinung nur teilweise sahen, verschlug es ihnen den Atem: eine riesige, weit über drei Meter hohe Rüstung und ein abstoßendes Durcheinander von Fleisch, Knochen und Stahl. Knisternde, zitternde Bögen bläulicher Elektrizität umtanzten den Körper der Kreatur.

Ein weiterer Schlag krachte gegen den Stahl, und damit war die Tür völlig zerstört. Kelly erkannte je vier Beine und Arme mit hydraulischen Gelenken, die aber aus Muskelgewebe und Fleisch, Draht und Metall bestanden, und einen riesigen, rechteckigen Kopf mit trübe glühenden Linsen und einem Oberkiefer, der an ein Insekt erinnerte, obwohl das Wesen gar keinen Mund hatte.

Goliath, dachte sie, und dann stampfte die Kreatur auch schon in den Raum.

»Es hat sich entwickelt«, flüsterte Nadja.

Steve legte seine Tasche ab, und die Kreatur trat vor und holte mit einem ihrer mächtigen Arme aus. Der Schlag schleuderte Steve quer durch den Raum gegen eine Wand, wo er zusammenbrach und reglos liegenblieb.

Kelly und Nadja schrien auf und rannten los, während der Goliath ihnen nachsetzte.

Richie stand auf der Startplattform in dem Raum mit den Raketen und begutachtete seine Arbeit. Er hatte es eilig. Zwischen dem Schleudersitz und den Raketen waren einhundertfünfzig Meter Kabel abgerollt, und seiner Meinung nach hatte er die perfekte Lösung für das Problem dieser Alien-Invasion gefunden.

Auf dem Boden standen zwanzig ausgepackte Sprengköpfe, an denen er mit Klebeband sechs Thermit-Granaten angebracht hatte. Der Zündmechanismus war mit einem Ende des Kabels verknüpft. Jetzt mußte er sich nur noch in den Schleudersitz setzen und den Motor für die Raketen hochfahren, wodurch sich auch die Startluke öffnen würde. Wenn er auf den Knopf drückte, würde er selbst in den Raum hinausgeschleudert werden, und dann würde sich das Kabel spannen, den Zündmechanismus auslösen und das Schiff mit einer Explosion in die Luft jagen, gegen die der Taifun vor Neid erblassen mußte.

Neben der Tasche mit seiner persönlichen Habe begann plötzlich das Walkie-talkie zu krächzen: Hektische, verängstigte und unartikulierte weibliche Schreie hallten durch den Raum.

»Also, wer ist nun der Narr, Foster …?« fragte Richie, aber er verspürte nicht die erwartete Befriedigung. Er überlegte, wer das Funkgerät aktiviert hatte. Kelly oder die Russin konnten es nicht gewesen sein, die schrien wie am Spieß …

Vielleicht war er letztlich doch ein Narr, weil er nicht wie geplant seinen Kram zusammenpackte und sich auf dem Schleudersitz anschnallte. Statt dessen stand er da und lauschte den von Todesangst kündenden Schreien der beiden Frauen, die ihm nichts bedeuteten. Plötzlich wurde er von einem etwas merkwürdigen Gefühl heimgesucht. Er war auf diese Frauen nicht angewiesen – soviel war sicher. Aber vielleicht brauchten sie *ihn* und würden jetzt nicht schreien, wenn er bei ihnen geblieben wäre?

Richie knurrte und begann hastig, seine Sachen zusammenzupacken. Abgesehen von dem, was er geplant hatte, konnte er nichts für die beiden Frauen tun. Je schneller er sich aus dem Staub machte, desto eher würde das Schiff in die Luft fliegen, und um so rascher würde er auch diese merkwürdigen, unangenehmen Gefühle abstreifen können, die an ihm nagten und ihm einflüsterten, daß er vielleicht doch kein so guter Kerl war.

O Steve, NEIN ...!

Der Maschinist war bewußtlos oder tot. Er lag leblos auf seiner Tasche, und seine Rettungsweste war zerfetzt. Aber es blieb ihnen keine Zeit, nach ihm zu sehen, sich um ihn zu kümmern. Der Goliath hatte sie ins Visier genommen.

Kelly und Nadja rannten los und suchten hinter einem Stahlträger in der Mitte des Raums Schutz. Der Goliath trat mit einem Riesenschritt vor und hob einen seiner gewaltigen Arme. Er traf den Stahlträger mit solcher Wucht, daß der Pfeiler mit einem krachenden Geräusch zusammenbrach. Die beiden Frauen wurden zurückgeschleudert, schlitterten über den Boden und landeten in einem offenen Schacht mit einer Leiter. Kelly streckte verzweifelt die Arme aus, und ihre Finger suchten hektisch nach einem Halt, während sie in die Tiefe fiel. Sie bekam eine Sprosse der Leiter zu fassen und spürte einen stechenden Schmerz in ihrer Schulter. Mit Mühe schaffte sie es, sich festzuhalten, während ihre Beine in der Luft baumelten.

Nadja hingegen gelang es nicht, sich rechtzeitig festzuhalten. Sie knallte gegen Kellys Körper, prallte ab und landete irgendwo unterhalb mit einem dumpfen Geräusch. Ihr Schrei erstarb, und man hörte in der Finsternis nur noch ein letztes verzweifeltes Echo.

Kelly klammerte sich mit beiden Händen an die Sprosse und blickte nach unten. Alles war schwarz, und sie nahm den intensiven Geruch des Heizöls wahr. Über ihr demolierte das Monster den Raum, zerfetzte in seiner blindwütigen Zerstörungslust die Leitungen; lautes Krachen von Stahl und das Zischen von Dampf dröhnten zu ihr herunter.

Sie versuchte sich hochzuziehen, merkte aber, daß das keine gute Idee war, denn sie war zu erschöpft. Ihre überanstrengten Muskeln schmerzten und zitterten, und ihre Hände waren schweißnaß. Es blieb ihr gerade noch Zeit, sich etwas zu entspannen, bis ihre Hände von der Leitersprosse abglitten.

Sie fiel durch die nach Heizöl riechende Luft, schloß die Augen und betete, daß sie sich über der klebrigen Flüssigkeit befand …

Mit einem lauten Klatschen tauchte sie in den See ein und kam würgend wieder an die Oberfläche. Das kühle, zähflüssige Heizöl verschmierte ihr Gesicht und ihre Haare und drang durch tausend kleine Hautrisse brennend und schmerzend in ihren Körper ein. Orientierungslos rieb sie sich die Augen und sah, daß es irgendwo eine Lichtquelle gab.

Da trieb etwas in der sirupartigen Flüssigkeit an ihr vorbei. Kelly wich in Panik zurück und stieß gegen zwei andere Gegenstände. Sie hörte, daß das Heizöl gegen viele weitere unbekannte Objekte klatschte. Sie stellte ihre Schwimmbewegungen ein und verließ sich auf die Rettungsweste, während sich ihre Augen an das trübe Licht zu gewöhnen begannen.

Das Licht kam von irgendwo weiter oben – eine einzelne Neonröhre beleuchtete einen schmalen Gang, und das trübe Licht fiel auf den See aus Öl hinunter …

Da begriff Kelly. Sie konnte ihre Schreie nicht unterdrücken, und ihr Körper verfiel automatisch in hektische Bewegungen, um dem nur vage sichtbaren Alptraum zu entkommen. Dutzende von Körpern trieben an der Oberfläche, die Leichen der russischen Crewmitglieder, deren fahle, leblose Haut durch das glänzende Öl schimmerte. Wohin sie sich auch wandte – sie sah verfilztes Haar, leblose Finger und erloschene, von dunkel schimmerndem Öl bedeckte Augen.

Dann hörte sie plötzlich, wie ein riesiges Wesen irgendwo in der Dunkelheit in den See sprang und auf sie zukam. Sie verlor beinahe den Verstand und war nicht mehr in der Lage, auch nur einen klaren Gedanken zu fassen, während sie durch das mit Leichen übersäte Heizöl zu schwimmen versuchte.

Kelly spürte, wie feuchtkalte Ölwellen gegen ihren Körper schlugen und die Leichen der russischen Mannschaftsmitglieder zur Seite gespült wurden, während sich der Goliath ihr näherte. Ein Schrei dröhnte in ihren Ohren, und ihre Stimme wurde als Echo von den Wänden des riesigen Laderaums zurückgeworfen. Eine ihr bislang unbekannte Angst trieb sie an, so schnell wie möglich zu schwimmen.

Blasse Körper prallten gegen ihren – blutlose Lippen schienen zu schreien, und sie sah verzerrte Totenmasken und ausgestreckte Hände, die schon ihre Haut berührten …

In diesem Moment packte sie eine riesige, kalte Klaue am Fußknöchel und riß sie nach hinten. Ihr Gesicht befand sich plötzlich unter der Oberfläche. Kelly wehrte sich und schaffte es gerade, einmal Luft zu schnappen, bevor ihr Kopf wieder untertauchte und sie nicht mehr atmen konnte. Ihr wurde übel, ihr Herz pochte wild, und ihre Lungen bekamen keine Luft mehr. Und dann war um sie herum nur noch Dunkelheit.

25.

Nadja stand in einem Raum, den sie nicht richtig erkennen konnte. Sie hatte den Eindruck, hier herrschte eine sanfte und helle Atmosphäre, aber in ihrer unmittelbaren Umgebung waren die Dimensionen verzerrt und lösten sich in einer undeutlichen Ferne auf.

Nadja wußte nicht, wo sie war, oder wer sie hierher gebracht hatte, fühlte sich durcheinander und verwirrt. Irgend etwas war passiert, aber sie konnte sich nicht erinnern. Dennoch empfand sie keine Angst – nicht an diesem ruhigen, friedvollen Ort, wo niemand schrie …

Schreie? Warum sollte jemand schreien?

Sie erinnerte sich daran, daß sie sehr müde war, und schüttelte den beunruhigenden Gedanken erleichtert ab. Plötzlich verstand Nadja, weshalb der Raum nur unscharf zu erkennen war – sie schlief.

»Nadja.«

Eine vertraute Stimme, tief und sympatisch. Sie wandte sich um und spürte, daß ihr Tränen in die Augen traten, weil sie plötzlich von einem Glücksgefühl überwältigt wurde. Ein paar Schritte von ihr entfernt stand Alexej Sagalewitsch, bekleidet mit dem grünen Sweater, den sie ihm in Kiew gekauft hatte. Der Mann, den sie geliebt und geheiratet hatte, ihr teuerster Freund und Kapitän …

Kapitän. Der Kapitän der Wladislaw Wolkow, auf der ich Offizierin bin …

Und dann kamen die Erinnerungen zurück, die Erinnerungen an die fürchterlichen, unglaublichen Ereignisse, die sie hatten erleben müssen. Der Datentransfer von der MIR. Die Schreie, die Verstecke und die Flucht durch Gänge, die von einer teuflischen Intelligenz verdunkelt worden waren. Alexej hatte sich von ihr getrennt, als der Taifun zugeschlagen hatte, und dann war eine Zeit fürchterlicher, betäubender Einsamkeit gefolgt, während sie auf ihn gewartet hatte. Die Amerikaner, die an Bord gekommen waren, hatten ihn gefunden, auf entsetzliche Weise verändert.

»Warum weinst du, Nadja?«

Hier, an diesem Ort, sah er wieder so wie früher aus. Sein glänzendes, kurzgeschnittenes Haar war aus der Stirn zurückgekämmt, und sie hörte seine dunkle, liebevolle Stimme, deren Klang sie für immer verloren geglaubt hatte, Balsam für ihre ruinierten Nerven.

»Weil du tot bist, Alexej«, flüsterte sie, während ihr die Tränen über das Gesicht liefen. Und plötzlich begriff sie, was das bedeutete, was es bedeuten mußte. Der Gedanke erfüllte sie mit einem heftigen, überwältigenden Gefühl der Erleichterung.

Alexej schüttelte den Kopf. Er lächelte weiter. »Du lebst, aber die Zeit ist knapp. Tu, was du tun mußt, mein tapferes Mädchen …«

Dann wurde sein Körper durchsichtig und verschwand langsam, während Nadja mit weit aufgerissenen Augen verzweifelt zusah. Sie versuchte, zu ihm zu gelangen, aber in dieser Traumwirklichkeit konnte sie ihre Beine nicht bewegen. Sie wollte nicht allein sein und ohne ihn kämpfen …

Nadja! Aufwachen, Nadja!

»Tu, was getan werden muß«, flüsterte Alexej erneut, und dann war er verschwunden. Der Schmerz überwältigte sie, kroch von ihrem Herz in den Kopf und verdichtete sich in ihrer rechten Schläfe, wo sie ein Pochen spürte, das dem Zittern ihres Körpers entsprach …

»Alles in Ordnung, Nadja? Sie müssen aufwachen. Verdammt …«

Das Zittern entpuppte sich als eine warme Hand, die auf ihrer Schulter lag, und die Stimme hatte Englisch gesprochen. Nadja öffnete ihre tränennassen Augen und sah Steve. Er machte einen angespannten Eindruck, und sein Gesicht war blutverschmiert. Nun kamen auch die restlichen Erinnerungen zurück, während sie beißende Luft einatmete und in dem trüben Licht, das von oben herabfiel, das Gitter des engen Gangs sah.

Der Zünder. Das Heizöl. Die Intelligenz hatte eine neue Gestalt angenommen, Steve niedergeschlagen, und sie war in einen offenen Schacht über dem Laderaum gefallen und hatte sich den Kopf gestoßen …

»Wieviel Zeit bleibt uns noch?« fragte sie mühsam.

»Elf Minuten …«

»Und Kelly?«

In seinen dunklen Augen flackerte etwas auf. »Die Kreatur hat sie erwischt. Ich habe ihre Schreie gehört …« Schmerz klang in seiner Stimme mit, Einsamkeit.

»Wir müssen uns beeilen«, riß Nadja ihn in die Realität zurück, und Steve half ihr aufzustehen.

»Die Thermit-Granate …« begann er, aber sie schüttelte den Kopf. Wenn die fremde Intelligenz sie umbringen würde, gäbe es niemanden mehr, der den Zünder wieder einstellen konnte.

Steve reichte ihr eine der halbautomatischen Waffen, und dann gingen sie nach oben. Nadja wischte sich die letzten Tränen, Spuren der Traumbegegnung mit ihrem Ehemann, aus den Augenwinkeln. Sie betete, daß es noch nicht zu spät war, Kelly zu retten, und daß der Amerikanerin das entsetzliche Schicksal ihres Manns erspart blieb.

Kelly öffnete mühsam die Augen – der stechende Schmerz in ihren Armen und Schultern hatte sie das Bewußtsein wiedererlangen lassen. Ihr erster Gedanke war, daß sie noch lebte, der zweite, daß sie in der hintersten Ecke eines dunklen Raums mit den Handgelenken an ein Rohr an der Decke gefesselt war. Und ihr dritter Gedanke galt der Tatsache, daß sie ziemlich in der Klemme saß.

An ihrer Stirn war ein Kabel angebracht, das mit einer Computerkonsole neben ihr in Verbindung stand. Auf dem Monitor war nichts zu sehen, aber die Bildschirme daneben waren eingeschaltet. Davor stand regungslos der Goliath und beobachtete, wie die Informationen über die Monitore flackerten.

Kelly starrte einen Augenblick lang auf die hellen Bildschirme und schloß dann die Augen, um in ihrem Inneren nach einer Kraftquelle zu suchen, von der sie sich nicht sicher war, ob es sie überhaupt noch gab. Auf einem Monitor hatte sie eine Darstellung des menschlichen Nervensystems bemerkt; auf dem anderen Teile von Texten, aber auch etliche Diagramme verschiedener Teile des Gehirns.

Sie versuchte sich an die Stimme ihres Vaters zu erinnern, versuchte sich einzureden, daß Steve noch lebte, und daß er und Nadja es geschafft hatten, das Schiff zu verlassen. Doch tief in sich spürte sie nur einen einzigen, trostlosen Wunsch: daß die Wolkow bald in die Luft fliegen und so ihrer elenden Angst ein Ende bereitet werden würde …

Der Goliath bewegte sich. Kelly öffnete die Augen und sah, wie das Monstrum auf sie zukam. Sie nahm den Geruch verwesenden menschlichen Gewebes und Heizöls wahr und bemerkte die Risse im Fleisch, die sich über die Glieder und den Körper der Kreatur erstreckten. Direkt unter dem riesigen, insektenartigen Kopf befand sich eine Art Fach mit Instrumenten, aus dem etwas hervorkam.

Eine spindeldürre, metallische Hand ergriff ihr Gesicht, und die kalten Finger bohrten sich in ihr Fleisch.

Die grollende, mechanisch klingende Stimme des Goliaths ertönte aus einem Lautsprecher in seiner Brust. Das Monstrum richtete mit emotionsloser und tiefer Stimme eine Frage in russischer Sprache an sie. Dann wartete es einen Moment und sprach erneut.

»Beherrschen Sie die englische Sprache?«

Kelly starrte die Kreatur an. »Sie können mich mal.«

Offensichtlich konnte man den Goliath nicht beleidigen. »Englisch. Wo ist der Zünder?«

»Ich hab's vergessen.«

Die stählerne Hand zog ihr Gesicht näher an das Monster heran, und die schwach und seltsam glühenden Videoaugen beobachteten sie. Der Kiefer im unteren Teil des Gesichts der riesigen Kreatur begannen durch eine knisternde, bläuliche Energie zu schimmern, und Kelly bemerkte, daß von Kiefer keine Rede sein konnte, es handelte sich eher um eine Art von Stromleiter.

Blaue elektrische Lichtbögen trafen ihr Gesicht, und sie begann zu schreien. Die Schreie entrangen sich ihrem tiefsten Inneren, als die Welt um sie herum immer heißer und heißer wurde. Jeder Teil ihres Körpers begann in der bläulichen Hitze zu zucken. Sie würde sterben, dieses Wesen brachte sie um!

Und dann war plötzlich alles vorbei. Kelly hätte fast das Bewußtsein verloren – ihr ganzer Körper zitterte, und jeder Muskel schmerzte beinahe unerträglich. Noch immer hielten die stählernen Finger ihr Gesicht fest, und mit Schrecken erblickte sie ein weiteres Instrument, eine glänzende Sonde, die sich direkt auf ihr rechtes Auge zubewegte.

»Wo ist der Zünder?«

Kelly versuchte ihr Gesicht abzuwenden, bereit, dem Monstrum, das sie fast getötet hatte, alles zu erzählen, bevor es sie erneut quälen würde. Sie konnte keinen klaren Gedanken fassen und litt unter furchtbaren Schmerzen …

Nein … Bitte nicht …

Ihr blieb nichts anderes übrig, als die Augen zu schließen. Da traf sie ein weiterer blendender Blitz, alptraumhaft, todbringend …

Ihre Schreie jagten sie an einen grauen Ort, wo keine Gedanken mehr existierten.

Sie hatten den Raum mit den Heizöltanks gerade verlassen, als sie die Schreie hörten. Dicht gefolgt von Nadja, rannte Steve den nach unten führenden Gang hinab.

Gerade, als sie in dem dunklen Labyrinth um eine Ecke bogen, verstummten die Schreie, und Steve wirbelte herum und versuchte angestrengt, irgendein Geräusch zu hören, das darauf schließen ließ, daß Kelly noch lebte. Ihre schmerzerfüllten Schreie hatten furchtbar geklungen und ihn fast in den Wahnsinn getrieben. Er hatte eine Angst empfunden, die er nie zuvor empfunden hatte, aber die anschließende Stille war noch unerträglicher, viel, viel unerträglicher.

Hoffentlich ist sie nicht tot, ich werde alles mir mögliche tun, wenn sie nur nicht tot ist …

Vor ihnen, den Gang hinab, schrie Kelly erneut geqäult auf, und Steve rannte sofort los, als sie die entsetzlichen Geräusche hörten. Einige Sekunden später verstummten die Schreie, aber sie sahen die offene Tür, keine sechs Meter entfernt.

Nadja gebot ihm Einhalt, legte eine Hand auf seinen zitternden Arm und schüttelte den Kopf.

Steve hielt inne, atmete tief durch und nickte dann. Wenn sie blindlings in den Raum stürmen würden, wäre das ihr Ende. So, wie es aussah, wäre es wahrscheinlich am besten, die kleinkalibrigen Waffen gegen das Monstrum einzusetzen. *Aber wenn dieses Magazin leer ist, haben wir keine Munition mehr …*

Sie betraten den Raum und betrachteten wie erstarrt die fürchterliche Szenerie. Im Hintergrund der leeren Werkstatt stand die Kreatur völlig regungslos vor einer Computerkonsole. Daneben war Kelly mit den Handgelenken an ein Rohr an der Decke gefesselt; ihr Körper baumelte hin und her, ihr herunterhängender Kopf stand durch ein dünnes Kabel in Verbindung mit einem Computer, vor dem sich das Monster befand. Sie lebte, und Steve hörte das leise Stöhnen, das jeden ihrer mühsamen Atemzüge begleitete. Er dankte Gott für die mitleiderregenden Geräusche, während er bereits auf die Kreatur zuschlich.

Tief in der Körpermitte des riesenhaften Wesens sah er ein bläulich glühendes Licht. Es war das gleiche Blau wie das der elektrischen Bögen, die seinen Körper umgaben. Steve bemerkte, daß es dem blauen Gel glich, mit dem Evertons Gehirn eingerieben worden war. *Das muß die Energiequelle sein, das ist unsere Chance …*

Steve zeigte auf das Monstrum, und Nadja nickte langsam, während sie ihre Waffe hob.

Er näherte sich der Kreatur so leise wie möglich, und nichts ließ darauf schließen, daß das Monstrum etwas anderes als den Computermonitor vor ihm wahrnahm. Aus dem Lautsprecher drangen verzerrte Geräusche, während Steve immer näher herankam. Plötzlich hielt er inne …

Das war seine Stimme, die aus dem Lautsprecher des Computers ertönte: »Ich habe uns eine Viertelstunde gegeben.«

»Schachmatt«, antwortete Nadja derauf eine Sekunde später.

Jetzt konnte er auf dem Bildschirm ein seltsames, verzerrtes Bild von sich und Nadja in ihren Rettungswesten erkennen und bemerkte, daß die Szene aus Kellys Perspektive aufgenommen worden war. Die Kreatur hatte es irgendwie geschafft, sich in ihr Gehirn einzuschleichen und ein Fragment ihrer Erinnerung zu stehlen, und jetzt wußte das Ungeheuer, wo sich der Zünder befand!

»Dann muß das reichen«, knurrte er, rammte den Lauf der kleinen Pistole in das glühende blaue Licht – und drückte ab!

Steve pumpte den Inhalt des ganzen Magazins in den Körper des Monstrums, und mit einem Kreischen schlug bläuliches Licht am Bauch der riesigen Kreatur hoch …

Aber das war auch alles. Das Monstrum wirbelte unverletzt herum und wollte auf ihn einschlagen.

Steve sprang zur Seite, so daß die gefährliche Faust ins Leere traf. Er sprang auf eine Werkbank, ließ sich fallen und robbte zurück, während das Biest seinen Oberkörper herumwirbelte, sich voll aufrichtete und ein ohrenbetäubendes elektronisches Kreischen von sich gab. Das Monstrum trat einen Schritt vor, und schon beim nächsten würde es über ihm sein …

Bumm! Bumm!

Nadja feuerte, aber die Kugeln prallten wirkungslos von den Metallplatten ab, die den Körper der Kreatur schützten. Sie schoß trotzdem weiter, um Zeit zu gewinnen. Das Monster wandte sich der Russin zu. Steve sprang auf und suchte fieberhaft nach einem Gegenstand, womit er die Kreatur überwältigen konnte, die sich nun Nadja näherte. Er fand nichts, nichts, was ihm hilfreich sein könnte …

Als er das trockene Klicken hörte, das anzeigte, daß Nadja ihre Munition verschossen hatte, war er überzeugt, daß das Ende gekommen war. Die Kreatur würde sie abschlachten und in den verbleibenden Minuten den Zünder deaktivieren, es war alles vorbei …

In diesem Augenblick explodierte ein Feuerball und bohrte sich in die Brust des Monstrums, das in einem Funkenhagel zu Boden sank.

26.

Kelly bemühte sich, ihren Schmerz zu ignorieren und sah, wie der Feuerball den Goliath traf. Während die riesige Kreatur auf den Boden krachte, flogen Haut-, Knochen- und Metallfetzen quer durch den Raum, und dann trat ein Mann aus dem Gang in die Werkstatt, dessen Silhouette von hinten erleuchtet wurde.

Sie riß die Augen weiter auf und bemühte sich, einen klaren Gedanken zu fassen. Sie erkannte Richie, der einen Raketenwerfer in der Hand hielt. Schon zuvor hatte sie Schüsse und Steves Stimme gehört, aber sie war nicht richtig zu sich gekommen. Nun entdeckte sie auch Steve und Nadja, die Richie anstarrten. Kelly kämpfte gegen die grauen Wellen des Schwindels an, die sie erneut zu überwältigen drohten, und gleichzeitig war sie überrascht, daß Richie zurückgekommen war. Er warf Nadja ein Messer zu und zeigte auf Kelly.

»Schneiden Sie ihre Fesseln durch«, befahl er mit strenger und kühler Stimme.

Vielleicht war er doch nicht so verrückt …

Nadja kletterte auf eine der Konsolen und begann, die Fesseln durchzuschneiden, einen Arm um Kellys Taille geschlungen. Die Navigatorin starrte auf den Goliath, der vor einem Pfeiler zusammengebrochen war. Richie half Steve beim Aufstehen.

»Wir sollten uns aus dem Staub machen«, sagte er.

Kellys rechter Arm war frei, und sie hielt sich an dem Rohr fest, damit der Schmerz ihrer überanstrengten Muskeln die letzten Überreste der grauen Wellen des Schwindels vertrieb. Nadja schnitt die zweite Fessel durch und zog das Kabel weg. Sie half Kelly, die wieder auf dem Boden zu stehen kam und langsam die Arme senkte. Die Fesseln hatten rote Striemen an ihren

Handgelenken hinterlassen. Sie lehnte sich zitternd an Nadja, blickte hoch …

Und sah, daß der Goliath aufstand und nach dem Stahlträger griff, der die Decke stützte! Die Rüstung des Monstrums rauchte und funkelte.

Kelly öffnete den Mund, um zu schreien, aber das Monster fegte den Pfeiler einfach weg und rammte einen seiner mächtigen Arme in die Decke. Steve und Richie fuhren herum; Richie hob den Raketenwerfer, Steve warf sich zu Boden …

Aber in diesem Augenblick krachte eine tonnenschwere Last von Stahlrohren und Trümmern auf ihre Körper hinab. Eine riesige Staubwolke entstand, als sich der Schutt über den Raum verteilte. Nadja hielt Kelly fest, um sie davon abzuhalten, zu den beiden Männern zu stürzen.

»Steve! Richie!« Kelly bemühte sich, dem Griff der Russin zu entkommen, aber Nadja war stärker als sie.

»Die beiden sind tot, wir können nichts daran ändern!« brüllte sie. Sie zog Kelly zur Tür, und der Goliath wandte seinen verstümmelten und knisternden Körper von dem Schutthaufen ab …

Die beiden Frauen rannten los, und das Monster verfolgte sie in die Finsternis.

Nadja hielt Kellys Arm fest, während sie durch den Gang eilten. Die Gedanken der Russin überschlugen sich. Kelly taumelte – wegen ihrer Schmerzen und des Verlusts ihrer Freunde stand sie offensichtlich unter Schock.

Uns bleiben noch sieben, vielleicht auch acht Minuten, dachte Nadja. *Wir müssen das Monster in Bewegung halten und einen Ausweg finden …*

Das Vorhaben war unmöglich, es blieb ihnen nicht genug Zeit, aber es gab auch keine Alternative. Nadja drängte Kelly in Richtung des Hecks und betete, daß sie auf keine weiteren zugeschweißten Türen stoßen würden. Im Bereich vor ihnen gab es Lagerräume, und vielleicht würden sie neue Waffen finden…

Dicht hinter ihnen kreischte das riesige Monstrum, und das Echo seiner dröhnenden Schritte hallte durch die Finsternis, während sich der Rumpf der *Wolkow* in dem grollenden Sturm hob und senkte.

Sie erreichten eine Tür, und Nadja schob Kelly hindurch. Die Russin folgte ihr mit klopfendem Herzen. Dann warfen sie die wasserdichte Tür gemeinsam zu, und Nadja verriegelte sie. Durch das Fenster in der Tür sahen sie, wie das Monster seine bläuliche Energie verströmte, und hörten das wütende elektrische Kreischen, während die Kreatur auf sie zukam.

Es würde nur ein paar Sekunden dauern, bis das Untier die Tür eingetreten hatte. Nadja packte Kellys Arm, und sie rannten los, während die Russin sich an die Aufteilung des Schiffs zu erinnern versuchte.

Der Raum mit dem Schrank …

Nadja blieb vor der nächsten Tür stehen und riß sie auf. Sie krochen hindurch und Kelly verriegelte die Tür.

Da!

Der Raum befand sich am Ende des kleineren Gangs, und Nadja rannte mit Kelly im Schlepptau darauf zu. Sie betete, daß die flüchtende Crew irgend etwas zurückgelassen und die Kreatur ihre Spur verloren hatte, zumindest für ein paar Minuten.

Nadja riß die Tür auf, und sie fielen keuchend in das Innere des engen Raums, der von einer einzigen flackernden Glühbirne erhellt wurde. Kelly lehnte sich erschöpft an die Tür, während Nadja auf einen Schrank zuging und ihn öffnete.

Erleichtert fiel ihr Blick auf die orangefarbenen, an

Bügeln hängenden Rettungsanzüge. Dahinter entdeckte sie eine Pistole mit dickem Lauf und Munition in einem Kasten.

»Rettungsanzüge und Leuchtspurmunition … Wir haben eine Chance!« *Eine Chance, aber nur sehr wenig Zeit …*

Sie packte zwei der dick isolierten Overalls und gab einen der bleichen, noch ganz benommenen Kelly, die ihn einen Augenblick lang nur mit leerem Blick anstarrte. Dann aber ließ sie ihn auf den Boden fallen und begann sich auszuziehen, wobei sie zuerst ihr fleckiges, purpurrotes Hemd abstreifte.

Nadja zog ihr nasses Sweatshirt über den Kopf und warf es weg. Dann berührte sie die Erkennungsmarken an ihrer Halskette und spürte, wie sich ihr Mund zu einem traurigen Lächeln verzog. Kelly verlor ihren Überlebenswillen; Nadja sah es an ihren Augen.

Die Russin nahm ihre Halskette mit den Erkennungsmarken ab und streckte sie Kelly entgegen, während diese den Reißverschluß ihres Anzugs schloß.

»Alexejs Marken mit seinen persönlichen Daten«, sagte sie leise. »Sie haben mir Glück gebracht.«

Kelly nahm sie und schien sich darauf zu konzentrieren. Ihr Blick verriet, daß sie wieder in die Wirklichkeit zurückkehrte. Sie nickte Nadja dankbar zu, und Nadja schlüpfte schnell in ihren Anzug, während sie daran denken mußte, was Alexej in ihrem Traum gesagt hatte.

Sie würde nicht aufgeben, bis sie sicher war, daß ihr Gegner zerstört war!

Die Werkbank war unter der schweren Last aus Beton und Stahl zusammengebrochen, aber ihre verankerten Beine hatten sich nur etwas verbogen. Steve war um Haaresbreite einem Schädelbruch entgangen.

Er wühlte sich durch die scharfkantigen Trümmer und fühlte kaltes Blut aus einem Dutzend Wunden in seinem Rücken und seinen Beinen hervortröpfeln. Ein stechender Schmerz im Oberkörper verriet ihm, daß er sich eine oder zwei Rippen gebrochen hatte; er kannte diesen Schmerz. Aber wenn er es sich recht überlegte, waren das nur geringfügige Verletzungen ... Würgend kämpfte er sich in dem staubigen Raum voran.

»Richie? Richie ...!«

Richies leblose Beine ragten aus einem Trümmerhaufen hervor, und Steves Hoffnung sank. Er kroch zu ihm hinüber und begann hastig und so schnell wie möglich den Schutt wegzuräumen. Die Kreatur war hinter den beiden Frauen her, und der Zünder tickte weiter. *Und dieser Mann ist vielleicht tot, weil er versucht hat, uns zu helfen,* dachte er. *Ich muß es wissen ...*

Steve stieß ein leichtes Metallstück zur Seite, und Richie blinzelte ihn an – er blutete, lebte aber noch. Steve lächelte und befreite seine Schultern von den Trümmern, aber dann hielt er inne und starrte Richie an.

In seiner Brust steckte eine Stahlröhre, die mindestens einen Durchmesser von zweieinhalb Zentimetern hatte. Steve griff mit einer Hand sanft unter seinen Rücken und berührte das warme, klebrige Metall. Richie war förmlich aufgespießt worden – er würde nicht überleben.

Steve sah den Matrosen an und registrierte seinen fragenden Blick. Er schüttelte den Kopf, weil er es nicht schaffte, Richie anzulügen.

»Wir haben alle geglaubt, daß du uns im Stich gelassen hättest«, sagte Steve leise.

»Da siehst du mal, wie clever ich bin«, flüsterte Richie mit erstickter Stimme. Rinnsale von Blut rannen aus seinem Mund, während er sprach, aber er wollte weiterreden, während der Schmerz seine Augen glasig werden ließ. »Letztlich bin ich doch kein so schlechter Kerl«, sagte er mit dünner Stimme.

Steve schüttelte den Kopf und zwang sich zu einem Lächeln. »Du bist in Ordnung, Richie. Du bist zurückgekommen, um uns zu retten.«

Richie lächelte verträumt und sanft, und Steve spürte einen Kloß in der Kehle. Es war fast vorbei.

»Steve ... Es gibt einen Weg, dieses Schiff zu verlassen. Geh in den Raum mit den Raketen.«

»Raketen?«

»Auf dem C-Deck ... Und erledige dieses verdammte Monster, Steve ...«

Richie schnappte noch einmal nach Luft, starrte Steve an – dann war er tot.

Steve schloß mit zitternder Hand Richies Augenlider und stand auf. Er mußte die Tränen zurückhalten. Es blieb ihm keine Zeit zum Trauern.

Tief durchatmend trat er zurück. Dann wandte er sich um und rannte los. Er mußte Kelly und Nadja finden, bevor die Kreatur es tat —und es blieben ihm nur noch fünf Minuten!

27.

Die beiden Frauen hasteten durch ein Labyrinth von Gängen. Nadja hatte behauptet, daß sie auf diesem Weg den Raum mit den Tanks wiederfinden würden. Kelly spürte, wie die Sekunden verrannen, während sie durch die Dunkelheit eilten.

»Das Schiff muß jeden Augenblick in die Luft fliegen! Wir haben getan, was wir tun konnten, Nadja ...«

»Ich muß sicher sein!«

Kelly wußte, daß sie recht hatte, aber der bloße Gedanke, noch einmal den Goliath sehen zu müssen, erfüllte sie mit so großer Angst, daß sie keinen klaren Gedanken mehr fassen konnte. Sie war seelisch und körperlich angeschlagen und so verängstigt, daß ihr nichts anderes übrig blieb, als einfach weiterzumachen. Hier ging es nicht um den tapferen, selbstlosen Wunsch, sich zum Wohl der Menschheit zu opfern – der Rest der Welt interessierte sie nur noch wenig. Aber wenn sie anhalten würde, würde sie zusammenbrechen.

Und dann ist alles umsonst gewesen, und sie sind alle für nichts gestorben. Ich muß durchhalten ...

Sie kamen durch einen kleinen Lagerraum, der teilweise beleuchtet war. Nadja verlangsamte ihren Schritt und sah sich nachdenklich um. An beiden Wänden befanden sich Regale mit zylindrischen Metallflaschen, und obwohl diese mit kyrillischen Buchstaben beschriftet waren, war Kelly klar, daß es auf der Wolkow alles gab, was man brauchte: Sauerstoff, Stickstoff, Acetylen und weitere Substanzen für wissenschaftliche Forschungszwecke. Sie erriet Nadjas Gedanken, aber sie hatten keinen weiteren Zünder. Es war zu spät!

Rasch traten sie durch eine Doppeltür in einen düsteren Verbindungsraum. Beide erstarrten, als sie den schwindelerregenden, chemischen Geruch des Acetylengases wahrnahmen. Kelly steckte eine Hand in Richtung Wand aus und fühlte das kalte Metall eines Behälters. Und jetzt hörten sie auch das sanfte Klingen von Stahlbehältern und das leise Zischen entweichenden Gases. Dies war ein Lagerraum, und einer oder mehrere der Behälter waren geöffnet worden.

Nadja packte die Amerikanerin am Arm und drängte sie weiter. Kelly versuchte nicht zu tief einzuatmen. Der schwere, an Äther erinnernde Geruch verursachte Ekel und Übelkeit in ihr.

»Irgendwo da links muß es eine Tür geben …« sagte Nadja.

Plötzlich gingen vor ihnen Lichter an, die die Behälter mit einem bläulichen Schein beleuchteten. Kelly sah, wie die Metallflaschen über den Boden rollten, und sie bemerkte die geschlossene Tür einige Schritte hinter ihnen …

Und dann erkannte sie in der Dämmerung auch die Lichtquelle, keine sechs Meter entfernt. Sie wollte aufschreien und wegrennen, aber ihr Körper gehorchte ihr nicht mehr, und ihr Herz drohte auszusetzen, von Angst gepeinigt.

Der Goliath hatte auf sie gewartet!

Nadja starrte das Monster an. *Wie hat diese Kreatur es nur geschafft …*

Sie hatte nicht an die Überwachungskameras gedacht!

Das monströse Biest stampfte durch den von Zischen erfüllten Gang, und Nadja bemerkte, daß es seinen Körper repariert hatte und daß die Wunden, die die Rakete verursacht hatte, unbeholfen mit Fetzen verwesender menschlicher Haut verarztet worden waren. Aber man sah keine Funken oder elektrische Blitze, die das ausströmende Gas hätten entzünden können.

Hinter sich hörte sie ein verwirrtes, verängstigtes Flüstern. »Nadja?«

Sie antwortete nicht, sondern stand regungslos da, als sie den Gegenstand erkannte, den das Monster in einer seiner riesigen hydraulischen Hände hielt. Die Kreatur kam näher auf sie zu, und sie roch neben dem Gas den Verwesungsgeruch menschlichen Fleischs, war aber weiterhin nicht in der Lage, sich zu bewegen.

Zwischen den skelettartigen Fingern des Monsters

erkannte sie das schwache rote Licht der Digitalanzeige des Zünders.

Die Kreatur blieb zwei Meter vor ihnen stehen und hob die Hand mit dem Zünder. Nadja sah, daß der Countdown immer noch lief: Das Display zeigte eine Zahl unter zehn an. Ohne die Thermit-Granate war der Zünder nutzlos, aber ihr war klar, daß auch das Monster das wußte, und daß es den Zünder aus einem ganz anderen Grund abmontiert hatte.

Es will uns demonstrieren, wer hier der Sieger ist.

Die hydraulischen Finger zermalmten den Zünder, und eine tiefe, mechanisch klingende Stimme tönte aus der Brust der Kreatur, während zerbrochene Plastikteile und Kabel zu Boden fielen: »Schachmatt.«

Sie wichen zurück, und Nadja geriet ins Taumeln, weil sie für einen Moment an die Bösartigkeit dieses Wesens denken mußte, das sich der *Wolkow* bemächtigt hatte. Mord und Zerstückelung befriedigten es nicht, es mußte sie verhöhnen und seine Opfer aus krankhaftem Antrieb terrorisieren. Sie hatte Angst, panische Angst.

Tu, was getan werden muß ... Sie hörte die sanfte, aber eindringliche Stimme ihres Mannes.

Und plötzlich hatte sie wieder einen klaren Kopf, waren Angst und Erschöpfung wie weggeblasen. Was sie benötigte, um allem ein Ende zu bereiten, befand sich vor ihr. Die Verzweiflung, die sie so lange verfolgt hatte, fiel von ihr ab. Sie wußte, was sie zu tun hatte, was getan werden mußte!

Nadja wandte sich der tapferen und kämpferischen Frau neben ihr zu. »Gehen Sie auf das obere Deck, und verlassen Sie das Schiff«, sagte sie hastig. »Sie werden die einzige Zeugin sein – Sie müssen überleben und der Welt mitteilen, was sich an Bord abgespielt hat.«

Nadja öffnete eine Tür und schubste die verblüffte Frau hindurch, bevor sie Widerstand leisten konnte. Kelly fiel in einen anderen Gang und landete einen Meter unter dem Lagerraum unsanft auf der Decke des unteren Korridors.

»Nein, Nadja ...!«

Nadja wandte sich um, und plötzlich stand die Kreatur direkt vor ihr, umklammerte mit einer ihrer riesigen Klauen ihre Schulter und zerfetzte ihre Haut und Muskeln. Das Monster hob sie mühelos hoch, bis vor seinen fürchterlichen Kopf. Die Lichtstrahlen blendeten sie, und sie hörte das Schwirren der Videoaugen und die Geräusche der elektronischen Komponenten unter der gepanzerten Haut.

»Gibt es noch mehr von diesen Zündern auf dem Schiff?«

Nadja steckte die Hand ihres freien Arms in die Tasche und ignorierte die Schmerzen, die sie empfand, als der Griff der stählernen Finger sich verstärkte.

Sie zog die Waffe für die Leuchtspurmunition aus der Tasche und zielte so gut sie konnte auf die zischenden Behälter auf dem Boden hinter dem Monster.

»NADJA!«

»Das ist für Alexej«, flüsterte sie.

Sie drückte auf den Abzug und hieß das Licht willkommen.

28.

Stolpernd rannte Kelly durch dunkle, von Rauch erfüllte Gänge, die sie nicht wiedererkannte. Sie hatte sich verirrt, aber das kümmerte sie nicht mehr. Wichtig war nur, daß sie weiterrannte, weg von den grellen

Lichtblitzen und lauten Geräuschen, denen sie nicht entkommen zu können schien.

Ihre Lungen brannten, und der ätzende chemische Geruch trieb ihr die Tränen in die Augen. Immer wieder stieß sie gegen Wände und Türen, doch der Schmerz verstärkte ihren Antrieb weiterzurennen.

Als sie dann aber so heftig gegen eine Tür prallte, daß sie zu Boden fiel, wurde ihr klar, daß sie nicht mehr laufen konnte. Mühsam kam sie wieder auf die Beine, öffnete die Tür und blinzelte erleichtert. Ein matt beleuchteter, leerer kleiner Lagerraum lag vor ihr. Sie trat ein und schloß die Tür, um sich gegen den Rauch und die Finsternis zu schützen. Keuchend atmete sie die saubere Luft ein, während sie sich zu Boden sinken ließ.

Lange Zeit saß sie mit geschlossenen Augen da. Schweiß lief über ihr verschmutztes Gesicht, während sie zitternd tief durchatmete und an nichts dachte. Es gab nur noch diese Gefühle: Kühle Luft, ein pochendes Herz und das Echo ihrer rauhen Atemzüge in der Stille. Als ihr Herzschlag sich wieder beruhigt hatte, kamen auch die Schmerzen zurück, und sie spürte ihre gepeinigten Muskeln, die blauen Flecke und Wunden, die jeden Zentimeter ihres Körpers zu bedecken schienen.

Sie fühlte, daß sie etwas in ihrer rechten Hand hielt, und blickte stumpfsinnig auf ihre geöffnete Faust mit den tauben Fingern.

Alexejs Erkennungsmarken und ein Stück einer zerrissenen Kette. Kelly starrte auf das glänzende Metall und begann hilflos und leise zu weinen.

Woods und Everton, Hiko, Richie, Steve, Squeaky, Nadja, Alexej und wahrscheinlich die gesamte Mannschaft des russischen Schiffs – sie alle waren tot, weil eine fremdartige Intelligenz beschlossen hatte, daß sie hier nichts zu suchen hatten. Es war alles umsonst gewesen! Ein sinnloses Abschlachten von Menschen hatte stattgefunden, nur weil ein seltsames Wesen sie mit einer Wanze in der Software verwechselt hatte – einem Virus.

Kelly weinte in ihrer trostlosen, totalen Verlassenheit, und ihre leisen, klagenden Schluchzer verrieten ihre tiefe Trauer: Warum hatte sie überlebt? War es gerecht, daß ausgerechnet sie es schaffen sollte? Nadja hatte ihr Leben geopfert, um diese gottverdammte Welt zu retten, aber sie hatte sich durch ihre Angst und ihr Elend einschüchtern lassen, ohne an andere zu denken …

Bumm. Bumm. Bumm.

Das laute Geräusch donnernde Schritte hallte durch den leeren Raum.

Kelly hob verdutzt und ungläubig den Kopf. Sie hörte ein schrilles, elektronisches Kreischen, das aus geringer Entfernung zu ihr drang.

Sie sprang zitternd auf, und ihr Herz begann vor Angst wieder wild zu pochen. Das war doch nicht möglich, das konnte nicht wahr sein!

Bumm. Bumm.

Sie wandte sich um und rannte an leeren Kisten und Regalen vorbei auf eine Tür zu, die sich auf der anderen Seite des Raums befand. Dieses Monster würde nicht krepieren, und niemand konnte es aufhalten. Sie mußte das Schiff verlassen und Hilfe finden!

Stöhnend griff sie nach der Klinke, öffnete die Tür, taumelte hindurch … und stieß mit einem der Wesen zusammen. Kelly schrie auf und brach schluchzend zusammen, aber dann legten sich zwei warme Arme um ihren Körper und hielten sie fest.

Gott sei Dank, Gott sei Dank …

Steve kniete auf dem Boden und hielt Kelly im Arm. Er konnte kaum glauben, daß sie überlebt hatte. Er hatte die Explosionen gehört und war hastig durch die Gänge auf den Ort des Geschehens zugerannt, aber dann hatte ihn der giftige Rauch zum Rückzug gezwungen. Als er die donnernden Schritte der Kreatur gehört hatte, war ihm nichts anderes übriggeblieben, als mit dem Schlimmsten zu rechnen. Verzweifelt hatte er den Weg zum Raketenraum gesucht, in der Mitte des Schiffs, auf der Steuerbordseite, und dabei die Springluke entdeckt, die ihn direkt vor die Tür des Raums geführt hatte, in dem Kelly gewesen war. Wäre sie ein paar Sekunden später hinausgestürmt, wäre Steve schon fortgewesen.

Ich bin bei dir und ich werde dich nie wieder loslassen, niemals …

Doch die dröhnenden Schritte waren noch immer zu hören. Sie mußten verschwinden.

Kelly erschauerte und drückte ihn an sich. Er trat einen Schritt zurück, musterte ihr tränenüberströmtes Gesicht und fand sie wunderschön.

»Lebt Nadja noch?« fragte er leise.

Sie schüttelte den Kopf, und erneut rannen Tränen über ihr verschmutztes Gesicht.

»Richie ist auch tot …« Ein unheimliches elektronisches Kreischen schnitt ihm das Wort ab. Das Monster mußte sich bereits ganz in ihrer Nähe befinden! »Los, wir müssen verschwinden.« Er stand auf. Die Schmerzen in seinem Oberkörper ließen ihn zusammenzucken.

Doch Kelly schüttelte erneut den Kopf und hielt weiterhin seinen Arm fest.

»Ich kann nicht«, flüsterte sie, und er kauerte sich erneut nieder und sah, wie es um sie stand. Sie weinte noch immer, und ihr Gesicht verriet völlige Hoffnungslosigkeit und Verzweiflung.

»Ich kann nicht, *ich kann nicht…*«

Steve nahm ihr blasses Gesicht zwischen die Hände und blickte tief in ihre verängstigten Augen.

»Doch, du kannst! Und ich werde dich hier nicht allein zurücklassen. Komm, steh auf, wir *müssen* gehen.«

Einen Augenblick lang war er besorgt, daß sie ihn nicht verstanden hatte, aber dann atmete sie tief durch und nickte. Sie halfen sich gegenseitig beim Aufstehen, und Steve bemerkte, daß die donnernden Schritte nicht mehr zu hören waren. Er lauschte, um einen Anhaltspunkt zu haben, wo sich das riesige biomechanische Wesen befand.

Im nächsten Moment krachte etwas mit einem ohrenbetäubenden Lärm durch die Wand des Lagerraums; sie hörten den Stahl bersten und das grauenhafte Kreischen des Monsters.

Steve erblickte nur einen Teil des riesigen Wesens, weil dunkler Rauch in den Raum strömte. Er sah geschwärztes Metall und Kabel, die bläuliche Lichtblitze verströmten. Das Monster hatte einen seiner entstellten Arme verloren, und aus der stinkenden Wunde hing ein Gewirr von knisternden, defekten elektronischen Komponenten heraus.

Steve riß das Schott auf und schob Kelly vor sich her, während die Kreatur erneut wie wahnsinnig kreischte und in ihrer Wut Metallstücke aus der Wand riß, um sie einzuholen. Schnell kletterte Steve hinter Kelly her und betete, daß dies der richtige Weg zum Raketenraum war. Was immer Richie dort auch gefunden haben mochte – er hoffte, daß es ihnen helfen würde, die *Wolkow* zu verlassen und diesem mordlustigen Ungeheuer zu entkommen.

29.

Kelly hielt das Schott auf, während Steve hinter ihr aus dem Schacht kroch. Sie befanden sich in einem stillen und dunklen großen Raum. Richie hatte nur gesagt, daß sie den Raum mit den Raketen finden mußten, aber er hatte keinen Grund genannt. Doch solange Steve bei ihr war, war Kelly alles andere egal. Die Angst steckte noch immer in ihr, aber wenigstens war sie nicht mehr allein, und nur das zählte jetzt noch.

Sie gingen rasch auf eine Wand zu, und Steve sah eine Werkbank mit einer Lampe. Er knipste die kleine Neonröhre an, und dann wandten sie sich um und starrten mit weit aufgerissenen Augen auf die sorgfältig angeordneten Stapel von Metall und Kabeln. In der Luft hing ein schwacher Marihuana-Geruch, und Kelly hätte fast gelächelt. *Richie!*

An einer Wand des Raums standen Regale mit Werkzeug und Konsolen mit defekten Computern, während sich an der anderen eine Startrampe und Röhren befanden … Richie hatte während der Arbeit offenbar auf dem Boden gesessen, und er war fleißig gewesen. Kelly sah jede Menge Nieten und Bolzen, gekrümmte Stücke lackierten Metalls, abgerundete Sicherheitskappen, kleine Teile und ein Wirrwarr von Drähten und Kabeln. *Aber was hatte er hier gemacht?*

Steve überprüfte die Türen der Schott, dann gingen sie auf die gegenüberliegende Wand zu. Die dicken Metallgitter, die in den Boden eingelassen worden waren, dröhnten unter ihren Stiefeln. In der Nähe der Startrampe stand eine große Kabeltrommel, neben einem riesigen Stapel dunkler metallischer Objekte, auf denen oben irgend etwas mit Klebeband befestigt war …

Kelly atmete tief durch. Sie erkannte nicht alles, was sie hier vor sich sah, aber was sie unter dem grauen Klebeband sah, das waren mit Sicherheit Granaten!

»Sieh dir das mal an.«

Steve kauerte neben der Startrampe und blickte stirnrunzelnd auf einen großen Kasten mit Schaltern und Zündhütchen.

»Was?«

Er stand auf, die Stirn noch immer gerunzelt. »Das ist ein Raketenmotor …«

Sie gingen um die Startrampe herum und sahen, woran Richie offensichtlich gearbeitet hatte. Am Fuß der riesigen, offenen Röhre befand sich eine Plattform, auf der ein Stuhl mit Sicherheitsgurten angeschweißt war. Weitere Kabel führten aus dem Inneren der Armlehne zu der kleinen Plattform. Hinter dem verankerten Stuhl war ein Bündel angebracht, in dem Kelly einen Fallschirm erkannte.

Steve griff nach einer improvisierten Kontrolleinheit, deren Kabel durch ein kleines Loch in der Plattform hindurchgeführt worden war. »Sieht ganz so aus, als ob Richie eine Art Schleudersitz gebastelt hat.«

Irgendwo unter ihnen hörte man das Krachen von Metall, und das Echo drang durch die in den Fußboden eingelassenen Gitter.

Steve wandte sich Kelly zu. Er sah mitgenommen und bleich aus. »Setz dich.«

Kelly blickte auf die merkwürdige Konstruktion und schüttelte den Kopf. »Du bist verrückt. Wir würden es nie überleben.«

»Hast du eine bessere Idee?«

Steves Rettungsweste war zerfetzt – er würde den Sprung vom oberen Deck nicht überleben. Doch was auch passieren mochte, sie würde ihn nicht allein lassen.

Sie hörten ein weiteres, diesmal lauteres Krachen, und Kelly spürte, daß sich ihr der Magen umdrehen wollte. Sie hatte gedacht, daß sie zu erschöpft wäre, um sich erneut zu fangen, aber sie hatte sich geirrt. *Es muß einen anderen Ausweg geben …*

BUMM!

Direkt unter ihnen war eine Metalltür aufgebrochen

und so heftig gegen eine Stahlwand geknallt worden, daß der Boden unter ihren Füßen erzitterte.

Durch das Gitter sahen sie bläuliches Licht, und sie rochen den Gestank von verwesendem Fleisch und versengten Kabeln.

Der Goliath hatte sie gefunden.

Jetzt blieb ihnen keine Zeit mehr. Steve packte Kellys Arm und schubste sie auf die Plattform.

»Setz dich rein!«

»Nein!«

»Ich habe gesagt, du sollst dich in den Schleudersitz setzen ...«

Sie blickte ihn an und schien zu akzeptieren, daß es keine andere Alternative gab.

»Nicht ohne dich«, forderte sie trotzdem mit fester Stimme, und Steve erkannte, daß hier nur noch Gewalt half.

Er packte ihre Arme und hob sie auf die Plattform. Seine gebrochenen Rippen schmerzten, während sie miteinander rangen. Er stieß Kelly hart auf den Schleudersitz und schlang einen Arm um ihre Schulter, während er mit der freien Hand nach den Sicherheitsgurten tastete. Sie wehrte sich weiter, aber er schaffte es, einen Gurt festzuzurren.

Sie war zwar kräftig, aber nicht so stark wie er.

Durch das Gitter hörten sie das krachende Geräusch berstenden Stahls. Die Kreatur suchte einen Weg, zu ihnen vorzudringen.

Von Panik und Angst ergriffen, versetzte Kelly Steve einen heftigen Tritt gegen das Schienenbein.

Steve beugte sich vor und suchte nach den richtigen Worten. »Wir haben keine Zeit mehr! Richies Konstruktion war nur für einen gedacht, und das bist du!«

Kelly wehrte sich nicht weiter. Sie blickten sich an.

Steve wollte ihr soviel erzählen, es gab so viele Dinge, die sie wissen sollte …

Das Monster hatte das Gitter erreicht.

Kelly beugte sich vor, und dann küßten sie sich leidenschaftlich, und das Gefühl durchfuhr seinen ganzen Körper wie ein Schock …

Als er den Kuß abbrach, empfand er das wie einen physischen Schmerz – aber er durfte nicht zulassen, daß sie starb. Er griff nach der Kontrolleinheit und trat zurück, von heftigen Gefühlen bewegt, die ihm bislang unbekannt gewesen waren.

Zwei Knöpfe und ein Kippschalter. Er legte den Kippschalter um, und über dem ersten Knopf leuchtete ein kleines rotes Licht auf.

Bumm!

Steve drückte auf den ersten Knopf, und der Raum begann zu erzittern, aber die Zündung funktionierte noch nicht. Der Wind pfiff kreischend durch das Rohr für die Rakete, während sich hinter dem Motor eine dicke Stahlplatte emporschraubte, ein Schutzschild …

Das Monsters tauchte unter Steve auf, das Loch in dem stählernen Boden vergrößernd, während es sich hindurchzwängte. Es war ganz von hellen, bläulichen Bögen knisternder Elektrizität eingehüllt, und aus der zerbrochenen Linse eines Auges tropfte eine trübe Flüssigkeit, während es seine verletzten Arme nach Steve ausstreckte …

Er sprang auf die Plattform und warf Kelly die Kontrolleinheit zu. Das Monster richtete sich langsam auf und würde sie jede Sekunde angreifen … Er mußte losrennen und versuchen, es abzulenken …

»Drück auf den Knopf!«

Steve wollte von der Plattform springen, aber er schaffte es nicht – er sah, daß sie einen Haken an seiner Rettungsweste befestigt hatte.

»Nicht ohne dich!«

Die monströse Kreatur trat mit einem Riesenschritt auf sie zu, und Steve klammerte sich geduckt an die Rückenlehne des Schleudersitzes …

Kelly drückte auf den Knopf.

30.

Mit rasender Geschwindigeit wickelte sich das Kabel im Raketenraum der *Wolkow* ab. Das Monster taumelte darauf zu, während es seinen gesamten Datenbestand nach einer Erklärung durchsuchte, aber keine fand.

Die Kreatur wandte sich den verschiedenen Gegenständen zu, die mit dem Kabel verbunden waren, als dieses sich ganz abgespult hatte …

In diesem Moment gab es eine Explosion von vier Billionen Kilowatt, die die fremde Intelligenz auslöschte.

Die Explosion erfaßte das ganze russische Schiff, und das Geräusch übertönte den Lärm des nachlassenden Taifuns. Der halbe Schiffsrumpf auf der Steuerbordseite wurde zerfetzt, wobei glühende Metallsplitter und Trümmer Hunderte von Metern weit geschleudert wurden, und die *Wolkow* begann zu sinken. Darüber schoß ein gigantischer, pilzförmiger Feuerball in den Himmel, und die emporzüngelnden Flammen bohrten fast eine Minute lang ein Loch in den tropischen Sturm.

In der unmittelbaren Umgebung der *Wolkow* kochte und verdunstete das Wasser. Im Meer tat sich ein Krater auf, aus dem Hunderte von Tonnen schäumenden Wassers emporschossen, während der Dampf zu den Flammen hochstieg und die schwarzen, wirbelnden Wolken des Taifuns verschwinden ließ.

Die *Wladislaw Wolkow* versank in den aufgewühlten Tiefen.

Zwei Stunden, nachdem Kelly und Steve in die aufgewühlte See geschleudert worden waren, ließ der Taifun Leiah endlich nach. Über ihnen machte sich ein klarer und sonniger Nachmittagshimmel breit. Sie klammerten sich aneinander, und Kelly versuchte, Steves Körper zu wärmen, während sie von den sanften Wellen des Ozeans über die endlose, trübblaue Wasseroberfläche getrieben wurden. Obwohl er alles tat, um seine Schmerzen zu bekämpfen, klapperten Steves Zähne heftig, und sein ganzer Körper zitterte.

Während der nächsten drei Stunden sprachen sie kaum, aber beide lächelten, als das verkohlte und ausgebrannte Wrack an ihnen vorbeitrieb. Als sie kurze Zeit später die Geräusche des Hubschraubers hörten, küßten sie sich zum zweiten Mal.

Zwei kräftige Crewmitglieder des Forschungsschiffs *Norfolk* empfingen Kelly an Deck und betteten sie sanft auf eine Bahre, während zwei weitere Männer der Mannschaft Steve neben sie legten, der in wärmende Decken gehüllt war. Kelly schloß für einen Augenblick die Augen, weil sie trotz der aufgeregten Stimmen und der hektischen Aktivitäten um sie herum müde war.

»He, Kelly«, sagte Steve leise.

»Ja?«

»Danke.«

Sie wandte sich zu ihm und sah in ein ernstes Gesicht. »Meinst du das ernst?«

Er ergriff ihre Hand und blickte ihr lange in die Augen, und dann erleuchtete ein jugendliches Lächeln sein Gesicht, das ihr Herz schneller schlagen ließ.

Der Sturm war endgültig vorüber.

Hiko verließ die Brücke der *Norfolk,* humpelte in das Sonnenlicht hinaus und nickte zufrieden. Steve und Kelly hielten Händchen wie zwei unbesorgte Kinder, aber so sehr überraschte ihn das auch wieder nicht.

»Brauchen Sie noch einen zweiten Mann zum Händchenhalten?« rief er, und die beiden blickten erstaunt zu ihm hoch.

Hiko grinste. *Ein Königreich für einen Fotoapparat,* dachte er.

»Hiko!«

Lächelnd humpelte er auf die beiden zu. Sein verletztes Bein war mit dicken Bandagen verarztet worden, und die Schlinge an seinem Arm zwang ihn, sich wie eine alte Frau zu bewegen. Der Schiffsarzt hatte gesagt, daß es zwei Monate dauern würde, also würde er sich wohl daran gewöhnen müssen.

Kelly stand auf und schloß ihn fest in die Arme. Über ihre Schulter hinweg grinste Hiko auf Steve hinab. Nach einer Weile trat Kelly zurück und starrte ihn immer noch fassungslos an.

»Wie haben Sie es geschafft …?«

Hiko zeigte auf den wachsenden Stapel von Wrackteilen, die die Crew der *Norfolk* den ganzen Tag über aus dem Meer geborgen hatte. Unter einem Wirrwarr von verbrannten Holztrümmern lag auch ein Rettungsring mit der Aufschrift *Sea Star.*

Steve schüttelte erstaunt den Kopf, während Kelly sich wieder neben ihn setzte. »Sie haben es geschafft!«

Hiko nickte. »Ich habe meinen Ängsten ins Auge geblickt und überlebt …«

Sie hörten ein seltsames, schrilles Kreischen und wandten sich erschrocken um. Hiko umklammerte seine *wahaika,* die ihn während des Sturms begleitet hatte …

Doch dann begriffen sie, daß das Kreischen vom

Arm eines riesigen Krans stammte, der ein Rettungsboot auf das Deck hinabsenkte.

Hiko blickte wieder zu den beiden, die genauso beschämt lächelten wie er selbst. Sie hielten sich erneut an den Händen.

Kelly wandte sich Steve zu. »Auf deiner Insel gibt's bestimmt keine Roboter.«

»Noch nicht mal Elektrizität«, sagte Steve, und Hiko schüttelte in gespielter Abscheu den Kopf. Die Liebe konnte etwas sehr, sehr Schlimmes sein, zumindest dann, wenn man selbst nur Zuschauer war.

Hiko trat zur Seite, als einige Matrosen zu ihnen hinüberkamen, um die beiden Bahren mit Steve und Kelly in Schiffslazarett zu bringen.

Steve umklammerte immer noch Kellys Hand, als seine Bahre hochgehoben wurde. »Also, was bedeutet dein Name?« rief er Hiko zu.

Der Maori grinste. Die Übersetzung war nicht hundertprozentig, kam der Sache aber ziemlich nahe. »Blitz.«

Die vier Crewmitglieder trugen die beiden weg, bevor Hiko ihre Reaktion sehen konnte, aber das spielte auch keine Rolle. Er humpelte auf die Reling der *Norfolk* zu.

Hiko fühlte sich sehr müde, aber er war zufrieden mit sich, denn er hatte mit allem Frieden geschlossen. Als er über das unendliche Meer blickte, spürte er die warmen Sonnenstrahlen auf seiner Haut.

Wenn sie in den Hafen einliefen, würde er endlich schwimmen lernen.